本著作受到外交学院
"北京市高水平人才交叉培养——双培计划"
项目支持，特此致谢！

信仰书写与
文化认同

玛丽莲·罗宾逊小说研究

于 倩 ◎ 著

中国社会科学出版社

图书在版编目（CIP）数据

信仰书写与文化认同：玛丽莲·罗宾逊小说研究／于倩著.
—北京：中国社会科学出版社，2018.7
ISBN 978 - 7 - 5203 - 3292 - 7

Ⅰ.①信… Ⅱ.①于… Ⅲ.①玛丽莲·罗宾逊—小说研究
Ⅳ.①I712.074

中国版本图书馆 CIP 数据核字（2018）第 230309 号

出 版 人	赵剑英
责任编辑	张　林
特约编辑	郑成花
责任校对	石春梅
责任印制	戴　宽

出　　　版	中国社会科学出版社
社　　　址	北京鼓楼西大街甲 158 号
邮　　　编	100720
网　　　址	http://www.csspw.cn
发 行 部	010 - 84083685
门 市 部	010 - 84029450
经　　　销	新华书店及其他书店

印　　　刷	北京明恒达印务有限公司
装　　　订	廊坊市广阳区广增装订厂
版　　　次	2018 年 7 月第 1 版
印　　　次	2018 年 7 月第 1 次印刷

开　　　本	710×1000　1/16
印　　　张	15
插　　　页	2
字　　　数	191 千字
定　　　价	66.00 元

目　录

前　言

　　玛丽莲·罗宾逊是美国文学史上少有的首部作品即被公认为经典之作的作家之一。罗宾逊是虔诚的美国新教教徒，虽然置身于后现代主义文学浪潮之中，她却坚持通过文学书写来捍卫自己的信仰。她的小说详尽探讨了人与神、人与自然、人与人之间的关系，呼吁美国传统文化的回归，对美国当代思想文化有极大的影响。罗宾逊的作品也具有浓郁的新教语言特色，作家以新教传统的预表法（typology）、极富宗教内涵的命名以及带有超验色彩的隐喻等修辞手法呼应了小说的创作主题。

　　本书通过对罗宾逊小说中的信仰元素进行条分缕析的研究，得出结论：罗宾逊的正统新教信仰全面影响了她的文学创作，其文学书写处处体现出强烈的宗教救世情怀；把握罗宾逊作品中文学与信仰间相通互释的关系是理解罗宾逊作品的关键所在。

　　同时，本书将罗宾逊小说研究置于美国当代文学宗教维度研究的背景之下，力图通过对罗宾逊作品中的信仰元素进行全面的学理分析，深入探讨美国当代文化的价值取向和美国当代小说在民族文化建构过程中的重要意义，从而深化我国当前的美国文学研究。

　　本书首先概括介绍美国文学和基新教信仰之间的关系，归纳了罗宾逊宗教思想的三个重要来源：加尔文主义思想、超验主义思想和当代基督教女性主义神学。作为主流新教徒和主流作家,罗宾逊在文学创作中直接呼吁美国民众回归新教信仰,重建美国民族认同,是美国当代文化中新人文主义转向的代表。本书结合了罗宾逊宗教思想,集中探讨了她小说作品中的三大主题:人与自然、罪与救赎、个体与家园。在小说的宗教修辞层面研究上,本书作者运用《圣经》文学研究理论,特别是弗莱对《圣经》修辞的阐释,具体探讨了罗宾逊小说中运用的预表、命名和隐喻这几种《圣经》修辞手法。最后,本书从基督教女性主义神学视角出发,对罗宾逊作品中的女性人物塑造进行了全面研究,指出作家文学创作思想的发展脉络与基督教女性主义神学发展过程具有明显的同步性。

总之,罗宾逊是一位温和而坚定的信仰者,文学书写是她信仰实践的表达方式。她的小说艺术建构与宗教信仰之间存在着独特的"互释"关系;她的作品经典化的过程也反映了美国当代文学批评价值导向的转变。罗宾逊把对物质世界的客观体察与神圣感知结合起来,高声呼唤美国民族的灵魂回归,这正是她成为美国当代主流经典作家的原因。

第一章

概　论

第一节　玛丽莲·罗宾逊
和她的小说创作

一　生平与创作

对于国内许多美国文学研究学者来说，玛丽莲·罗宾逊（Marilynne Robinson，1943—）还是一个比较陌生的名字；然而在美国学界，罗宾逊是拥有众多拥趸的作家、学者、公共知识分子，是美国公认的当代杰出小说家之一。罗宾逊的代表作《管家》（*Housekeeping*）[1] 已进入经典小说的行列，美国很多大学已将《管家》列为当代经典作品[2]进行讲授。罗宾逊研究更是方兴未艾：有

---

[1]　本书关于这部小说的引文有两种情况：一是本书作者根据自己的理解进行的翻译，文中以（*Housekeeping* 页码）标记；另一种是出自 2011 年林则良译本，书中只标注页码。

[2]　将《管家》列入本科或研究生课程的有：

耶鲁大学，https：//oyc. yale. edu/English/engl－291/lecture－15；

哥伦比亚大学，http：//english. columbia. edu/post－modern－menippea－encyclope-dism－and－poetics－excess；

http：//english. columbia. edu/american－literature－1940－present；

布朗大学，http：//www. brown. edu/academics/english/COURSES/detail? term＝201210&crn＝14967；

学者成立了"玛丽莲·罗宾逊研究会"，罗宾逊手稿已被耶鲁大学图书馆收藏[1]，她的作品也已被翻译成多种文字。

玛丽莲·罗宾逊 1943 年出生于美国西部爱达荷州桑德波因特镇（Standpoint）一个虔诚的基督教长老会家庭。西部小镇浓厚的宗教氛围、自由自立的西部精神和壮阔自然激发的神话想象陪伴罗宾逊在这里度过了童年时光。受家庭影响，罗宾逊从小就虔信基督教新教："当我还不会说'上帝'这个词，也不知道何为'信仰''虔诚'的时候，我就已经感到了上帝的存在。"[2]罗宾逊从小就酷爱阅读那些"又古老又厚重、枯燥且晦涩的书籍"[3]。她从 9 岁起就开始阅读《白鲸》，对爱默生、梭罗、迪金森等美国经典作家无比推崇。高中拉丁文老师对罗宾逊在写作风格方面的锤炼也使她受益匪浅。1962 年罗宾逊入读布朗大学，四年后以优等生（magna cum laude）身份获得学士学位。面对东部人的傲慢无知和居高临下的态度，来自西部的罗宾逊极为反感。她认为东部人根本不了解真

（接上页注）https：//canvas. brown. edu/courses/402181/assignments/syllabus；

http：//www. brown. edu/Courses/uploads/AMST% 3A1612Q% 3A2012 – Fall% 3AS01. pdf；

纽约州立大学布法罗分校，http：//wings. buffalo. edu/AandL/english/faculty/schmitz/teaching. htm；

佛罗里达大学，http：//www. clas. ufl. edu/users/tharpold/courses/spring06/lit4930/；

纽约城市大学，http：//www. library. csi. cuny. edu/westweb/pages/lavusyl. html；等等。

[1] 详见玛丽莲·罗宾逊研究会（The Marilynne Robinson Appreciation Society, MRAS）http：//mrasociety. com/。

[2] 引自罗宾逊杂文集《亚当之死：论当代思想》（*The Death of Adam：Essays on Modern Thought*），目前无中译本。本书引用该作品都由本书作者翻译。Marilynne Robinson, *The Death of Adam：Essays on Modern Thought*. New York：Picador, 1998, p. 228。

[3] 引自罗宾逊杂文集《幼时读书》（*When I Was a Child I Read Books*），目前无中译本。本书引用该作品都由本书作者翻译标注。Marilynne Robinson, *When I Was a Child I Read Books*. New York：Farrar, Straus and Giroux, 2012, p. 85。

正的美国西部文化；真正的美国个人主义精神和传统美国文化在东部已经失去了生存的土壤，而扎根于广袤西部的个体的孤独感和自然的神圣感才是美国文化的当代传承。在布朗大学获得文学学士学位后，罗宾逊又到华盛顿大学攻读文学博士学位，其间赴法国从教一年，广泛涉猎了欧洲思想文化和宗教经典，之后于 1977 年在华盛顿大学进行莎士比亚戏剧研究并获得文学博士学位①。

　　罗宾逊虽然著述不少，但迄今只创作了四部小说。1980 年，罗宾逊出版了首部小说《管家》。罗宾逊起初对小说的出版并没有信心，因为《管家》并不以情节取胜，现实、回忆与想象交融的独特的散文化风格也并不符合当时的时代审美潮流；然而她的出版商却由此发现了"又一个伟大作家的诞生"②，小说出版后也的确获得了评论界的极高赞誉，荣获笔会/海明威奖（PEN/Hemingway Award for Best First Novel），并入围普利策奖。《管家》如今已经成为英语文学的经典之作：2003 年入选英国《卫报》（The Guardian）

---

　　①　关于玛丽莲·罗宾逊生平可参见：

Marilynne Robinson, "My Western Roots", *Old West-New West: Centennial Essays*, ed. Barbara Howard Meldrum, Moscow: University of Idaho Press, 1993, pp. 165 – 170;

"An Interview by Marilynne Robinson", Interview by Thomas Schaub, *Contemporary Literature* 35 (1994): pp. 230 – 51;

The Death of Adam: Essays on Modern Thought, New York: Picador, 1998;

"Surrendering Wilderness", *Wilson Quarterly*, Vol. 22, No. 4, Autumn1998, pp. 60 – 65;

"A World of Beautiful Souls: An Interview by Marilynne Robinson", Interview by Scott Hoezee. *Perspectives*, https://perspectivesjournal.org/posts/a – world – of – beautiful – souls – interview – with – marilynne – robinson/, 2015 年 5 月 16 日;

When I Was a Child I Read Books, New York: Farrar, Straus and Giroux, 2012;

"A Life in Writing: Marilynne Robinson", Interview by Emma Brockes, *The Guardian*, http://www.the guardian.co.uk/culture/2009/may/30/marilynne – robinson, 2009 年 5 月 30 日。

　　②　Marilynne Robinson, "Interview: Marilynne Robinson: The Art of Fiction", Interview by Sara Fay, *The Paris Review* (Fall 2008), pp. 37 – 66.

评出的"史上最伟大的 100 部小说"①,2005 年又被美国《时代周刊》(*Time*)评为"1923—2005 年百部最佳小说"之一②。《管家》出版之后,罗宾逊受邀任教于蜚声世界的爱荷华大学作家工作坊(The Iowa Writers' Workshop)③ 至今,讲授文学理论和小说创作课程,并多次到美国各大高校讲座及担任客座教授职务。

在《管家》出版之后 20 多年的时间里,罗宾逊将创作热情转向非小说类文体,创作发表了一系列书评和时文论著。她为《哈泼斯》(*Harper's*)、《巴黎评论》(*The Paris Review*)、《美国学者》(*The American Scholar*)、《纽约时报书评》(*The New York Times Book Review*)等杂志或专栏长期撰写书评和时政评述,并应邀为一些学术书籍作序。与她的小说作品舒缓、沉静的风格迥异,罗宾逊在此类文章著述中旁征博引,以犀利的文风针砭时弊,充分显示了她全方位的创作才华和强烈的社会责任感,并逐渐形成了她以基督教新教信仰为核心的思想体系。罗宾逊为女权主义名著《觉醒》(*The Awakening*)做了细致的导读,赞扬凯特·肖邦(Kate Chopin)继承了 19 世纪浪漫主义文学孤寂、自我毁灭的神秘性传统;出于对文学和宗教的共同兴趣,罗宾逊还在美国最知名的文学刊物《诗歌》(*Poetry*)上大力推介哈罗德·布鲁姆(Harold

---

① 参见《卫报》网站报道:http://www.guardian.co.uk/books/2003/oct/12/features.fiction,2014 年 5 月 11 日。

② 参见《时代周刊》网站报道:http://entertainment.time.com/2005/10/16/all-time-100-novels/#housekeeping-1981-by-marilynne-robinson,2015 年 2 月 10 日。

③ 创办于 1936 年的"爱荷华大学作家工作坊"(The Iowa Writers' Workshop)举世闻名,至今已培养出 25 位普利策文学奖得主、四位"桂冠诗人"以及许多国家图书奖和其他主要文学奖的获得者。2010 年普利策文学奖得主保罗·哈丁(Paul Harding)于 1996 年入读爱荷华大学写作工作坊,是罗宾逊的亲传弟子。哈丁的写作深受罗宾逊的影响,他在多种场合都表示了对罗宾逊的敬仰和感谢。参见哈丁在美国公共电视网(PBS)的访谈:http://www.pbs.org/newshour/art/conversation-pulitzer-prize-winner-in-fiction-paul-harding/。

Bloom）编著的《美国宗教诗歌选集》（*American Religious Poems*：*An Anthology*，2006），共同捍卫美国这个"发达国家宗教信仰的最后堡垒"①。

1989 年，罗宾逊出版了探讨环保和道德问题的论著《母国：英国、福利国家与核污染》（*Mother Country*：*Britain*，*the Welfare State and Nuclear Pollution*）②。这部著作来源于罗宾逊 20 世纪 80 年代中期受聘任教于英国肯特大学（University of Kent）时的所见所闻；该书入围 1989 年美国全国图书奖非小说类最终候选名单，但在英国却成为禁书，作家本人也遭到英国政府的起诉。在这本书中，罗宾逊谴责英国政府自称以社会福利和经济公平为执政原则，却以"人烟稀少"为理由在文化圣地"大湖区"（the Lake District）建造核废料处理厂。当地的塞勒菲尔德（Sellafield）核废料加工厂由英国核燃料公司经营，雇用了 1 万名工人，是坎布里亚郡最大的企业，也是世界上最大的核工厂之一。这个加工厂专门处理世界各国运来的核废料，被环保人士称为"世界核垃圾箱"，极大地危害当地人民的健康，造成当地每六十名孩子中就有一个罹患白血病。在谴责核污染的同时，罗宾逊更将矛头指向现代民主社会的道德虚伪性。她认为：谋求经济发展和大多数人的福利并不意味着可以毁灭传统，也不意味着必须有少数人做出牺牲。塞勒菲尔德事件是文化失忆的产物，是英国社会道德基础的故意贬值，是正义的流产。"英国社会已经抛弃了约翰·多恩（John Donne）的文化遗产（'没有人是一座孤岛'；'No man is an island，entire of itself'）而转向撒切尔夫人的冷酷哲学（'没有社会这种东西'；'There's no such

---

① Marilynne Robinson，"That Highest Candle"，*Poetry*，190. 2（May 2007），p. 130.

② 后文简称《母国》。

thing as society')。"① 总之，罗宾逊不仅批评了英国以福利国家自居，却又不顾本国人民的生命健康，将经济发展视为唯一目标的虚伪民主；更号召大众进一步思考文明传承与社会经济发展的关系。罗宾逊深情地将英国称为"母国"；她珍视英美两国之间一脉相承的文化传统，大胆批判两国政府的政治怯懦和道德虚伪②。罗宾逊提倡纯粹的道德主义和理想化的宗教救世情怀，这一呼声虽然在现代社会显得孤单而不合时宜，却也因其堂吉诃德式的永不妥协、奋不顾身的姿态而受到整个美国社会的尊敬和推崇；作家本人也被尊称为"美国先知"（American Prophet）③。

1998 年，罗宾逊将自己多年来发表的探讨关于宗教、历史、社会现状等问题的文章结集出版，题名为《亚当之死：论当代思想》（*The Death of Adam：Essays on Modern Thought*）。《亚当之死》全方位体现了罗宾逊的思想体系，成为美国当前进行玛丽莲·罗宾逊研究的必读书目。在这部作品中，罗宾逊公开捍卫自己的宗教信仰："我是基督徒，这一点应该不会让人感到意外，至少从人口统计上来说，欧裔美国人大多是基督徒。我迷恋《圣经》、基督教神学、音乐和绘画。基督教叙事传统形成了我头脑中最深处的思想，我希

---

① 塞勒菲尔德核废料加工厂所在的"大湖区"是英国著名的人文圣地；19 世纪华兹华斯、骚赛和柯尔律治等诗人曾在此隐居并创作出大量田园诗，形成了湖畔派（Lake Poets）这一闻名于世的重要诗歌流派。罗宾逊对将核加工厂建在毗邻华兹华斯旧居所在地感到愤怒，并进而引用多恩的名句"没有人是一座孤岛"来缅怀英国传统文化中乐善好群的人文主义精神。罗宾逊谴责英国 20 世纪 80 年代在撒切尔执政时期盛行的极端个人主义，认为这是对英国文明传统的遗忘和背弃。详见 M. K. Chakrabarti，"An American Prophet"，*Boston Review* Vol. 30，No. 5，2005，pp. 55 – 65。

② 在《亚当之死》中，罗宾逊也批判美国政府在美国中西部地区进行的核试验也是道德虚伪的表现。见 Marilynne Robinson，*The Death of Adam*，p. 246。

③ 语出 Chakrabarti 为《基列家书》撰写的书评题目；见 M. K. Chakrabarti，"An American Prophet"，p. 55。

望它能伴我终生。"① 罗宾逊认为：当今时代是"新霍布斯主义"（Neo-Hobbism）② 统治的时代，人们以机械运动原理等伪科学来解释人的情感欲望。她抨击达尔文主义将宗教和科学完全对立，将宗教信仰视为文明发展和社会进步的绊脚石，从而导致了现代社会道德体系的崩塌。罗宾逊指出，当前急功近利的消费主义文化已经使人们远离真实的文本；她呼吁人们重归经典著述阅读："谁真正读过加尔文？谁真正了解美国的自由精神之源？人们读到的都是他人对加尔文的批判。"③ 罗宾逊的另一相关论著《缺席的思想：消解当代自我神话的内向维度》（*Absence of Mind：The Dispelling of Inwardness from the Modern Myth of the Self*）出版于 2010 年，是她 2009 年担任耶鲁大学客座教授的演说集。在这部著作中，罗宾逊在科学和哲学的视角下继续进行宗教教义研究，批判"伪科学"（Pseudo Science)④ 以理性诠释神秘是对人性和信仰的压制，旗帜鲜明地反对现代科学理性主义扼杀人类想象、遏制文明前进的罪行。

2012 年，罗宾逊出版了《幼时读书》（*When I Was a Child I*

---

①　Marilynne Robinson, *The Death of Adam*, p. 262.

②　托马斯·霍布斯（Thomas Hobbes，1588—1679）是英国政治家、思想家、哲学家，他创立了机械唯物主义的完整体系。机械唯物主义认为宇宙是所有机械地运动着的物体的总和。霍布斯力图以机械运动原理解释人的情感、欲望，并从中寻求社会动乱或安定的根源。罗宾逊评判当代盛行的新霍布斯主义（Neo-Hobbism）观念——人就是感官的实体，追求安稳、利益和虚荣的欲念使人性呈现出感性化、自私化的特征。她认为，新霍布斯主义磨灭了人的精神追求，阻碍了人类文明的发展。

③　Marilynne Robinson, *The Death of Adam*, p. 45.

④　罗宾逊反对的伪科学（Pseudo Science）指的是狭隘的现代意义上的科学，是17 世纪以来建立在实验基础上的、有系统的理性论证的实证科学体系。她认同的科学是广义上的人类科学活动，是人类通过认识自然、描述自然、寻找自然规律而为自身服务的活动。罗宾逊博学多才，对物理学、拓扑学、天文学、经济、哲学都有广泛涉猎，并擅长将各门学科知识与自己的神学思考结合，有理有据地反对狭隘的科学主义，提倡虔诚敬畏和渴望永恒等人的神性的回归。

Read Books),继续捍卫宽容、乐观、勇于接受挑战等美国民主的基石。这部著作当年就入选《纽约时报》畅销书行列,获得《纽约客》《经济学家》等主流杂志年度最佳图书奖项。评论界对这部杂文集给予了很高的评价:"作为一个散文家,罗宾逊的最大美德就是她对这个国家的文学传统、知识结构和宗教经典有着深刻的理解,并能以一种美国式的通俗易懂、慷慨激昂的语调来传达她的信念。"①

罗宾逊坚定捍卫自己的信仰和道德观念,其著述对美国当代思想、文化有极大的影响。多丽丝·莱辛(Doris Lessing)称赞她"为我们当下身处的日益粗浅喧嚣的文化提供了一味解毒剂"②。然而,从1980年之后的20多年时间里,罗宾逊似乎完全投身于自己公共知识分子的使命,并未有小说作品问世。2004年,就在人们担心罗宾逊会成为又一个塞林格(J. D. Salinger)或哈珀·李(Harper Lee)③ 时,罗宾逊出版了小说《基列家书》(*Gilead*)④ 并于次年获得普利策奖、国家书评人奖(National Book Critics Circle Award)和英语联盟大使图书奖(English-Speaking Union's Ambassador Book Award)三大文学奖项,为世界奉献了又一本经典作品。美国总统奥巴马将《基列》称为"改变我一生的作品"并向全国推荐。2008年,《基列》的姊妹篇《家园》(*Home*)问世;罗宾逊凭此书入围当年美国国家图书奖(American National Book Award)最终候选名单,随后于2009年获得世界女性作家文学大奖——柑橘奖

---

① Charles Petersen, "West Toward Home", *Book forum* (Feb/Mar 2012), p. 14.

② 见 Marilynne Robinson, *The Death of Adam*, backcover.

③ 塞林格的《麦田守望者》(*The Catcher in the Rye*)和哈珀·李的《杀死一只知更鸟》(*To Kill a Mockingbird*)都是一经出版即成为美国文学的经典著作,但随后两位作家都没有写出更好的作品。

④ 后文简称《基列》。

(Orange Prize)。2012 年，罗宾逊获得国家人文学者最高荣誉——"国家人文奖章"（National Humanistic Medal）。2015 年，罗宾逊的第四部小说《莱拉》再次获得国家书评人奖。

罗宾逊的文学创作探讨自然、家庭、社会、种族和性别等当代社会关切；孤独的个体、神秘的自然、瑰丽的精神世界都是罗宾逊擅长描摹的文学意象。她主张"文明的回归"，认为当代美国作家创作应当重归美国文学拷问灵魂、寻求个体生命意义、通过文学想象和艺术表现来塑造美国精神的经典主题。罗宾逊的所有小说和非小说创作（杂文、书评、访谈）都体现了作家对生命本真的思考与探索。出于本书研究目的，笔者将研究重点放在其小说创作上，并将作家非小说作品作为解读其小说的有力思想支撑。

二 罗宾逊小说简介

《管家》以主人公茹丝作为第一人称叙述声音描述了一个几乎"无他"的女性世界。小说打通了真实与虚幻、死亡和复活的边界，带领读者走进了主人公丰富、神秘的精神世界。被丈夫抛弃的海伦·佛斯特回到家乡——爱达荷州的指骨镇，将自己的两个女儿（茹丝和露西儿）放在母亲家后，开车从悬崖上跃入湖中自杀。母亲的缺席使得两个女孩得以自由地想象、虚构母亲形象并定义"家"的内涵，进而导致了她们不同的人生选择。茹丝和露西儿先是由外婆精心照顾；外婆去世后，又被托付给两位终生未婚的姑婆。两位姑婆缺乏家庭生活经验，她们登报寻回了孩子们在外流浪多年的姨妈希薇，并顺势赶紧逃脱。希薇过惯了流浪的生活，对管家技能一无所知。她把家当作一个收集无用之物的场所，在厨房和起居室里堆满了废弃的罐头、过期的报纸和杂志。希薇的到来使这个一贯循规蹈矩的小镇感到不安，也影响了两姐妹的人生道路选择：露西儿反感姨妈的特立独行，担心被人嘲笑，渴望回到"正常人"的生活轨道从而被主流社会接纳,因而最终选择离家,搬到学校教授管家经济课程(Home Economics)的老师家居住。茹丝则被希薇梦幻般的流浪气质吸引,将其视为精神上的母亲,最后跟随她烧毁了自家的房子,开始游荡流离的生活。母亲—外婆—姑婆—姨妈,在不同的管家方式中,两姐妹长大成人,完成了自我身份建构。

时隔 20 多年后,罗宾逊的《基列》彻底改变了视角。该书以一个垂暮之年的老牧师约翰·埃姆斯写给 7 岁小儿子的书信体叙事方式,讲述了这个牧师家庭三代人的故事。小说时间跨度从 19 世纪废奴运动直到 20 世纪 50 年代民权运动前文。罗宾逊将废奴运动、美国内战、重建时期、西班牙流感、世界大战、蒙哥马利市黑人罢乘公交车等历史事件与美国百年来基督教新教发展历程相联系,艺术地再现了历史,探讨了个体与家庭、信仰、种族的关系。《基列》全书可以分为两部分。第一部分是老牧师埃姆斯回忆自己的家族史。埃姆斯家三代人都从事牧师职业,通过回忆他的祖父、父亲的牧师生涯并审视自己终生为之奋斗的神职事业,埃姆斯将头脑中的记忆与现实中的宗教关注密切联系在一起。埃姆斯的爷爷——埃姆斯一世——是个激进的牧师,因为听到了神的召唤,他将全家人从缅因州带到了废奴运动的前线——爱荷华州的小镇基列,并加入了约翰·布朗(John Brown)领导的武装废奴主义者行列。埃姆斯的父亲则是一个持温和主义的牧师,反对一切暴力与战争。对待《圣经》教义的不同理解和对废奴运动的不同态度导致了父子的分歧。随着基列镇日趋保守,失望的埃姆斯一世离开基列,去往年轻时战斗过的堪萨斯并终老于斯。埃姆斯随父亲历尽艰辛去给祖父上坟。在祖父的墓前,埃姆斯感受到了祖父和父亲二人精神上的和解;他自己也感受到上帝的召唤,立志继续从事家族的神职事业。除去上大学的几年,埃姆斯一直在基列小镇上担任牧师,见证了这个小镇的历史变迁。他早年丧妻，在 60 多岁时遇到了现在的妻子，并生了一个儿子。因为感到自己来日无多，不能陪伴孩子的成长，埃姆斯开始以写信的形式将家族的故事讲述给"成年后"的儿子。小说第二部分着重写当下（1956 年）宗教信仰与种族问题的关系。埃姆斯的好友鲍顿牧师也已经是生命垂危。鲍顿家的不肖子、离家多年的约翰·埃姆斯·鲍顿（杰克）这时突然返家。他是埃姆斯的教子（Godson）；当年鲍顿为安慰孤苦的埃姆斯，特意以老友的名字为自己的儿子命名，可这个儿子长大却成了与牧师家庭格格不入的浪荡子。埃姆斯看到杰克与自己的妻子年龄相仿，心里感到忌妒和恐慌。最终，他知道了杰克已经娶了一位黑人妻子并生有一个儿子，此行的目的就是希望基列小镇能够能接受这个跨种族通婚家庭；然而此时的基列镇已经背离了当年的建城初衷，由废奴前哨变成了种族主义盛行的保守小镇，杰克只能失望地离开。埃姆斯因此开始从种族角度真心反省自己的信仰，与杰克达成了（教）父子和解。

　　《基列》的姊妹篇《家园》沿用了《基列》的人物，引用《圣经》中"浪子回头"（Prodigal Son）的故事框架，讲述了鲍顿牧师一家、特别是鲍顿家的不肖子杰克的故事。传达"绝对的宽恕""无条件的爱""种族和解"等当代信仰与文化认同主题是这部作品的最大特色。与《基列》以冥想、回忆、沉思为主要叙事方式不同，《家园》主要以对话形式展开，人物话语表达方式为第三人称间接引语，故事的叙述者是鲍顿家的小女儿、杰克的妹妹格罗瑞。鲍顿牧师家是一个有四儿四女的大家庭。鲍顿家的儿子杰克从小顽劣，经常使这个受人尊敬的牧师家庭处于尴尬的境地，然而他却是鲍顿牧师最钟爱的孩子，鲍顿一生都在努力原谅这个儿子。20 岁出头时，杰克引诱了一个贫家少女，在与她生育了一个女儿后又不负责任地离开，并与家人断绝了联系。当老鲍顿已经来日无多时，他的小女儿格罗瑞因为遭到未婚夫的背弃,辞职回来照顾父亲。不久,离家20多年的杰克也赶了回来。此时的杰克已经娶妻生子,但却不敢告诉家人他娶了一个黑人妻子,因为他看到这个当年废奴运动的前哨小镇如今没有一个黑人在这里生活,年迈保守的父亲可能也接受不了这个事情(跨种族通婚)的打击。杰克与格罗瑞都是世俗意义上的生活失败者,这一共同身份使他们逐步加深了理解。杰克把真相告诉了格罗瑞,并在众兄妹赶来前离开了家。杰克离开后,格罗瑞接待了来访的杰克的妻子和儿子。在他们离开后,格罗瑞决定余生都要守候在这所大房子里,等待有一天杰克的混血儿子能够"回家"。

2014年10月,罗宾逊出版了她的最新小说《莱拉》(*Lila*),讲述《基列》中埃姆斯的年轻妻子——"外乡人"莱拉的故事。谈到这本书的创作意图,罗宾逊坦言:"当我完成一部小说时,我就开始怀念其中的人物,好像是怀念故去的亲人。"① 与那些一直生活在基列镇的人物不同,莱拉是来自异乡的闯入者。幼年的莱拉生活在一个不幸的家庭,她躲在桌子底下无人照顾,经常遭人呵斥打骂,身上到处是擦伤。镇上的流动女工人朵儿看到莱拉危险的处境,果断将莱拉带走,并一同开始了流浪的生活。小说的这种人物和情节设置很容易让读者联想起《管家》的结局,朵儿和莱拉四处漂泊、历尽艰辛的流浪生活仿佛是为读者呈现出20年前希维姨妈和茹丝逃离指骨镇后的生活景象。朵儿由于杀死了自称莱拉父亲的一个恶棍而被捕入狱后,莱拉开始了独自漂泊。贫寒与卑微的身份使莱拉处处小心警惕,常年随身携带着朵儿留给她的匕首防身。在逃离圣路易斯的妓院后,莱拉来到基列镇靠打零工度日。因为偶然

---

① Marilynne Robinson, "Interview: Marilynne Robinson: The Art of Fiction", p. 40.

进入教堂避雨，莱拉认识了年长她一倍的鳏居多年的老牧师埃姆斯。在共同经历和面对了镇上人的非议、信仰的转化后，两人克服了一切世俗的困扰终于结婚生子，在基列开始了新的生活。作为"基列三部曲"的终结篇，《莱拉》继续探讨了基列系列的一贯主题：家园的意义、孤独的主体和个人身份的建构。《莱拉》更多地展现了以和解和融合为核心的美国家园文化认同，体现了宗教信仰与世俗生活的融合与回归。

第二节　罗宾逊小说批评综述

一　国外研究现状

罗宾逊的首部小说《管家》出版于 1980 年，是少有的同时得到评论界和大众读者赞誉的畅销经典作品，后期发表的《基列》、《家园》和《莱拉》也获得了评论界的一致认可。虽然创作数量有限，罗宾逊仍是公认的美国当代最优秀的作家之一，罗宾逊研究也已经成为美国当代文学研究一个不可或缺的组成部分。据笔者搜索，目前美国已有 30 余篇博士论文专门进行罗宾逊作品研究[①]，更有大量评论文章从文学经典传承、女性文学、区域（西部）文学等角度对罗宾逊小说进行研究解读。

罗宾逊对美国文学经典的继承和发展是评论家们关注的一个重要方面。她在学生时代就酷爱阅读 19 世纪浪漫主义文学作品，浪漫主义的"隐喻式语言"是其小说的一大特色。《管家》的开篇"我的名字叫茹丝"[②] 激发了评论家的多重想象。玛莎·利维特斯（Martha Ravits）分析了这一开头与梅尔维尔名作《白鲸》的起

[①]　本书外文文献统计截至 2017 年 6 月 30 日。

[②]　Marilynne Robinson, *Housekeeping*, New York: Farrar, Straus and Giroux, 1980, p. 1.

笔——"叫我伊什梅尔"（Call me Ishmael）——之间的呼应关系，并进而解读了罗宾逊对美国 19 世纪浪漫主义文学经典的传承①。托马斯·加德纳（Thomas Gardner）分析比较了罗宾逊与艾米莉·迪金森对"孤独"这一文学主题的探讨和罗宾逊对迪金森语言风格的承袭②。琼·柯克比（Joan Kirkby）则指出:《管家》是一部伟大的作品，它探讨了"'管家'作为原始的仪式和隐喻的美国文学传统的矛盾统一体的神秘意义"③。柯克比认为，罗宾逊延续和发展了爱默生、梭罗、霍桑、爱伦·坡对自然和艺术的探讨。作为一种隐喻，"管家"暗示了人与自然的关系，体现了美国文学对理性和秩序的推崇。在霍桑的《福谷传奇》（*The Blithedale Romance*）中乌托邦式的布鲁克农场里，管家是女人的责任;而到了梭罗那里，他的管家方式就是放弃任何操持而直接住到户外:我们的房屋是件麻烦的财产，我们是其间的奴仆而非主人。梭罗倡导的回归自然的理念在罗宾逊的《管家》里得到了艺术的再现。

《管家》创作于美国女权运动由第二次浪潮向第三次浪潮过渡时期。20 世纪 70 年代和 80 年代，是女性文学蓬勃发展、女性文学批评也逐步走向成熟的时期。在此背景下，关注"无他世界"、探讨女性出路的《管家》更是成为了女性文学批评的研究热点。玛格丽特·盖尔豪斯（Margaret Galehouse）将《管家》中的女性人物与其他女作家创作的女性流浪者形象进行了对比研究，认为罗宾逊通过描写希薇和茹丝自愿选择流浪的生活方式，"挑战了传统的母性

---

① Martha Ravits, "Extending the American Range: Marilynne Robinson's *Housekeeping*", *American Literature*, Vol. 61. No. 4 1989, pp. 644 – 666.

② Thomas Gardner, "Enlarge Loneliness: Marilynne Robinson's *Housekeeping* as a Reading of Emily Dickinson", *A Door Ajar: Contemporary Writers and Emily Dickinson*. Oxford: Oxford University Press, 2006, p. 59.

③ Joan Kirkby, "Is There Life After Art? The Metaphysics of Marilynne Robinson's *Housekeeping*", *Tulsa Studies in Women's Literature*, Vol. 5, No. 1, 1986, p. 91.

和家庭的定义"①。史蒂芬·麦提斯（Stefan Mattessich）则从朱丽娅·克里斯蒂娃（Julia Christiva）的"母性空间"（chora)② 概念入手，分析了茹丝选择流浪的原因和意义③。伊丽莎白·A. 麦斯（Elizabeth A. Messe）认为，母亲的缺席和"弑母"这一女性文学主题在《管家》中传达了这样的意义：在无他的环境下，女性丧失了其通常的社会身份建构——从属性和性别差异，因而选择流浪是妇女自治的体现，是妇女拒绝扮演社会赋予角色的必然结果④。与麦斯持相同观点是罗莎莉·钱普（Rosaria Champagne）。指出："指骨镇的人们将希薇和茹丝赶出她们的房子，原因是她们未能遵守社会定义的家庭生活准则，她们拒绝遵从社会文本指定并监督执行的公共与私人领域的划分和'合宜的女性话语'。"⑤ 亚德威戈·马泽卡（Jadwiga Maszewska）则从生态女权批评角度出发，结合罗宾逊非小说作品对《管家》进行了解读，指出罗宾逊小说中的自然意象和其中的女性人物都挑战了传统的文学再现方式⑥。

---

① Margaret A. Galehouse, *Leaving Home: Uncontainable Women in Twentieth-Century Text*, Diss. Temple University, 1997. Ann Arbor: UMI, 1997. 9737944, p. 17.

② "母性空间"（chora）原指母亲与小孩共享的未分化的地方，如子宫。"母性空间"这一概念最早见于柏拉图《蒂麦欧篇》（*Timaeus*），指为生命准备的场所。克里斯蒂娃在她的符号学理论中借用这一术语解释主体在表意过程中的符号态和象征态之间的关系。"母性空间"这一概念经常被女性研究学者拿来解读文学作品中的母女关系。参见 Julia Kristeva, *Desire in Language: A Semiotic Approach to Literature and Art*, New York: Columbia University Press, 1980。

③ Stefan Mattessich, "Drifting Decision and the Decision to Drift: The Question of Spirit in Marilynne Robinson's *Housekeeping*", *Differences*, Vol. 19, No. 3, 2008, pp. 59 – 89.

④ Elizabeth A. Messe, *Crossing the Double Cross: The Practice of Feminist Criticism*, Chapel and London: North Carolina University Press, 1986, p. 59.

⑤ Rosaria Champagne, "Women's History and *Housekeeping*: Memory, Representation and Reinscription", *Women's Study*, Vol. 20, 1992, p. 321.

⑥ Jadwiga Maszewska, "Ecofeminist Themes in Marilynne Robinson's *Housekeeping*", *American Studies in Scandinavia*, Vol. 28, No. 1, 1996, pp. 63 – 69.

　　与性别研究交叉解读《管家》的另一个视角是区域（西部）文学。罗宾逊在解释《管家》的创作动机时说："当我开始写作《管家》时，我确信这将是一本关于西部的书，因为那是我幼时和家人生活的地方，也是人们由于代代误传而不了解的地方。"[①] 作家将广袤的疆域和雄伟壮丽的景色等传统西部小说的代表性元素和独特的文字呈现方式结合在一起，促使人们重新考虑人和自然的关系。茹丝这一形象是罗宾逊对西部女性人物的生动再现。关于西部女性与自然的关系，美国著名女权批评家安妮特·科洛德尼（Annette Kolodny）认为：以男性英雄为中心的美国神话是西部文学内蕴的主导意识形态；男性作家对自然的女性化书写体现了自然与女性之间共通的他者形象；人类对大地无节制的征服、掠夺和占有是性别歧视的隐喻表述[②]。罗宾逊的四部小说都以美国西部乡村为背景，却并未选取西部文学常见的冒险、粗犷的英雄主义主题，而是以独特的女性视角塑造了西部女性坚忍顽强、寻求个人生存意义的品质，诠释了西部文化对美国民族精神的塑造和影响。盖尔豪斯浓缩概括《管家》是一部关于"她们自己的私密的爱达荷"的小说，并探讨了佛斯特家族女性建构属于自己的西部精神气质的过程[③]。国罗宾逊笔下，流浪、孤独这些西部文学常见的主题不是男性专属的，女性对精神自由和灵魂静寂的追求也是美国民族精神的重要组成部分。贾斯蒂娜·斯特朗（Justina Strong）在她的博士论文《记忆的风景：描绘的渴望》（*Landscape of Memory: The Cartography of Longing*）中探讨了小说中湖的意象。斯特朗将心理分析和空间理

---

① Marilynne Robinson, "My Western Roots", p. 166.

② Annette Kolodny, *The Lay of the Land: Metaphor as Experience and History in American Life and Letters*, Chapel Hill: North Carolina University Press, 1975.

③ Maggie Galehouse, "Their Own Private Idaho: Transience in Marilynne Robinson's *Housekeeping*", *Contemporary Citerature* XLI, 2000, pp. 117-131.

论结合，分析了《管家》中西部景色描写与小说人物内心世界的内在关联。她认为，茹丝对湖的着迷是因为"它的肢体和面部是茹丝祖先的化身，是祖母首次踏入的地方，是回忆和过去，是记忆的风景"①。

综上所述，美国学界对《管家》的研究主要从经典传承、女性文学、西部文学等几个角度出发，对小说主题和文学呈现方式做出了深刻的解读。然而，作家本人对"女性作家"和"区域作家"的定义并不满意："我很尊敬妇女运动，但我想写的是关于女性而非女权的书——小说主要人物都是女性的一个主要原因是我在西部长大，但是我认为西部并不是人们想象中男性统治的世界。"②

在上述研究角度之外，笔者还收集了从创作思想视角对罗宾逊作品进行的研究。就笔者统计整理，在《管家》发表后的 20 多年里，罗宾逊创作思想研究并非学界研究的主要方向，也没有集中研究小说中信仰与文化认同关系的论述出现。评论家多是将宗教研究糅合到其他研究视角之中，对作品中的基督教教义、圣礼、与《圣经》的互文现象等方面做出了零星阐释。威廉姆·伯克（William Burke）在从女性主义角度解读《管家》时谈到了加尔文主义思想对《管家》主题的升华。他认为：罗宾逊从加尔文主义思想超越物质世界、追求灵魂归属的教义出发，探讨了茹丝和露西儿姐妹分别代表的精神世界黑暗的真实和物质世界光影的虚幻③。马克·欧康耐（Mark O'Connell）在探讨作品叙事技巧时引用小说中"平常生

① Justina Strong, *Landscape of Memory*: *The Cartography of Longing* Diss. The University of Alabama, 2009. Ann Arbor: UMI, 2009. 3369771, p. 146.

② Elaine Showalter, *A Jury of Her Peers*: *American Women Writers from Anne Bradstreet to Annie Proulx*, New York: Vintage, 2010, p. 473.

③ William Burke, "Border Crossings in Marilynne Robinson's *Housekeeping*", *Modern Fiction Studies* Vol. 37, No. 4, 1991, pp. 716–724.

活的复活"指出:坚信耶稣复活是罗宾逊的灵魂归属,小说中大量对水、火的描写也充满了宗教隐喻①。

随着《基列》、《家园》和《莱拉》的出版,评论界对罗宾逊作品思想层面的关注有所增长,但由于这几部作品问世时间还比较短,目前对它们的探讨大部分还集中在各大媒体的书评和作家访谈,深入研究还有待展开。

由于《基列》和《家园》出版时间相近,又描述了同样的人物和故事,因此常被拿来相提并论;更由于这两部作品直接以宗教人士日常生活为描摹对象,批评家们进一步意识到罗宾逊的宗教信仰和神学观念深刻地影响着她的文学创作。当前,美国国内对这两部小说信仰维度的研究大致可以分为如下两类:一是将小说中的宗教元素与其中蕴含的伦理、种族、家国等主题结合考察,如格里高利·菲利(Gregory Feeley)认为《管家》是一部关于母女的书,而《基列》是一部关于父子的书,二者互为镜象②。丽贝卡·M.品特(Rebecca M. Painter)探讨了《基列》和《家园》中的"忠诚"与"浪荡"这两个对立主题的融合性可能③。苏珊·皮提特(Susan Petit)从阐释学的角度解读了两部作品当中人名、地名与其《圣经》原型的关联,指出"这个发生在1956年爱荷华两个家族的故事与美国清教和民权运动紧密相连"④。珍妮弗·赫尔伯格(Jen-

---

① Mark O'Connell, "Why I Love Marilynne Robinson", *The New Yorker*, https://www.newyorker.com/online/blogs/books/2012/05/marilynne – robinson, 2012 年 5 月 30 日。

② Gregory Feeley, "This Almost Chosen People: Marilynne Robinson's novel of America's Protestant soul", *The Weekly Standard*, https://www.weeklystandard.com/gregory – feeley/this – almost – chosen – people, 2015 年 1 月 30 日。

③ Rebecca M Painter, "Loyalty Meets Prodigality: the Reality of Grace in Marilynne Robinson's Fiction", *Christianity and Literature* 59. 2 (Winter 2010), pp. 321 – 340.

④ Susan Petit, "Names in Marilynne Robinson's *Gilead and Home*", NAMES, Vol. 58, No. 3, 2010, p. 139.

nifer L. Holberg）解读了罗宾逊三部作品中女性人物命名与《圣经》的关联①。瑞·海登·霍布斯（June Hadden Hobbs）从作品中反复出现的"葬礼、洗礼和棒球"等意象研究了《基列》中蕴含的美国宗教和文化精神的时代变迁②。

第二种研究路径是将这两部作品与《管家》和其他作家作品中蕴含的宗教元素结合研究。艾米·汉格福德（Amy Hungerford）认为这三部小说的叙事策略体现了文学表现形式和宗教体验的关系："无论在宗教信仰上还是在小说创作上，罗宾逊都是形式主义者（formalist），形式是她想象中的宗教生活和文学创作的核心。"③ 托马斯·弥内（Thomas Meaney）引用罗宾逊的论断——最好的故事发生在最偏远的地方——比较了罗宾逊、薇拉·凯瑟和沃伦斯·斯特格尔④等作家将宗教元素与区域文学相结合的写作特点，并认为罗宾逊作品"具有更深层次的神学内涵"⑤。苏珊·皮提特则将《基列》中的"好人"形象（埃姆斯牧师）与弗兰纳里·奥康纳（Flannery O'Connor）的名篇《好人难寻》（*A Good Man is Hard to*

---

① Jennifer L. Holberg, "The Courage to See It: Toward an Understanding of Glory", *Christianity and Literature*, Vol. 59, No. 2, pp. 283 – 300.

② June Hadden Hobbs, "Burial, Baptism, and Baseball: Typology and Memorialization in Marilynne Robinson's *Gilead*", *Christianity and Literature*, Vol. 59, No. 2, pp. 241 – 262.

③ Amy Hungerford, *Postmodern Belief: American Literature and Religion Since* 1960, Princeton: Princeton University Press, 2010, pp. 113 – 114.

④ 薇拉·凯瑟（Willa Cather）是美国 20 世纪最杰出的小说家之一。凯瑟在她的作品中歌颂西部边疆开拓者勇敢自立、不畏艰险的开拓精神，讴歌他们的个人主义精神，也描绘了西部宗教生活的景象。沃伦斯·斯特格尔（Wallace Stegner）是美国当代著名作家、环保主义者，被称为"西部作家的领袖"，代表作品为《安息角》（*Angle of Repose*）和《旁观鸟》（*The Spectator Bird*）。斯特格尔的作品以对西部风情的细致描写著称，后期作品对美国民族特性和文化传统进行了探讨和反思。

⑤ Thomas Meaney, "In God's Creation: Book Review on *Gilead*", *Commentary Citerature*, Vol. 119, No. 6, 2005, p. 81.

Find）关联解读，指出两部作品都反映了作家相似的宗教观点——同情罪人，希望他们能够得到救赎；同时在写作技巧上，两部作品都通过塑造平行人物，探讨了游离于主流社会之外的边缘人的救赎之路①。

罗宾逊的第四部小说《莱拉》由于出版时间较晚，目前主要以介绍性文章和书评为主。琼·阿克西拉（Joan Acocella）指出，《莱拉》体现了罗宾逊一贯的写作风格，开篇就以水的隐喻呈现了苦难、遗弃、谅解、拯救等文学主题，探讨了救赎的自愿性及可能性②。艾米·弗莱克赫尔姆（Amy Frykholm）着重介绍了小说中多处"洗礼"场景的描述，探讨了莱拉内心深处信仰生成、转变和坚固的过程③。安吉拉·阿莱曼·欧当娜（Angela Alaimo O'Donnel）对"基列三部曲"进行了整体介绍，强调了《莱拉》和《基列》在叙事声音上的延续：通过人物独白和人物间对话实现人物塑造上的主客观完整性④。

以上梳理了美国当前罗宾逊研究的大致状况。综上可见，在美国当代文学批评中，对罗宾逊及其作品研究的角度比较集中；更由于出版时间关系，大部分研究集中于对其首部作品《管家》的探讨。具体到宗教与文化研究，就笔者目前收集的资料来看，虽然有很多批评都涉及了宗教层面，但都是仅从作品中的某一或某几个元

---

① Susan Petit, "Finding Flannery O'Connor's 'Good Man' in Marilynne Robinson's *Gilead* and *Home*", *Christianity and Literature*, Vol. 59, No. 2, 2010, pp. 301 –311.

② Joan Acocella, "Lonesome Road: Marilynne Robinsons returns to Gilead in her new novel", https://www.newyorker.com/magazine/2014/10/06/lonesome - road, 2017 年 11 月 2 日。

③ Amy Frykholm, "The Preacher's Wife", *Christian Century*, December 10, 2014, pp. 42 –43.

④ Angela Alaimo O'Donnel, "This Blessed Place", *America*, April 27, 2015, pp. 18 –22.

素入手，缺乏对罗宾逊新教思想形成及发展过程的探讨。虽然众多评论家对罗宾逊的叙事技巧和写作风格大加赞扬，但还没有专注从信仰书写角度研究其叙事艺术的著述出现。罗宾逊是如何书写信仰，并使其直达人心？笔者正是以此为出发点，希望通过对其小说主题和修辞中蕴含的宗教元素的分析，了解作家创作思想的形成和变化，解释罗宾逊文学创作和信仰书写之间的互释关系，为当前罗宾逊研究开拓一条新的路径。

二　国内罗宾逊研究

在我国国内，对罗宾逊和其作品的研究目前还刚刚起步。罗宾逊代表作 *Housekeeping* 比较公认接受的版本是台湾麦田出版社的中译本《管家》，上海人民出版社于 2017 年 6 月出版了正式译本[①]。"基列三部曲"的前两部 *Gilead* 和 *Home* 由人民文学出版社翻译出版，中文译名为《基列家书》（2007）和《家园》（2010）[②]。*Lila* 目前并没有中译本出版。罗宾逊所有的非小说类作品目前都没有中文译本。

据笔者目前收集到的资料来看[③]，国内目前对罗宾逊的研究还停留在零散的论文阶段，没有成规模的专门性著作出现。笔者目前搜索到的关于罗宾逊研究的文章中，最早研究罗宾逊作品的文章是洪满意在 2007 年《安徽文学》发表的《小说〈基利德〉的主题探索》。由中国人民大学王晨撰写的《论〈吉利德〉的解构主义》与上文分析的是同一文本，两篇文章的研究角度分别是作品主题和阐

---

① ［美］玛丽莲·罗宾逊：《管家》，林泽良译，麦田出版社 2011 年版；［美］玛丽莲·罗宾逊：《管家》，张芸译，上海人民出版社 2017 年版。

② ［美］玛丽莲·罗宾逊：《基列家书》，李尧译，人民文学出版社 2007 年版；［美］玛丽莲·罗宾逊：《家园》，应雁译，人民文学出版社 2010 年版。

③ 本书所进行的中文文献回顾截止日期为 2017 年 6 月 30 日。

释方法。胡碧媛撰写的《家园模式的现代性救赎——评玛丽莲·罗宾逊的小说〈家园〉》集中探讨了《家园》一书中所体现的"流动的现代性"对固有秩序的解构和冲击。周冰的《杰克的成长转变——神话原型视角下的〈基列家书〉和〈家园〉》运用原型理论集中探讨了杰克这一人物的成长变化。此外,在金莉等著的《20世纪美国女性小说研究》中收录了周铭撰写的文章《玛丽莲·罗宾逊——后现代社会的信仰守卫者》。周文探讨了罗宾逊的思想体系,认为基督教信仰、自由主义和人文主义构成了罗宾逊的思想体系,但没有分析这三部分之间的相互关系,具体的文本分析也没有展开。除去专门文章外,还有零散的学位论文研究,其中包括任云岚的《论〈管家〉中的不确定性》(2009)、廖羽《英语隐喻语篇功能研究:以"Selected English Articles for English Reciting"及"*Housekeeping*"为例》(2011)、孙畅《男人故事;女人故事:〈基列家书〉和〈斯通家史札记〉两部自传体小说的对比》(2012)和徐丽《玛丽莲·罗宾逊小说中的基督教思想》(2012)等。任云岚将研究范围限制在后现代语境下,探讨了作为后现代审美特征的"不确定性"(uncertainty)在《管家》一书中的体现;廖羽和孙畅分别从叙事策略和主题研究两个方面将罗宾逊小说与其他相关文学作品进行了对比研究,徐丽虽然提出了基督教死亡观和救赎观在罗宾逊作品中的体现,但只关注了宗教主题,缺乏对作品本身的文学性审美研究。

综上,我国国内对罗宾逊小说的认识和研究仍处于起步阶段,至今仅有短短十几年时间,无论从数量上还是内容上都远远滞后于美国,且未有产生深远影响的批评作品问世。笔者认为,国内开展罗宾逊研究所面临的一个重要问题就是译介力度不够;体现罗宾逊丰富精神世界和深邃思想的文集、访谈等非小说作品在国内至今尚无译介,因而导致目前国内的罗宾逊研究都只是对其小说作品的单一解读,缺乏对作家文学创作思想和理念的整体性把握。另外,国内目前的研究多是从某一主题或文学表达形式出发，研究手法比较单一、深度和广度还需加强。同时，目前我国国内还没有著述系统探讨罗宾逊创作思想的来源及其与当代美国文学的文化认同研究之间的关系。当然，非基督信仰期待视野下①对罗宾逊及其作品相关层面研究的匮乏也阻碍了国内罗宾逊研究的深入和发展。本书所进行的研究正是希望从探讨作家信仰书写与当代美国文化认同的关系出发，通过研究罗宾逊作品叙事艺术和创作主题的互释关系，开拓我国罗宾逊研究的视野和领域，乃至美国当代文学的研究方向和范围。

第三节　研究意义、研究方法和结构

一　研究意义

初读罗宾逊小说，读者尽管会陶醉于作家散文式（proselike）的美妙文笔、沉静舒缓的语感节奏和极具玄学色彩的新奇比喻，却也会发现作品中无处不在的美国宗教文化元素难以把握，妨碍了对作品的深层次美学赏析。无论是语言表现形式还是作品主题思想，罗宾逊的文学创作都深刻地打上了信仰烙印。如何通过剖析作品中的宗教文化元素来加深对罗宾逊小说及其创作思想的理解是本选题最根本而直接的意义。

笔者认为，罗宾逊的基督教新教信仰全面影响了她的文学创作。罗宾逊的文学实践体现了强烈的当代美国主流新教文化影响，她的小说与宗教信仰和民族认同之间存在着互为依托、互相诠释的关系。在美国

---

① 期待视野（horizon of expectations）是德国文艺理论家者汉斯·罗伯特·姚斯（Hans Robert Jauss, 1921—）创立的接受美学理论中最重要的概念。所谓"期待视野"是指在文学作品接受过程中，读者原先预备的各种经验、趣味、素养等共同生成的对文学作品的一种欣赏要求和水平。在具体的文学阅读中则表现为一种潜在的审美期待。

学界,罗宾逊被定义为基督教作家、西部作家和女性作家。笔者认为,简单地将罗宾逊定义为宗教作家,其实是忽视了她高超的文学艺术水平和关于家国文化的深刻思考;而对于后两个头衔,罗宾逊作品中的西部文化和女性视角都只是枝节而非根本;如果脱离作品的思想主旨,仅强调罗宾逊自觉地表达了女性主义思想或说她是西部作家的代表,也只能说是评论家们对于罗宾逊及其作品的片面解读。作为一个具有强烈使命感和道德责任感的作家,罗宾逊无论在小说还是非小说创作中都体现了非常细腻、敏感的写作风格;她的小说所呈现出的反思性、包容性和对世俗世界的神圣关怀等特点都表达了一种推崇美国基督教新教传统,关注个体成长、家庭关怀、种族团结的现代宗教精神①。在具体文本中,无论在小说主题上还是艺术表现形式上,罗宾逊的作品都体现了浓厚的新教文化色彩。她的小说承载了强烈的基督教新教文化诉求,体现了作家广泛、深刻的神学理论自觉、宗教审美感受和宗教伦理关怀。因此,探究罗宾逊小说的新教文化内涵才能全面深刻地理解作家的创作思想和其小说的现实意义。

罗宾逊通过文学创作探讨信仰和生命的真谛,努力通过宗教途径唤醒人们挽救失落的传统文明和价值观。罗宾逊坚信:信仰对拓

---

① 罗宾逊宣称自己信奉基督教新自由主义神学 (Liberal Christianity)。美国新自由主义神学是在基督教的思想框架内承认现代性的主张,是当代基督教的 "激进派" 或 "现代派",其特征如下:1. 相对于保守的福音派而言,新自由派宣扬普救论,在救赎的问题上持比较宽松的观点。2. 对其他信仰和哲学传统持开放态度,更愿意探讨现代科学和神学的关系,认为《圣经》和科学是可以调和的。3. 偏重人性而非神性,强调上帝的内蕴性 (immanence),认为人与自然是神的延伸。4. 将《圣经》更多地视为信仰的指导,强调吸收其中的道德伦理和哲学观点。5. 对少数族裔、其他宗教信仰者和无神论者、不同性取向人士持开放包容态度等。参见 Marilynne Robinson, "Onward, Christian Liberals", *American Scholar*, Vol. 75, No. 2, 2006, pp. 44 – 48; Roger Olson, *The Story of Christian Theology: Twenty Centuries of Tradition and Reform*, Wheaton: IVP Academic, 1999。

展人类艺术想象和丰富文学话语表达具有深远的意义；她的虔诚信仰为自己的文学创作赋予了一种纯粹、独特和神秘的宗教文化色彩，而这也增加了读者（特别是无信仰者）把握其作品的难度。本书对罗宾逊小说中新教文化元素进行剖析的意义就在于透过小说表层的文学表达形式深入其信仰探讨的内核，从而理解小说丰富的宗教内涵，了解作家从信仰视角出发对当代社会诸种现实弊病进行批判的人文主义关怀。

随着阅读的深入，罗宾逊小说在美国的接受情况引起了笔者对美国当代小说宗教与文化认同研究的兴趣。美国当代作家的文学书写和宗教信仰之间存在着什么样的关系？为什么在美国当前文化多元化语境下，仅有四部小说作品问世、且公开坚定宣扬正统新教思想的罗宾逊在美国学界倍受推崇？

罗宾逊的小说创作始于 20 世纪 80 年代，正是美国"文化战争"（Culture Wars）的高潮时期。美国文化战争始于 20 世纪 80 年代，在 90 年代达到高潮。文化战争是美国主流文化和多元文化之间的角力。坚持主流文化传统的美国主流社会认为，20 世纪 60 年代以来的反文化运动和种族混杂的新移民激增瓦解了美国民主赖以存在的基石。他们主张坚持以西方经典文本（Canon）为根基的文化体系，以美国传统的盎格鲁—撒克逊白人新教精神重建社会道德秩序。威廉姆·班奈特（William Bennett）、哈罗德·布鲁姆（Harold Bloom）和索尔·贝娄（Saul Bellow）因为在政治、文化和文学上的保守精英立场被合称为"3B"，是保守派的重要精神领袖。提倡多元文化的一方则认为，美国是多种族融合的大家庭，移民给美国社会带来了活力，文化多元不会瓦解美国社会，不会使美国发生严重种族冲突。具有移民背景的美国政治文化精英，如爱德华·沃第尔·萨义德（Edward Wadie Said）、佳亚特里·C. 斯皮瓦克（Gayatri C. Spivak）和女权运动领袖、民权运动领袖是多元文化的倡导者和理论先锋。美国政治文化里的保守派与进步派、左派与右派之分,基本上是文化战争中两派之分的别名,宗教信仰与文化认同的分歧是造成二者矛盾冲突的重要因素。

1981 年里根当选美国总统,这标志着新保守主义思潮在美国的兴起。20 世纪 60 年代以来的文化激进运动受到了阻碍,文化战争两大阵营间的直接抗衡也是愈演愈烈。一方面,激进派阵营继续坚持文学文化对种族、性别、阶级的关注,提倡道德相对主义、宗教信仰多元化和价值不确定化,要求将那些长期被压抑的边缘声音(如族裔文学、女性文学等)纳入经典文学殿堂。萨义德、斯皮瓦克、霍米·巴巴(Homi K. Bhabha)等被视为反抗文化霸权的理论英雄;伊莱恩·肖沃尔特(Elaine Showalter)、朱蒂斯·巴特勒(Judith Butler)、芭芭拉·史密斯(Barbara Smith)等女权评论家成为女权文学批评的旗手和代言人。另一方面,保守主义阵营认为美国当代文化认同面临严重危机,其根源所在是激进派推崇的多元文化论贬损了美国传统的文化价值观。1987 年,艾伦·布鲁姆(Alan Bloom)出版的《正在封闭的美国心灵》(*The Closing American Mind*)批判了当时流行的文化虚无主义。布鲁姆认为,基督教新教思想仍然是美国社会最基本的个人精神信仰、是美国社会伦理道德以及价值观的源泉;"保守主义是一种可敬的态度,为了坚持和忠于在大学中已经不再那么受欢迎的东西,它的拥护者不得不在人格上保持坚定"①。哈罗德·布鲁姆以《美国宗教:后基督国家的出现》(*The American Religion: The Emergence of the Post-Christian Nation*)和《西方正典:伟大作家和不朽作品》(*The Western Canon: The Books and School of the Ages*)等经典著述继续旗帜鲜明地表

---

① Alan Bloom, *The Closing American Mind*, New York, Simon Schuster Trade, 1987, p. 305.

达自己文化保守主义和精英主义的立场。著名批评家威廉姆·班奈特（William Bennett）曾经担任过里根总统任期内的教育部部长，他在1994年出版的《美国的贬值》（*The Devaluing of America*）批判了后学思想只破不立的倾向，主张恢复对经典作家的尊学，并恢复他们的作品在人文学科中的正统地位，呼吁美国道德理想主义和传统文化信仰的回归。

在这样的文化背景下，罗宾逊创作的《管家》一方面以其"女儿国的故事"激发了女性主义文学批评的广泛解读；另一方面又因为作品继承美国浪漫主义美学传统，对生存意义、身份、信仰等美国文学经典主题进行深入的探索而倍受主流保守主义批评家的认可和好评。在每当一部作品出现都会被贴上非左即右的标签的20世纪80年代，罗宾逊的《管家》罕见地受到了多元派和精英派的共同认可。

在《管家》出版之后，罗宾逊将主要精力投入公共事业和神学研究。时隔20多年后，她创作的"基列三部曲"又获得了广泛的赞誉。罗宾逊以恬静的文风、自然的文字直接描摹美国现当代宗教生活，再现和反思了美国百年新教信仰的兴衰历史，深入探讨了种族、性别、身份、国民认同等当代社会关切。如果说在《管家》中，宗教元素更多体现在深层的隐喻层面上，罗宾逊的后期作品则通过对牧师家庭生活的直接刻画探讨新教理念，回顾了基督教新教自南北战争至20世纪50年代的发展历程，对美国当代宗教信仰发展及其与民族文化认同之间的关系进行了深刻反思。

总之，罗宾逊的小说创作体现了作家既坚守并推崇美国传统文化和宗教信仰，又将其与艺术创作自由真正融会的大家风范。在当前多元文化语境下，文学对种族、性别、阶级的关注远远超过对文学作品中宗教内涵的关注，道德相对主义、价值多元化倾向极大消解了文学的教化和净化功能，但不容否认的是：以基督教信仰和新

教教义为核心的 "美国信念"① 仍然是美国社会最基本的个人精神信仰和民族认同的根本。后现代信仰失落、真理和价值缥缈不定也引起众多学者的忧虑，也导致了 20 世纪 90 年代文学研究领域的新人文主义转向。当罗宾逊这样一位坚持文学回归人性拷问、精神拯救、坚守自身文化信仰的作家出现时，美国学界罕有地达成一致，公认罗宾逊为美国当代最杰出的作家之一，是美国经典文学传统的继承人和宣扬者。

促进罗宾逊作品在中国的研究，探讨美国文学与文化认同之间的关系是本选题的另一个意义所在。按照接受美学的观点，文学意义的产生需要经过阐释过程。文本意义的阐释是具有反思性的，要求阐释者必须具备相应的 "前知识"，具备一定的审美知识与经验，以及与之相关联的社会历史知识。中美两种文化语境下期待视野的不同解释了罗宾逊研究在两国的冷热不均。由于东西方文化差异，大部分中国读者不了解美国宗教文化背景知识，不具备美国社会普遍认可的基督教文化前知识，对美国文学的宗教内涵缺乏了解，也就无法真正深入理解罗宾逊作品的美学价值。我国目前刚刚开展的罗宾逊小说研究也只停留在文本分析、思想初探及几个简单的宗教主题探讨等浅层面研究上。除小说外，体现罗宾逊思想体系、文学创作观的大量批评性论述无一译介。由于宗教接受视野的缺席，国内目前的研究对罗宾逊基督教新教思想观念和文学艺术表达之间的

---

① 亨廷顿 (Sameul P. Huntington, 1927—2008) 指出，美国之所以区别于其他国家，主要在于植根于盎格鲁——新教文化之上的 "美国信念" (American Creed)。这一概念泛指 18 世纪末 19 世纪初以来美国一直存在着的某些基本的政治理念和社会价值观点，在美国社会受到一致认可和支持。"美国信念" 的核心要素包括宪政主义、个人主义、自由主义、民主主义和平等主义。这种信念塑造了美国文化传统价值观，维护着美利坚民族文化认同，在定义美国国民性方面一直发挥且仍在发挥着关键的作用。参见 [美] 塞缪尔·亨廷顿《失衡的承诺》，周端译，东方出版社 2005 年版。

关系缺乏深刻的解读及系统全面的分析。当前，罗宾逊作品宗教层面的研究依然匮乏和浅显，不利于国内罗宾逊研究的深入发展。当宗教视角研究融入美国文学的叙述传统中时，我们可以清晰地看出，它属于美利坚民族国家身份认同宏大主题的一部分。这也正是罗宾逊创作的深刻性与重要价值的表现。由此，对罗宾逊的宗教信仰进行全面的学理分析有助于深入其作品灵魂拯救、文明拯救的内核，进而达到深入理解美国当代主流文学核心价值的目的。

基于此，本书以罗宾逊的小说作品为选题方向和行文基础，将其非虚构作品、访谈、书评等作为本研究的思想支撑；通过剖析小说中的宗教文化元素来考察罗宾逊文学创作思想的来源、探讨罗宾逊文学创作中的基督教新教信仰的主题表达和修辞呈现，透过小说表层的宗教表述深入挖掘文本的文化内涵，并通过分析小说中塑造的不同女性人物形象研究作家创作思想的发展变化，从而进一步探究新教精神在构建美国当代文化认同上的作用。

二 研究方法和结构

(一) 研究方法

本书是在信仰与文化视角下对罗宾逊小说进行的内容与形式两方面的解读，研究方法也相应可以归纳为以下几种。

1. 采取跨学科、开放式的研究方法，综合运用基督教神学、社会学、文化研究、叙事学、生态研究和性别研究等理论，系统地梳理罗宾逊的创作思想，深入理解罗宾逊小说中的宗教元素，探讨小说的信仰内涵和文学表达之间的关系。

2. 在小说内容研究上主要进行主题研究和人物研究。通过对罗宾逊小说和其他非虚构作品、访谈等进行文本细读，深入研究小说中的主题思想和人物塑造，理解罗宾逊的小说作品和她的创作观之间的关系；透过研究罗宾逊作品中的宗教书写，深入挖掘作品的文化渊源。

3. 在小说形式研究上主要进行文本修辞研究,即探讨罗宾逊作品中运用的《圣经》修辞。本书将运用《圣经》修辞学研究理论,对罗宾逊作品中的预表、命名和隐喻等《圣经》修辞方法开展研究,探讨罗宾逊小说的深层结构及其小说与《圣经》和美国经典文学作品间的互文与对话。

总之,本书将通过微观细致的主题研究和修辞分析,致力将罗宾逊小说中的神学主题和文学呈现方式相结合,探讨作家的文学创作思想发展变化间的有机契合。同时,本书将罗宾逊研究置于美国当代文学中的文化认同研究这一大背景下展开,力求见微知著、更深入地了解美国当代文学和文学批评的发展走向。

(二) 基本结构

本书分为三个部分,分别是概论、主体部分和结语。

第一章概论部分介绍选题缘由,概述了玛丽莲·罗宾逊的生平、创作情况及国内外研究现状。笔者认为,罗宾逊的新教信仰和她的文学创作密不可分,她的文学书写有着强烈的新教文化色彩;对罗宾逊小说信仰与文化维度的研究有助于加深我们对美国文学和文化的认识。

第二章首先介绍美国文学和基督教信仰之间的关系。事实上,美国从建国至今,基督教一直影响着人们的文化认同、价值取向、甚至社会发展方向。对于美国乃至整个西方社会来说,基督教早已超出了宗教崇拜的范围,是浸入西方文化骨髓的一种思维方式与伦理准则。作为主流基督徒和经典作家,罗宾逊的宗教信仰和她的文学创作密切相关。加尔文主义思想和超验主义精神是罗宾逊的思想基石和伦理审美维度;她以细腻的笔触描述了加尔文主义和超验主义在普通个体生命中的具体表达。作家在不同时期塑造的性格迥异的人物形象具有强烈的时代性,反映了她的创作思想和美国基督教女性主义神学思想的同步变迁。罗宾逊作品蕴含的独特的宗教审美使她的小说在当代美国文坛独树一帜。

第三章探讨罗宾逊小说中的新教主题。笔者通过选取人与自然、罪与救赎、个体与家庭三大主题，探讨其小说对这三个主题的文学呈现及作家创作思想的变化轨迹。笔者提出，罗宾逊将这三大主题贯穿她的小说创作始终，同时又各有侧重：《管家》重在讨论人与自然的关系，《基列》和《家园》探讨了人与神、人与人的关系，《莱拉》又继续探讨了"个体与家庭"这一罗宾逊所有作品的永恒关注。

本章分析了《管家》中人、自然、神三者之间的关系。《管家》是将宗教隐喻与自然景色描写相结合的经典作品。本部分从加尔文主义自然观对物质世界与神圣存在的认识、超验主义审美和伦理这两方面分析蕴含在罗宾逊作品中的人与自然的神学关联：人类应当崇敬自然、相信自然具有修复灵魂并使人重新认识上帝的能力，因而选择流浪、顺应并回归自然才是真正的"管家"之道。

笔者认为，罗宾逊作品中的"罪与救赎"这一神学主题在她的"基列三部曲"中得到了集中体现。在"基列"系列中，罗宾逊的宗教关注从"人—自然—神"的关系进一步集中到对"人与神"关系的思考，展现了人物的自我救赎和国家的种族救赎。笔者认为：通过坚持人性善的品质，以爱来对抗原罪、完成人性救赎和种族救赎是"基列三部曲"传达的重要的主题思想，也是作家提出的治愈当代人精神荒原的一剂良方。只有爱才能对抗黑暗和绝望，才能完成人类的自我救赎。罗宾逊通过小说叙事呵护了那些脆弱的灵魂，直抵读者内心的宗教暖意是其作品能够获得广泛认同的原因之一。

此外，贯穿罗宾逊三部小说的永恒主题是"家园"主题。罗宾逊在小说中探讨了"忠诚与庇护""爱与宽恕"等基督教新教家庭伦理观在现代社会的意义,同时呼吁宗教道德伦理的回归。笔者将分析《管家》中的家园主题与《旧约·路得记》《基列》与《圣经》中"浪子回头"的宗教寓言之间的同构关系。

第四章参考《圣经》文学批评理论,特别是诺思洛普·弗莱(Northrop Frye)对《圣经》叙事的整体性阐释,具体探讨罗宾逊作品中《圣经》修辞艺术的运用,分析文本的深层结构及其与《圣经》的互文关系。

本章首先解释清教的预表概念,继而探讨罗宾逊小说中对预表修辞的运用:《基列》中的圣餐预表体现在埃姆斯写给儿子的书信当中,《管家》中的复活预表则一直存在于茹丝的头脑之中。作家将回忆与现实结合,使回忆成为现实的预表,又使过去投射于当下。在罗宾逊笔下,《圣经》教义体现在日常生活中,平凡的生活也通过一些神圣的象征被赋予了神圣的含义。另外,罗宾逊作品中的命名也带有强烈的宗教内涵。笔者重点分析"茹丝""基列""约翰·埃姆斯家族"和"鲍顿家族"等人名、地名与其《圣经》原型的关联,指出基督教新教文化已经内化为罗宾逊的无意识;她在小说中使用的带有宗教色彩的命名使小说蕴含了深厚的宗教文化内涵。通过富有宗教深意的人物和地点命名,罗宾逊沟通了世俗人生与宗教信仰、现实人物和自然环境与《圣经》原型的联系。笔者还将结合弗莱对《圣经》隐喻的研究分析罗宾逊作品中典型的《圣经》意象。本书认为,罗宾逊将隐喻内化为自己的思维方式,她小说中源自《圣经》的隐喻意象(包括水的意象、光的意象、火的意象)为作品营造了浓郁、神秘的宗教氛围,体现了作家的创作理念和独特的小说审美特征。

第五章首先廓清当代基督教女性主义神学的发展脉络,指出罗宾逊小说的人物塑造体现了作家性别思想、神学思想的发展变化。创作于基督教女性主义神学发展高潮时期的《管家》突出了《圣经》中被压抑和忽视的女性主义传统，其女性人物塑造致力于恢复女性的完满人性，体现了罗宾逊激进的宗教女权思想。在罗宾逊后期作品中，伴随着基督教女性主义神学从激烈走向妥协和融合，她的女性人物刻画也更加多维度化，《家园》中塑造的格罗瑞这一人物的思想变化体现了作家宗教思想的同步变迁。

本书最后一部分是结语。罗宾逊曾经说过："每个人一生都在写一部书，因为她只能关注生命这一个主题。"[①] 对罗宾逊而言，写作犹如祈祷，她的小说艺术建构与宗教信仰之间存在着独特的"互释"关系。在后现代众声喧哗中，逆潮流创作的罗宾逊代表了美国当代文学多元语境下的新人文主义转向——回归美国文化本源、恢复人的神性才能重建美利坚民族认同。

---

① Marilynne Robinson, "A Life in Writing: Marilynne Robinson", Interview by Emma Brockes.

第二章

后现代语境下的虔诚信仰

宗教与文学都属于经验领域，都是人类描摹内心体验的实践活动；文学所追求的完美与神学所寻觅的上帝之间存在着相通的关系。宗教信仰为文学的发展提供了重要的题材并为文学增添了审美情趣，文学又以审美的形态为宗教的广泛传播起到了推动作用，文学艺术追求的完美与神学所寻觅的灵魂主宰存在着一种同一性。具体到美国，基督教新教信仰既是美国文学的文化背景，又是美国文学的书写对象。美国独特的大熔炉历史背景造成了其多民族、多宗教的多元文化形式，正如弥尔顿·戈登（Milton Gordon）指出："如果在美国生活中有某种东西可以被称为完全是美国的文化，并且是移民和其子女参照的标准，那么对我们来说，这就是来源于盎格鲁—撒克逊和白人新教传统中的中产阶级文化模式。"①

所谓信仰，是指人们对某种宗教、思想、主张、人物等的信服和尊崇，并将其作为自己的精神寄托和行动指南。信仰是心灵的主管产物，在精神上它表现为对某种境界的推崇和向往，在行动上则表现为一定的态度和准则。在美国，基督教新教信仰早已经超出宗

---

① 江宁康《美国当代文学与美利坚民族认同》，南京大学出版社 2008 年版，第164 页。

教范围，作为美国民族文化心理深层的集体无意识而深入美国人的骨髓，被美国人内化为思维方式和行为准则，成为其精神信仰。新教信仰是美国建国的精神源泉和文化共性的整体体现，它被内化为美国国民思维方式和伦理道德标准而深入人们的血脉，制约着美国文学想象和书写的维度和方向。宗教信仰体现了人类对终极目标的追求，其基础是伦理标准，同时也体现了文化性和多元性。在当前多元文化背景下，美国少数族裔和亚文化群体提倡多元性的同时，也在寻求美国新教主流文化身份的认同和归属。美国基督教新教文化在过去三百年左右的时间里大致经历了兴起、昌盛、质疑、没落、复兴的起起落落，美国文学中的宗教情怀也经历了虔信、发展、怀疑和探究的变化过程。

1630 年，约翰·温思罗普（John Winthrop）在他著名的布道《基督慈善之典范》（A Model of Christian Charity）中提出了"山巅之城"的概念，阐明了清教徒移民北美的宗旨——我们将成为山巅之城，全世界的眼光都在注视着我们。山巅之城的神话本身即来源于基督教《新约·马太福音》第五章第十四节："你们是世上的光，城造在山上是不能隐藏的。"这一说法充满隐喻色彩。宗教改革之后，对清教徒而言，欧洲即是埃及，美洲大陆即是"应许之地"，而清教徒漂洋过海也是受到了上帝的指示和感召，为了完成建成尘世伊甸这一终极使命。清教徒相信上帝与他们有个契约，由此乐观、坚韧地开始了拓荒之旅。由于宗教与文学之间存在着相辅相成的关系，美国文学自发轫起就带有强烈的宗教色彩。从早期清教作家宣扬加尔文思想的布道文和诗歌，到 19 世纪詹姆斯·库珀（James F. Cooper）开创的"新亚当"式的美国英雄的出现；从浪漫主义文学对内在于万物的"超灵"的解读和对上帝与恶魔形象的穷极追问，到 T. S. 艾略特（T. S. Eliot）现代主义荒原上的困惑与救赎；从尤金·奥尼尔

（Eugene O'Neil)) 对 "新的上帝" 的渴求到约翰·厄普代克
（John Updike）再现的神圣与世俗的妥协和融合，美国文学发
展的轨迹反映了美国基督教新教信仰在美国社会生活中的演变
历程，基督教新教思想也历史性地成为美国作家笔下的民族集
体无意识，宗教与社会文化之间的张力也通过文学创作的形式
得以广泛的呈现。

第一节　当代美国文学中的基督教信仰表达

一　第二次世界大战后的美国基督教新教发展与文学呈现

随着美国社会在第二次世界大战后走向全面的现代化、自由
化、工业化，美国基督教新教文化也逐渐走向世俗化。美国传统的
信仰体制、道德观念、种族关系和性别地位能否维持下去成为日益
突出的社会问题。

20 世纪 50 年代，由于大部分年轻人受益于 "退伍军人安置
法" （G. I. Bill)[①]，美国整体的国民教育水平得到了极大提高。教
育水平的提高体现在宗教信仰上，就是更多的美国民众开始独立选
择自己的信仰，教派更加分化，各宗教内部自由主义思想开始占上
风。由于刚刚过去的世界大战给美国人造成了巨大的心理创伤，很
多人开始重新回到宗教信仰中去寻找精神的避难所，美国宗教也再
度出现了复兴局面。基督教基要派 （Fundamentalists） 在 20 世纪 50

---

① 　G. I. Bill 的正式名称是 "Servicemen's Readjustment Act of 1944"，也就是军人
安置法案。该法案源于第二次世界大战末期，主要内容是美国政府为第二次世界大战
退伍军人提供免费的大学或者技校教育，以及一年的失业补助。

年代重新崛起，成为当时宗教保守主义势力的中坚力量①。

进入 20 世纪 60 年代，美国国内此起彼伏的民权运动、女权运动、反战运动和学生运动使人们开始怀疑传统的宗教教义和道德准则，美国青年人更是开始以质疑、甚至抛弃传统信仰的方式来表达对主流社会文化价值观的不满和反抗。20 世纪 60 年代之前，美国是一个比较保守的社会，人们普遍信奉建立在基督教新教基础上的盎格鲁—新教主流文化价值观念，认同传统的婚姻和家庭观念。但是，社会形式到了 20 世纪 60 年代发生了改变。伴随着大规模的民权运动和反越战示威，全美掀起了一股反文化运动（the Counter Cultural Movement），其主要表现形式为性解放、吸毒、摇滚乐以及嬉皮士的生活方式。反文化运动所到之处，以强调工作、清醒、俭省、节欲为人生态度的美国基督教新教伦理和精神信仰都受到了强烈的冲击和批判。正是从 20 世纪 60 年代起，基督教新教信仰失去了自殖民地时期以来的主导地位，天主教、犹太教、伊斯兰教得到了广泛的发展，多元文化带来的其他宗教信仰也开始进入美国这个世界上最大的宗教博物馆。

---

①　基督教基要派是 19 世纪末开始的一个基督教思潮，其要旨是反对自由主义神学及历史批判学，主张以字面的、传统的方式理解《圣经》并接受传统的基督教教义。19 世纪末，美国保守派宗教领袖制订了被称为"基本要道"的信纲，其主要内容包括：1. 圣经各卷都是灵意，是永无谬误的；2. 耶稣基督是神，神迹的历史真实性；3. 基督是童贞女所生；4. 基督死在十字架上，为人类赎罪；5. 基督肉身复活，并将以肉身再次降临人间。20 世纪初期，洛杉矶圣经学会（The Bible Institue of Los Angles）出版了一系列研讨这些基本教义的书刊，名为《基本要道：真理的证言》（The Fundamentals: A Testimony To The Truth）。"基要主义"一词就是从这个书名衍生出来的。在中文里，基督教的 fundamentalism 从 20 世纪初出现本来一直译为"基要主义"，后来当 fundamentalism 被用到指其他宗教（例如天主教、伊斯兰教、犹太教、印度教）的宗教运动后被译作"原教旨主义"，这样在英文中的一个词在中文里就变成了两个词，有不同的指代。由于"原教旨主义"一词因各种原因与恐怖主义产生了联系，许多基督教原教旨主义者更倾向于使用"福音派"来称呼自己。

20 世纪 60 年代中期到 70 年代，美国基督教进入萧条时期，国民宗教情绪淡漠，进教堂的人数锐减。"上帝已死派"神学家干脆提出上帝已经消亡，不再是真实的存在的观点；然而身为基督徒，他们又无法离开上帝这一超验式存在，于是他们提出基督徒应当效法耶稣，献身于社会变革事业，从而获得救赎的主张。其他各大神学流派，如女权主义神学、黑人神学和生态神学等也开始尝试将自己的神学主张和世俗社会矛盾结合考量，力求从神学的角度理解并解决美国的社会问题，定义美国国民的身份特征，探寻美国国民认同的发展方向。

自 20 世纪 70 年代开始，美国基督教发展进入反思时期。丧失了中心地位的基督教新教开始努力寻求一面坚持信仰上帝，一面又与其他宗教派别和世俗社会和平共处的路径。在这一时期，保守的福音派教会再度崛起。福音派相信，一个人在接受耶稣为个人的救主之后，能够获得崭新的生命；因此，福音派运动也称为"重生"运动，福音派基督徒称为"重生"的基督徒。福音派教会数目不断增长，新兴教会和新崇拜团体一再涌现。以"道德多数派"和"基督教联盟"为代表的宗教新保守派大规模介入美国政治文化生活。宗教团体对政治的积极参与开始改变自 20 世纪 60 年代以来美国社会高度分散化、多样化、个性化的发展趋势，许多传统教会也不再是单纯的灵修场所，而开始与人们日常生活密切地联系在一起，变成了集礼拜、社交、娱乐和教育功能为一体的社区文化中心。1976 年，来自南方"圣经地带"的民主党候选人、福音派"重生"基督徒吉米·卡特赢得了大选。也是在这一年，调查显示美国拥有 5000 万福音派基督徒。1976 年也因此被《新闻周刊》称为"福音派之年"。由此可见，新教教会体制的日益世俗化和神学教义的现代化阐释已经成为不可逆转的潮流和美国未来发展的方向。

进入 20 世纪 80 年代，福音派教会力量持续增强。与此同时，基督教新自由主义神学也得到广泛发展。与福音派相比较，基督教自由派是一种更适应于多元文化发展的基督教形式，更多地与现代文化与意识形态协商妥协，而福音派则较保守，固执坚持基督教的基本信仰。新自由主义神学试图与当代社会保持积极密切的联系，认为宗教应该走出拯救灵魂、回避世俗事务的传统信仰方式，主张信仰与理性、教会与世俗协调共同发展。新自由主义神学把宗教信仰和社会使命结合起来，将战争与和平、生态危机、道德衰败等一系列社会问题纳入其神学研究范畴。新自由主义神学的发展和成熟标志着美国战后基督教神学思想实现了自身的现代化进程。新自由主义神学尽管与福音派有着不同的出发点，然而彼此在宗教与世俗关系、伦理道德等问题上有着大量共识，因而二者的前进道路常常有并行的趋势。美国基督教信仰在 20 世纪 80 年代度过了危机阶段，迎来了 20 世纪末的稳定繁荣。

综上所述，美国 20 世纪后期的宗教反思潮流如同 19 世纪新教社会福音运动的当代再现，是宗教信仰和社会使命结合的产物。查尔斯·泰勒（Charles Taylor, 1931—）在他的鸿篇巨著《世俗时代》（A Secular Age）中探讨了宗教和现代社会的关系。他认为，在世俗时代，信仰上帝的生活已经不再是当代生活唯一的默认选项。一方面，信奉宗教仍然是一种可行的生活方式；另一方面，宗教也失去了过往的强制性。如今的情况是人们有了选择信仰的自由。"信仰上帝被理解为多种选项之一，而且常常还认作最容易被接受的那种选项。"[1] 美国民众在宗教的神圣化和生活的世俗化之间努力

---

① ［加］查尔斯·泰勒：《世俗时代》，张容南等译，上海三联书店 2016 年版，第 5 页。

寻找最佳的平衡和结合点，进而解决当代社会物质享受和精神信仰的矛盾和冲突。

第二次世界大战后，美国基督教发展在经历了保守和繁荣的20世纪50年代，质疑加否定的20世纪60年代后进入反思重构时期；第二次世界大战后美国文学的发展趋势也与美国社会发展方向有着鲜明的一致性，表现出浓厚的现代特征。尽管美国作家们信仰各异，但不可否认的是他们都处于美国主流基督教新教信仰的文化背景之下，新教信仰对他们的人生观与价值观都会产生影响，而文学作品又是个体思考表达的产物，因此尽管部分作家会有意识地在作品中回避甚至批判宗教主题，但基督教新教信仰作为一种集体无意识，必定会在美国作家的文学创作中留下痕迹。评论家艾米·汉格福德指出，后现代文本运用宗教语言和意象为文学赋予文化深意，"在文学文本中有很多解释词语的词语，实际上也是解说上帝的词语。"① 为区分研究，本书将美国当代作家或明显、或隐匿的宗教思想大致分为如下三种模式。

1. 批判式接受。持有这一观点的作家将宗教信仰视为文学创作的本源思考，将文学视为对生命意义、终极关怀的探求。这些作家对待宗教问题普遍持矛盾心态：一方面，他们怀疑传统宗教已经不适宜当代社会发展，批判其保守、麻木等种种弊端；另一方面，他们又不希望看到传统宗教在现代社会的凋敝和消亡。他们在文学作品中评说信仰，是因为他们承认宗教信仰是人类生存无法回避的基本维度，文学不只反映社会现实，也是作家对人类生存困境的洞察和自我灵魂的拷问。宗教视野下的"罪与罚"成为他们的作品映照现实的尺度。福克纳、奥康纳的创作将美国的

---

① Amy Hungerford, *Postmodern Belief: American Literature and Religion Since* 1960, p. 9.

南方性（Southness）和宗教性结合在一起，试图反映人类的普遍遭遇和生存境况。福克纳的"约克纳帕塔法"系列小说规模宏大、人物众多，带有浓厚的宗教批判色彩，但同时他的写作核心又是以"人"为出发点和归宿，以"约克纳帕塔法"作为文学隐喻，透视美国乃至人类的生存困境；奥康纳则刻画了"不合时宜的人"、黑兹尔[1]等一系列饱受信仰危机之苦的人物形象，批判了人性的自私虚弱与贪婪堕落。约翰·厄普代克的"兔子系列"全景式地呈现了第二次世界大战后美国普通人在神圣信仰与世俗生活之间的矛盾挣扎，反映了当代美国社会宗教形态和道德观念的嬗变。这些作家文学创作中的宗教思想可以归为"批判式接受"的范畴。

2. 对立式否定。将文学与宗教设为对立状态的作家以荒诞派（Theatre of the Absurd）为代表，他们赞同尼采和萨特等存在主义哲学家和无神论者的观点，认为宗教是自欺欺人；《圣经》更是一纸荒唐言，理应受到嘲笑和批判。萨特信奉人的自我设计。他坚称存在先于本质，而人性是可以变化的；个体是一个偶然的生物事件，人生是一场无意义的游戏和梦幻。正是这种自我设计的使命感困扰着当代人的日常生活，"人类独自在世界上承受如此巨大的痛苦，因而不得不创造笑声"[2]。约翰·巴斯在《漂浮的歌剧》和《路的尽头》中讨论了20世纪中后期美国传统道德伦理、宗教信仰崩塌后，个人对情欲的盲目追逐使人性开始向动物性退化堕落的残酷现实，以及后工业社会技术理性背景下个体的存在状态；"幽默

---

① "不合时宜的人"（The Misfit）出自短篇小说《好人难寻》，黑兹尔（Hazel）出自长篇小说《智血》，二者均为奥康纳探讨美国南方信仰危机小说的典型代表人物。

② 李维屏：《英美现代主义文学概观》，上海外语教育出版社1998年版，第325页。

的悲观主义者"库尔特·冯内古特彻底摒弃了传统的小说结构和标点运用,将虚构与自传合体,以喜剧的外在形式去表现悲剧的内核,在灾难和绝望面前发出笑声。托马斯·品钦的作品将一切荒谬、痛苦都归于被科学杀死的基督,认为人性的罪恶无法救赎。荒诞派作家人们否定宗教的救世情怀,在他们的作品中,人们在没有上帝的世界里自我成长与规约,虚无主义完全消解了存在的意义。这类作家可以被归为"对立式否定"范畴。

3. 自豪式反思。呼应美国当下文化思潮转向,提倡复兴盎格鲁—新教传统文化价值观,重归主流文化,代表美国当代文学中秉承现实批判和心灵反思观点的作家可以归入"自豪式反思"范畴。"自豪—反思—回归"是这类作家的宗教思想发展路径。不同于前两类作家对宗教的怀疑或否定态度,此类作家对美国宗教发展前景和宗教之于文明文化发展的意义是持积极、乐观态度的。1976 年丹尼尔·贝尔(Daniel Bell, 1919—2011)在《资本主义文化矛盾》(*The Cultural Contradictions of Capitalism*)中提出的"新宗教"的概念反映了美国当代主流社会提倡回归传统文化和价值观念的普遍心理。贝尔认为,当代宗教崇拜形式发生了改变,以个人冥思、直觉体验为主要特征的崇拜式(cult)宗教正在逐步取代宗教组织、宗教教义束缚下的传统宗教。"宗教就是对超越的瞬间的醒悟,就是脱离过去——人必须从那里来(也必定回到那里去)——趋向一种将自我看作是道德体现的新观念,并自由地接受过去(而不单单是由过去来造就),返回传统,以便保持道德意义上的连续性。"[①]美国当代作家也感到了这种宗教救赎的使命感。索尔·贝娄的小说可以说是"犹太—基督教"救世情怀的文学注解。贝娄不赞同萨特

---

① [美]丹尼尔·贝尔:《资本主义文化矛盾》,赵一凡等译,生活·读书·新知三联书店 1989 年版,第 223 页。

的自由反抗和自由选择理论；他认为，人并不是只要反抗就能找到出路。在审视人类困境时，贝娄总是带着一种乐观、豁达的视角。在《雨王亨德森》（*Henderson the Rain King*）和《赫索格》（*Herzog*）中，贝娄通过塑造亨德森和赫索格等反英雄形象，通过喜剧寓言的形式揭示出人类对真理和自由的永恒渴望。贝娄对美国文明的发展抱有坚定的信心：“文明或许灭亡，但它现在依然存在。我们可以选择对它发起更猛烈的攻击，也可以选择拯救文明。”① 科马克·麦卡锡在他的《边疆三部曲》② 中，生动地再现美国西部边疆故事，宣扬了美利坚民族坚忍顽强、惩恶扬善的核心价值观念。在他的后期小说《路》中麦卡锡向人们展示，在这个世界上，恶尽管无处不在，但善也并不孤单，善不但先验地存在，而且还会传递、衍生并创造奇迹。从无视上帝到与上帝讲和，麦卡锡把自己的创作提升到了新的高度。

笔者认为，罗宾逊的小说创作也可以归为“自豪式反思”范畴之内。不论是离家出走的茹丝、莱拉，还是终日沉思的老牧师埃姆斯，抑或是那个终日被“灵魂永灭”拷问的杰克，都是当代美国文学中独具特色的人物。他们的特殊之处也正是在于他们对个人存在意义的思考和对神圣精神世界的追求。有评论家指出，“一方面，她（罗宾逊）批判对宗教传统的忽视和歪曲；另一方面，她又为读者呈现了一种当世罕见的简单、完全的信仰。”③ 罗宾逊小说的新意

---

① Jane Howard, "Mr. Bellow Considers His Planet", *Conversations with Saul Bellow*, eds. Gloria Cronin and Ben Siegel, Tupelo: University Press of Mississippi, 1995, p. 78.

② 《边疆三部曲》（*The Border Trilogy*）包括：《骏马》（*All the Pretty Horses*, 1992）、《穿越》（*The Crossing*, 1994）和《平原上的城市》（*Cities of the Plain*, 1998）。

③ Todd Shy Salmagundi, "Religion and Marilynne Robinson", *Saratoga Springs*, 155/156, 2007, p. 251.

不仅在于她刻画了回归传统文明的理想生活方式，或其人文理想主义在当前物质世界的孤单与独特，更在于她将这一切的冲突与生命本源、宗教信仰及国民认同联系起来，在世俗中建构神圣，以强烈的救赎感坚守精神的独立与尊严，呼唤美国精神和宗教传统的回归。

二 玛丽莲·罗宾逊：主流新教徒和经典作家

在后现代消解中心的狂潮中，"主流"一词已经变得越来越苍白甚至讽刺，暗含着一股过时的酸腐之气；主流文化在五光十色、争奇斗艳的多元文化光环下显得日益惨淡而寂寞。萨克万·伯克维奇（Sacvan Bercovitch）就此指出："美国意味着普遍民主的可能，历史意味着对事实程度不同的公正叙述，而文学则是指伟大的艺术，对它的评价是超越时代条件的。如今所有这些关于国家、历史、文学的概念都成了辩论的对象。"[①] 20 世纪 80 年代以来，美国民族主义的削弱和世界主义的增长激起了保守派民族主义与激进派世界主义间的激烈论战。亨廷顿在《文明的冲突与世界秩序的重建》（*The Clash of Civilizations and the Remaking of World Order*）中坚决反对激进的文化多元主义，主张恢复以"盎格鲁—撒克逊—新教"传统为核心的清教伦理价值体系。亨廷顿认为，那些生活在美国的少数族裔移民和他们的后代都在努力成为美国人，而只有当他们学习美国的语言、历史和习俗，吸收美国的盎格鲁—新教文化，主要认同于美国而不再是认同于原籍之国时，他们才会成为美国人。只有那些最早的移民带到美洲大地上的基督新教文化，才是美国文化的象征，只有盎格鲁—新教文化才是美利坚民族凝聚的精神

---

① ［美］萨克万·伯克维奇：《惯于赞同：美国象征建构的转化》，钱满素等译编，上海译文出版社 2006 年版，第 342 页。

实质所在①。另一方面，主张多元化的激进精英知识分子则认为"盎格鲁—新教"文化早已过时，理应弃绝；以平等、自由、民主、博爱等普世价值为核心的美国精神才是美国未来的希望所在。不管这场争论最终结果如何，传统的盎格鲁—新教信仰和道德伦理目前仍然是美国文化的主流，并仍在塑造美国民族文化体系中发挥重要的作用。

1. 主流新教徒

罗宾逊出生于美国西部爱达荷州一个新教长老会信众家庭，先是跟随家人信仰长老会教派（the Presbyterian Church），后改奉公理会（the Congregational Church）。自从定居爱荷华后，罗宾逊一直归属在爱荷华"公理会联合基督教会"（Congregational United Church of Christ），并经常在教会宣教布道。当地的公理会教堂始建于1856年，在1973年被列入美国历史名胜古迹，后又经过了几次翻修，是罗宾逊小说《家园》中那座"极有气势的古老教堂"②的原型。罗宾逊先后从属的长老会和公理会都属于美国最古老的正统新教教会。她在杂文《我的西部之根》（My Western Roots）和《向荒野投降》（Surrendering Wilderness）中都曾追述了身为虔诚的长老会信徒的曾祖父在19世纪中叶西进运动中带领全家从新英格兰移居爱荷华州的故事。《基列》中的埃姆斯牧师的祖父也可以看作是以作家的曾祖父为原型。老埃姆斯正是感到了神的召唤，从缅因州来到堪萨斯投身传教和废奴运动。

美国新教教会在西部有着悠久的历史。美国建国之后不久掀起

---

① 参见［美］塞缪尔·亨廷顿《文明的冲突与世界秩序的重建》，周琪等译，新华出版社2010年版。

② ［美］玛丽莲·罗宾逊：《家园》，第48页。

的宗教觉醒运动①加剧了教派多元化的发展趋势。在 19 世纪美国轰轰烈烈的西进运动中,长老会决定与公理会在西部边疆地区进行联合教会开拓。促进两个教会联手的原因是这两个宗派在神学理解上非常接近:二者都信奉严谨的加尔文主义、接受"圣约神学""婴儿洗礼"等圣礼。长老会的"威斯敏斯特信条"(Westminster Confession of Faith)与公理会奉行的"萨伏伊宣言"(Savoy Declaration)有很大部分的内容完全一致②。美国著名神学家乔纳森·爱德华兹(Jonathan Edwards)就曾经先在长老会牧会,后来又改到公理会,然后又担任长老会神学院的院长。长老会和公理会的主要不同是在教会体制上。长老会实行长老制,由信徒推选长老(Elders)掌管教务权力,与牧师共同管理教会;而公理会则认信"公理制"或"会众制",教堂独立自主,由全体信众执掌教务权力并聘任牧师。长老会强调教会的整体性,各教区内教堂彼此监督,而公理会则强调地方教会各自独立,互不管辖。总之,这两大教派在宗教信仰上都源于宗教改革运动之后的新教加尔文主义神学思想,互相之间的差异主要体现在制度上,而非本质信念上存在不同。由上可见,罗宾逊改属公理会,并不是其宗教思想发生了根本改变,罗宾

---

① 美国建国之后,西部的开发使边疆地区成为美国宗教未曾开发的处女地;同时,美国人越来越关心国家的命运和个人的前途,宗教热忱大减。在这样的形势下,各教派不得不作出自己的反应,于是产生了第二次大觉醒运动。福音新教锐意改革,通过第二次大觉醒中形成的"自愿组合体系"(Voluntary Association System),使一批与宗教有密切关系的民间协会志愿进行社会改革,比如"美国禁酒联合会","新教徒公立学校促进会""美国反奴隶制协会"等组织,对美国的道德风尚、教育改革、废除奴隶制、妇女运动等作出了极大贡献,从而推动了社会的进步。

② "威斯敏斯特信条"是英国清教徒归纳出的《圣经》核心信条。这个信条是 1647 年在威斯敏斯特会议(The Westminster Assembly)上制订出来的,后来成为长老会信众的标准教理指南。"萨伏伊宣言"是 1658 年公理会为适应其组织体制而对"威斯敏斯特信条"做出的修订。参见〔美〕理查德·W. 柯尼什《简明教会历史》,杜华译,敦煌文艺出版社 2010 年版,第 171—173 页。

逊仍然是虔诚的加尔文主义者。在《基列》和《家园》中，埃姆斯牧师和鲍顿牧师这对挚友分属长老会和公理会，镇上的居民也大多是这两个教派的会众。他们在共同的神学院毕业、为对方的孩子洗礼、探讨教义——两位不同宗派的牧师和睦相处的基础就是其宗教信仰的一致性。

　　长老会和公理会都属于美国主流新教教会，罗宾逊自然也就是"主流新教徒"（Mainline Protestant）。主流新教教会是依据宗教教义和意识形态上的"自由/保守"的标准划分的美国新教三大重要派别之一，另外两个分别是福音派（Evangelicals）和基要派（Fundamentalists）。这三者与美国天主教会、美国犹太教一起构成了美国犹太—基督教主流信仰。主流新教教会是传统上持自由主义神学观点的教会的总称，除长老会和公理会外，还包括浸礼会（the Baptist Church）、主教制教会（早期称"圣公会"，the Anglican Chruch）、路德宗（the Lutheran Church）、归正宗（the Reformed Church）共六大派系。当代的新自由主义神学和自由神学一脉相承，都强调人的价值和自由，在保存道德价值的前提下，主张调和宗教和科学、信仰和理性，提倡社会改革，用改良代替革命。在美国历史上，主流新教教会曾经主导着美国人生活的方方面面：在教义上强调加尔文主义、社会公平和个人救赎等社会福音主义思想，在社会问题上对种族、同性恋、堕胎等议题持宽容态度，其主要联合组织为"全国教会理事会"①。在政治和神学上，主流教会比其他教派更加自由开明：他们创办了美国历史最为悠久的高等教

---

　　①　关于主流新教徒的介绍参见徐其森《当代美国基督教的新发展及其影响》，《国际关系研究》2013 年第 4 期，第 131—142 页。该文还介绍了福音派、基要派的主要观点和发展过程。基要派奉信《圣经》的绝对权威，恪守经典要义，是缺少现代性的保守的神学派别。福音派于 20 世纪 40 年代开始迅猛发展，力图在自由与保守之间探索出第三条路线。

育学府,美国历史上政治、经济、文化生活中的许多杰出人士都来源于这一教派。然而 20 世纪 60 年代以来,主流教会的统治地位已经开始动摇,很多信众分流到福音派、基要派等保守教派,或是根本抛弃新教。按照美国全国教会理事会的统计数据,从 1958 年到 2008 年,约 2000 万人放弃主流新教信仰,其信众总数占美国基督新教徒的比例也从 55% 下降到 46%①。罗宾逊的小说中蕴含了她的主流新教思想,也再现了新教主流教会的历史变迁——不论是指骨镇还是基列镇,都是随着西进运动建立的信奉主流新教的西部小镇。基列镇更是运输黑人的地下铁路的重要一环,是由埃姆斯的祖父这位投身于废奴运动的公理会牧师建立的军事前哨。然而 20 世纪的宗教变革使以基列镇为代表的西部地区也受到了相应的影响。埃姆斯的父亲反对暴力解放黑奴;埃姆斯的哥哥爱德华受到基列镇教会的资助到欧洲学习神学,回到基列时却已经转变成了无神主义者。埃姆斯和鲍顿的牧师生涯大约持续了半个世纪(从 20 世纪初到 50 年代),他们见证了教会一步步走向衰败:基列的白人教堂也逐渐衰败,更多的年轻人开始对宗教持消极态度;镇上的黑人教堂被迫搬离,到 20 世纪 50 年代,镇上已经没有黑人;种族主义盛行的基列也无法容纳杰克的混血家庭。通过检视基列镇的百年历史,罗宾逊也回顾了美国主流教会的发展变化及出现的问题。

罗宾逊的正统新教思想可以概括为"保守的自由主义"。她坚持基督教信仰主导下的美国传统文化是美国文明的根基,因而回归基督教信仰、重塑美利坚精神是对抗当前美国道德滑坡、价值观混乱的妙药良方。在《亚当之死》中,罗宾逊以翔实的史料和雄辩的文风捍卫新教文明和伦理传统。她为加尔文、爱德华兹和他们的继

---

① 徐其森:《当代美国基督教的新发展及其影响》,《国际关系研究》2013 年第 4 期,第 133 页。

承者辩护，指出"狭隘、伪善、吝啬"等说辞都是新教徒的错误解读，并通过例证表明新教是建设社会公正、普及教育和教导人们正视人性的美国民族认同的基础。罗宾逊主张恢复传统的新教优良传统，让新教教义所强调的传统美德，如勤奋工作、简朴节俭、自我克制和自我牺牲等，重新成为当代美国人珍视的宗教道德伦理观念。"宗教传统中对灵魂和心灵的重视就是要鼓励人们对这二者进行探索和完善。我注意到，近期统计数字显示美国工人的工作效率在世界上遥遥领先，然而如果我们不那么过分追求产量，而是给人们多一些人文教化，效果可能会更好。"[1] 在《前进，基督教自由派》一文中，罗宾逊指出：自由派神学是大力提倡社会关怀的神学；达尔文进化论所带来的种族主义、民族主义和无情竞争导致了人性沦丧；资本主义制度是由于人的贪婪所导致的社会发展恶果[2]。她的作品也体现了新教自由主义思想：《家园》体现了她对非裔美国人的历史和生存状态的关注，表达了作家对种族平等和融合的向往。她还坚持认为，个人主义是自由主义的核心；每个人都是上帝的显现；社会与政府的目的只是为了保护个人的自由、权利和利益。罗宾逊也践行了当代新自由主义神学思想，积极投入社会活动当中：她反对政府在西部修建核电站，认为尽管西部人烟稀少，但每个个体的权益不容侵犯。

在接受美国公共电视网（PBS）采访时，罗宾逊批评了主流新教徒当前"逆来顺受"的态度："近期主流新教教会发展的一个特点就是他们完全接受来自外部的批评，甚至把这当作理所当然的生活方式（原文为拉丁文：modus operandi）。面对'温和'的指控，他们以更加温和来回应。正统新教是一个伟大的神学传统，是这个

---

① Marilynne Robinson, *When I was a Child I Read Books*, p. 24.

② Marilynne Robinson, "Onward, Christian Liberals", pp. 44 – 48.

星球上的主要神学传统之一。如今他们好像迫不及待要从中抽身,远离那些他们曾经为基督教神学做出的道德和知识上的贡献。"尽管如此,罗宾逊接着说,"我非常认同他们对待重要社会问题上的态度和观点。他们对其他宗教传统持开放态度,尽量避免严苛的说辞和评判。我们是好人,他们是坏人——这绝不是主流新教徒的说法。感谢上帝。"① 从上可以看出,罗宾逊对美国主流教会的态度可以概括为"哀其不幸,怒其不争"。她认为,丰富的神学遗产、厚重的宗教哲学底蕴是美国新教信仰流传下来的宝贵财富。主流教会拥有其他任何美国宗教派别都无法企及的宗教资源,然而令人心痛的是,他们却放弃了使用这一财富的权力。

2. 经典作家

在美国文学经典建构(Cannonization)的讨论中,以哈罗德·布鲁姆为代表的保守派批评家坚持文学审美原则和"永恒经典"的观念。布鲁姆认为:"审美的力量是进入经典的唯一通道,而这力量又是形象的语言、原创思想、认知能力的混合。"② 而被布鲁姆称为"憎恨学派"的多元文化理论家则持"动态经典"论。他们认为过去的文学经典是由死去的白种欧洲男性(Dead White European Men,DWEM)构成的,是种族歧视、性别偏见和霸权主义的产物;去神话、去经典、去霸权成为重写文学史的响亮主张。著名黑人学者亨利·路易斯·盖茨(Henry Louis Gates, Jr., 1950—)就认为:重返经典意味着返回到旧的秩序中,在那里,黑人民族将"被

---

① Marilynne Robinson, "Interview: Marilynne Robinson", Interview by Missy Daniel.

② [美] 哈罗德·布鲁姆:《西方正典》,江宁康译,译林出版社 2005 年版,第20 页。

奴役、失去声音、看不见、不被再现也不能被再现"①。

　　这次论战的结果表面上是去精英化的经典重构派取得了胜利——大量少数族裔作家、女性作家的作品进入了经典的行列，"《希斯美国文学选集》（1990 年）、《诺顿妇女文学选集》（1985 / 1996 年）和《诺顿非裔美国文学选集》（1997 年）陆续问世"②。但一个有趣的现象引起了笔者的注意：那些曾经批判文学传统过于封闭僵化的作家在从边缘进入中心、步入美国文学经典殿堂之后，其话语也开始流露出主流文化精英的意味，开始强调其作品的"美国性"。华裔作家汤亭亭（Maxine Hong Kingston）就认为，评论家只看到她的"性别"和"种族"，而没有看到（也许是有意忽视）其作品中可以与其他优秀的白人男性作家媲美的文学技巧和成就。她多次强调自己是一个美国作家："和其他的美国作家一样，我也想写出伟大的美国小说。《女勇士》是一本美国书。然而，许多评论家没有看到这本书的美国性，也没看到我本人的美国性这一事实。"③ 更有非裔美国批评家在获悉托尼·莫里森获得诺贝尔奖后特意强调，莫里森是位技巧高超的文学大师，莫里森的作品在艺术成就上与福克纳、伍尔夫等白人作家同样杰出，而这一点往往会被批评家忽视。莫里森的近作《慈悲》（A Mercy）和《家园》（Home）更突出显示了她的主流思想主张：她的理想是建立一个"种族并不重要的世界"，而"'家'这个词看起来是对这个世界的恰当描述"④。

---

　　① 参见程锡麟、秦苏珏《美国文学经典的修正与重读问题》，《当代外国文学》2008 年第 4 期，第 62 页。

　　② 同上。

　　③ 杨春：《汤亭亭拒绝美国评论家的"文化误读"》，《中华读书报》2005 年 7 月 20 日。

　　④ Toni Morrison, "Home", *The House that Race Built: Black Americans, U. S. Terrain.* ed. Wahneema Lubiano, New York, Pantheon Books, 1997, pp. 3 - 4.

由此可见，主流文化建构的内在审美标准和美利坚民族认同感是美国文学经典建构的必需条件。文学经典建构是一个复杂的系统工程，一部作品是否可以进入经典的殿堂不仅取决于其内在美学成就，还必须得力于外部力量的推动，文学作品的经典化是一个多方较力与抗衡的过程。尽管以"盎格鲁撒克逊—新教徒"为代表的主流文化受到了来自多元文化的挑战，但20世纪60年代以来的多元文化运动在很大程度上也是主流文化内部的反思运动与外部弱势群体抵抗文化的结合；抵抗的目的也是为了被接纳和认可，并非是推倒和取代。

如果说美国主流文化就是一代代美国精英们通过长期话语实践所形成的民族文化认同，那么文学艺术对民族文化建构能起到政治说教无法取得的成效，艺术形象比道德说教更能增加人们的想象认同。经典建构的外部条件决定了罗宾逊必定成为当代美国文坛重要的经典作家。在罗宾逊小说经典化过程中，她也有与汤亭亭、莫里森相似的心路历程。《管家》的人物、主题无处不体现了当代女性主义思想，因而很快成为女性文学研究的热点，然而罗宾逊更乐意接受的评价是"男性读者对它也普遍认可"和小说中蕴含的对美国文学传统的承袭[1]。罗宾逊先后获得过笔会/海明威奖、普利策奖、全国书评人奖、柑橘奖等荣誉；柑橘奖评委莎拉·丘吉尔（Sara Churchill）将罗宾逊誉为"当代英语文学最具雄心和智慧的作家之一，她信任读者的思考、欣赏能力。她的小说充满道德严肃性却又不失幽默"[2]。2012年罗宾逊被母校布朗大学授予名誉博士学位；同年她获得美国全国人文基金会（National Endowment for the Humanities）颁发的"国家人文奖章"（National Humanistic Medal），

---

[1] 见前文文献综述部分。

[2] Robinson Marilynne, "A life in writing: Marilynne Robinson", Interview by Emma Brockes.

这可以说是对她文学成就的最高褒奖。"罗宾逊是公共知识分子和个体公民的完美融合。在她的三部珍宝般的小说中，罗宾逊以朴素的内心世界为背景，挖掘家庭、精神世界等普世主题。她已经成为美国最受推崇的小说作家之一……罗宾逊是一位优雅、智慧的小说家。罗宾逊博士的小说和非小说作品格调高雅、文字优美简洁，通过追踪我们生活中与他人的伦理关联，探索了我们生存的世界，定义了关于人性的普遍真理。"① 美国前总统奥巴马曾把《基列》与《圣经》《白鲸》《林肯全集》和爱默生的《论自助》相提并论，并共同放在个人社交媒体上向公众推荐②；在为罗宾逊颁发国家人文奖章时奥巴马更是直言："你的小说改变了我——我相信自己可以做得更好。"③

当然，文学作品的艺术价值是决定一个作家能否进入经典行列的必须条件。罗宾逊的小说创作在很大程度上体现了美国文学的经典主题和审美趣味。《管家》中对荒野与文明的喻示、《基列》中对新教信仰的探讨和《家园》《莱拉》中对家庭、孤独等文学主题的再现都与自由、忠诚、反思、悲壮等崇高的审美感受与宽广的宗教博爱情怀结合起来，带有强烈的审美回归色彩。同时，罗宾逊小说的语言沉静优雅，节奏舒缓，具有浓烈的抒情色彩。罗宾逊的小说叙事并不以情节取胜，而是以对人物的宗教哲思探讨和空灵梦幻的语言特色见长。这些继承了美国文学经典作品的美学特征使她的作品在美国当代文坛显得更加独树一帜，也是对当代文学虚无、滑

① 美国国家人文奖章颁奖致辞见 http：//www. neh. gov/about/awards/national - humanities - medals/marilynne - robinson，2013 年 4 月 13 日。

② 见 http：//www. uiowa. edu/ ~ iww/news/obama_ admires_ gilead. html}，2014 年 5 月 2 日。

③ 见 http：//www. radioiowa. com/2013/07/11/iowas - marilynne - robinson - is - a - national - humanities - medal - winner/. 2014 年 5 月 2 日。

稽、暴力、怪异等审美特征的有力反驳。

作为作家,罗宾逊多次强调美国 19 世纪浪漫主义文学对自己的影响,她认为自己的写作是对梅尔维尔、爱默生、梭罗、爱伦·坡、狄金森这些"美国文学的前辈叔父、姨妈"的精神回应。克里斯蒂娃的互文理论(Intertexutuality)指出,文本是由许多"镶嵌品"(Mosaic)所构成的,互相关联的文本之间必然有许多可以辨认的互涉镶嵌元素①。罗宾逊的小说与浪漫主义文学间既有大量的互涉元素,也体现了作家独特的审美体验。《管家》的开篇就是对《白鲸》的致敬,其中两个姑婆间夸张的大段对话更是梅尔维尔的"后甲板谈话"的摹仿。狄金森诗歌中突兀而大胆的意象、无处不在的《圣经》隐喻也在罗宾逊的小说中得到了艺术再现,《管家》中更有茹丝在学校中背诵狄金森的著名诗作《我死时,听到苍蝇嗡嗡》(*I Heard a Fly Buzz When I Die*)的场景。爱默生、梭罗的超验主义思想和"万物有灵"的生态思想在《基列》中得到了充分表达:自然景致、人类情感和悲壮的历史回忆浑然一体,营造了幻觉与现实交错、自然和天性交融的的浪漫主义气氛;爱伦·坡经典的孤寂型人物也反映在茹丝、埃姆斯、杰克、格罗瑞、莱拉等小说人物上。罗宾逊认为,美国浪漫主义文学信仰个人主义和直觉的价值、追求民主与政治上的平等、强调"使命感"以及多样化的创作形式等特征反映了美利坚民族"既雄心勃勃,又谦卑平和"②的民族特性。美国文学参与民族认同建构的这一伟大传统在当前文化语

---

① 克里斯蒂娃的互文理论源于巴赫金的对话论,她认为任何文本的建构都是对其他文本的镶嵌式组合,是对其他文本的吸收与转化。克里斯蒂娃主张用互文性代替主体间性,主张文本至少能够被双重解读(double reading)。参见 Julia Kristeva, *Desire in Language: A Semiotic Approach to Literature and Art*, New York: Columbia University Press, 1980。

② Thomas Gardner, "Enlarge Loneliness: Marilynne Robinson's *Housekeeping* as a Reading of Emily Dickinson", p. 10.

境下出现了断裂，美国文明发展中出现的问题并不是得到解决而是被直接抛弃。她直接批评美国文化的通俗性——"如果你说'美国文化很有趣'，人们会认为你在说美国电影"①。罗宾逊认为美国作家应该唤起民众对本国高雅文化的自豪感："我对高雅文化的兴趣出发点就是认为它是被忽视了，美国也有自己的高雅文化——我写作《管家》的目的就是要重拾与美国文化传统的对话。"② 在《管家》重拾浪漫主义文学传统之后，罗宾逊通过《基列》和《家园》进一步参与到美国的国家叙事："在时间的长河中，国家和叙事一样迷失了源头，只有睿智的眼睛才能看到它们的全貌。"③ 通过书写小镇基列两个牧师家族从南北战争到 1956 年的经历，罗宾逊再现了美国人一个世纪以来种族观、家庭观和宗教观的变迁与辛酸，书写了现代和传统的碰撞，是当代文学审美与政治结合的典范。

　　总之，作为主流新教徒，罗宾逊哀叹当前新教传统的没落导致了整个社会伦理观念的丧失。在为哈罗德·布鲁姆编著的《美国宗教诗歌选集》（American Religious Poems：An Anthology）所写的书评中，罗宾逊直接指出："宗教思想在世界各种文化中都得到了精美的表达，在每一种文明中宗教的神圣感都增强了其美感。"④ "我怀念文明，我想让它回来。"⑤ 作为主流作家，她艺术地再现了民族文化的审美传统，将自己对国家和民族命运的思索、对人性错综复杂的真实呈现融入作品之中，从而进入了美国当代经典作家的行列。

---

　　① Marilynne Robinson, "On Influence and Appropriation", Interview by Tace Hedrick, *The Iowa Review*, Vol. 22, No. 1, 1992, p. 3.

　　② Marilynne Robinson, "On Influence and Appropriation", p. 3.

　　③ Homi K. Bhabha, *Nation and Narration*, London and New York：Routledge, 1990, p. 1.

　　④ Marilynne Robinson, "That Highest Candle", p. 130.

　　⑤ Marilynne Robinson, *The Death of Adam*, p. 4.

第二节　罗宾逊创作思想来源

　　美国前任总统奥巴马在谈到他准备进行作家系列访谈的初衷时说:"和他们讨论一些更广泛的文化力量,这些力量塑造了我们的民主和思想,决定了我们如何感知公民身份和国家未来的走向。所以我们有了这个主意,为什么不,看看结果如何呢? 你(罗宾逊,笔者注)是第一个。"① 奥巴马谈到的"更广泛的文化力量"塑造了美国的国家民族认同,而罗宾逊正是美国民族认同精神的强烈支持者,也是美国正统宗教的虔诚信仰者和布道者。无论是《管家》中充满《圣经》隐喻的人物命名和自然环境描写,还是《基列》和《家园》中直接以牧师为主人公探讨基督教新教教义,罗宾逊的作品都体现了她一贯的信仰坚持和探索,这也是罗宾逊在当代作家中卓尔不群的原因之一。清教加尔文思想、超验主义精神和基督教女性主义神学构成了罗宾逊创作思想的主要来源。

一　信仰基石——清教加尔文思想

1. 加尔文和清教加尔文思想

　　清教加尔文思想是美国主流新教的共同信仰源流,是罗宾逊的信仰基石。她的传记作者莎拉·菲(Sara Fay)回忆起自己与罗宾逊初次会面时的情景时谈道,尽管她穿着随意,看起来仍然圣洁优雅,"在我们谈话当中,她会时常耸耸肩,把头偏向一侧,冒出一

---

　　① Marilynne Robinson, Barack Obama, "President Obama & Marilynne Robinson: A Conversation in Iowa", *The New York Review of Books*, Nov. 5. 2015, http://www.nybooks.com/articles/2015/11/05/president－obama－marilynne－robinson－conversation/, 2016 年 5 月 3 日。

句'又得说到加尔文!',仿佛那位十六世纪的法国人就站在房间里为她出谋划策"①。

"清教"(Puritanism)一词由"清教徒"(Puritan)衍生而来,是对清教徒思想和行为的概括。"清教徒"一词源于拉丁语 Purus,意为清洁和纯净。清教既是一种宗教信仰,也是一种社会共同的道德伦理和价值观。16 世纪上半叶,宗教改革运动席卷整个欧洲。德国的马丁·路德(Martin Luther)和法国的约翰·加尔文(John Calvin)成为宗教改革的领袖。在英国和另外一些西欧国家,那些信奉加尔文教义的人被称为"清教徒"。17 世纪,大批清教徒为逃避宗教迫害、寻求"尘世的伊甸"而涌向美国,因而如今"清教徒"一词多指美国的清教徒。清教在北美殖民地得到广泛发展,它以宗教的理想描绘出国家未来追求的目标,奠定了美国"盎格鲁—撒克逊新教徒"主流文化价值观念,促进了美国民族特性的生成。

清教神学体系中最重要的组成部分是加尔文思想(Calvinism)。约翰·加尔文(John Calvin,1509—1564)是神学理论家,也是宗教改革的领袖。他撰写的神学著作《基督教要义》(*Institutes of the Christian Religion*)是宗教改革时期最重要的神学著作。该书系统地阐释了福音教义,是基督新教的指导性神学著作和教义规范,被罗宾逊称为是宗教改革以来的第一部、也是最伟大、影响最深远的系统神学教义著作②。加尔文思想就是以他的名字命名的一整套新教教义。加尔文著作神学思想具有系统性和规范性的特点,其出发点是《圣经》中罪(Sin)与恩典(Grace)的关系。加尔文思想的基本观点为五条教义,又因为这五条教义的英文首

---

① Marilynne Robinson,"Interview:Marilynne Robinson:The Art of Fiction",p. 39.

② Marilynne Robinson,*The Death of Adam*,p. 13.

字字母为 TULIP，即"郁金香"之义，因而也被称为"郁金香教义"①。"郁金香教义"反映的是"上帝/神圣的主权（the Sovereignty of God/the Divine Sovereignty）"的神学观念②，"上帝是至高主权"是整个加尔文思想系统的基础。加尔文受到最大的批评是他不容异己和迫害异端。斯蒂芬·茨维格（Stefan Zweig, 1881—1942）的名著《异端的权利：卡斯特利奥对抗加尔文》（*The Right to Heresy：Castellio against Calvin*）详尽记述了加尔文教派对异端教徒的野蛮迫害；美国最受欢迎的通俗历史作家亨德里克·威廉·房龙（Hendrik Willem Van Loon, 1882—1944）创作的《宽容》（*Tolarance*）则进一步强化了美国人心中加尔文的"恶魔形象"③。

2. 罗宾逊对加尔文主义的认识

在《亚当之死》中，罗宾逊直言她的写作目的就是要改变公众对作为个人的加尔文和清教加尔文思想的刻板印象，纠正公众对约翰·加尔文的认识。罗宾逊将加尔文定义为"16 世纪的法国人文

① "郁金香教义"（TULIP）的主要内容是：1. 人类完全的堕落（Total Depravity）。清教加尔文主义强调原罪思想，人类由于亚当、夏娃的罪过而堕落，人生而有罪。2. 无条件的拣选（Unconditional Election），即上帝随着自己的意愿"拣选"罪人加以拯救，人的自由意志无法决定自己能否获得拯救。3. 有限的代赎（Limited Atonement）。耶稣钉十字架是代人类赎罪，但救赎的对象并非所有的人，只有蒙神拣选的人才可领受这一恩典。4. 不可抗拒的恩典（Irresistible Grace）。上帝的救恩是随意赐给的，人既无法争取又无法拒绝。5. 圣徒的坚忍（Perseverance of the Saints）。坚忍并非是完全指靠自己就能坚持到底。人没有这种能力使自己从完全堕落的罪人变成能够坚忍到永恒的圣徒。从罪人变成圣徒要靠上帝毫无条件的恩典。

② 对清教和加尔文的评述参见：百度百科词条"加尔文主义"；"清教"；阿利斯特·麦格拉斯的《加尔文传：现代西方文化的塑造者》和李安斌的博士论文《清教主义对 17—19 世纪美国文学的影响》比较系统地论述了清教主义的发展源流及其在美国早期文学中的体现。

③ 茨维格和房龙都以生动的笔墨描写了宗教改革时期各教派间的冲突与迫害，他们认为加尔文对异教徒的不宽容是宗教改革罪恶的根源。

主义者和神学家"①。从这一定义不难看出，罗宾逊致力恢复的是加尔文作为人文主义者和神学家的双重形象，她的声音是一种基督教人文主义重建社会道德秩序的呼唤。在罗宾逊这里，加尔文不再是日内瓦的独裁者和迫害异教徒的暴君，而是新旧交替时代的"反叛者"，美国立国的"精神之父"，是清教信仰、道德、知识和政治传统的创建者和实验者；而清教主义也不是"对身体的恐惧和厌恶、对性生活的焦虑、对妇女的歧视或对地狱的狂热"②，而是崇尚个人主义精神、塑造美国政治结构、开拓美国高等教育并形成主流文化认同的民族精神信仰源头。罗宾逊认为，清教加尔文思想是美国 19 世纪浪漫主义文学的重要来源，其倡导的五条教义更是美国文明和美利坚民族认同的根本，然而不幸的是在 20 世纪初清教精神已经消亡。当代美国人对加尔文的刻板印象来源于二手甚至三手的资料，"看似深奥的学术书籍的参考书目里甚至不包括加尔文任何原作"③。罗宾逊指出，美国人对自己的历史文化无知到了一个可怕的地步——他们有意遗忘或羞于谈起清教祖先，或是将清教加尔文传统仅仅视为"严苛的道德标准、偏执、毫无包容心的那段美国历史"④。对罗宾逊来说，加尔文思想不仅仅是神学教义，更是一种美学观念和一种生活方式。由于加尔文所有作品原作都为法文和拉丁文，翻译成英文时出现的理解偏颇会给普通读者造成理解障碍，罗宾逊决定通过自己的文学创作为加尔文正名。《基列》和《家

---

① Marilynne Robinson, *The Death of Adam*, p. 174.
② Ibid. , p. 150.
罗宾逊探讨加尔文主义的专门论述可参见《亚当之死》、《幼时读书》；《约翰·加尔文：上帝之约的管理人》（前言）（ Preface to *John Calvin: Steward of God's Cove-nant*, Eds. John F. Thornton and Susan B. Varenne, New York: Vintage Books, 2006. ）等。
③ Christopher Leise, p. 351.
④ Marilynne Robinson, *The Death of Adam*, pp. 150 – 151.

园》中的主要人物埃姆斯牧师和鲍顿牧师都信奉加尔文学说；小说中更是直接出现了加尔文主义教义关于"上帝的恩典""十诫""救赎"等主题的探索（详见本书第三章）。她的小说人物也体现了加尔文主义对于内在心灵和现代自我的关注，以及处于"深刻孤独中的自我"如何直接和上帝交流的特征。《基列》的书信体体裁更是清教文学中"精神自传"（Spiritual Autobiography）[①]的当代传承。

罗宾逊为加尔文正名的一个主要方面是在宗教与现代科学的关系上。作为阻碍现代科学发展的反面典型，加尔文最为世人诟病的就是他烧死了科学家塞尔维特（Servetus），以"持异端邪说危及基督教基础"的罪名。罗宾逊通过史料研究指出，日内瓦的宗教改革者们并不是首先执行死刑的宗教组织。加尔文及同时代的人们将宗教异端视为罪大恶极（crimen nefandum）并默许异端分子应当判处死刑，但是他不同意执行火刑，将塞尔维特绑上火刑柱是由市议会做出的决定。罗宾逊承认这是一个可悲的事件，但她又指出，塞尔维特事件是由那个时代所有的宗教改革者共同参与的，单独抹黑加尔文是不公平的。罗宾逊还将加尔文与托马斯·莫尔（Thomas More，1478—1535）进行了对比。莫尔参与了焚烧异端分子威廉·丁道尔（William Tyndale，1494？—1536），而丁道尔被判处火刑的罪名是"将《圣经》翻译成英语"。"不要忘记，17世纪成千上万的法国新教徒被罗马天主教徒折磨、杀害"，罗宾逊总结说："那些批判卡尔文未能超越他所处时代的人

[①] 精神自传在美国兴起于17世纪，是清教所提倡的个人与上帝对话的一种形式，也是清教徒剖析自身信仰，进行自我忏悔、领悟的灵修方式。乔纳森·爱德华兹《乔纳森·爱德华兹自述》（*The Personal Narrative of Jonathan Edwards*）和本杰明·富兰克林的《富兰克林自传》（The *Autobiography of Benjamin Franklin*）是精神自传的代表性作品。

也应该看到莫尔的时代局限性。"① 加尔文对塞尔维特事件的确负有不可推卸的责任，但是罗宾逊致力要做的就是修订历史误读和歪曲，还加尔文以"基督教人文主义者"（Christian Humanist）的真实面目。尽管罗宾逊为了维护自己的信仰而为加尔文的辩护并不是无懈可击，但她强调克服成见，重回历史原貌，还原历史事实的努力仍然值得称道。

在罗宾逊看来，加尔文和他创建的基督教新教为自然科学研究赋予了宗教动力和宗教意义。首先，加尔文在《圣经》的字面解读（biblical literal reading）上为自然科学的发展找到了力量支撑。加尔文并不反对自然科学研究，他认为宇宙是展现上帝荣耀的舞台，研究自然就是理解上帝，是"仰望神的荣耀"②；科学的每一点进步都是人类对上帝的更高层次的理解，"比起罗马天主教，新教更有能力促进自然科学的发展"③。其次，罗宾逊认为，现代科学与宗教的紧张关系是由于达尔文的进化论抹杀了宗教的伦理维度；当今时代正被知识所困而与历史脱节，人们对宗教信条与教义早已失去耐心；对加尔文思想的攻击正是因为它是提倡超自然启示与救赎的最坚固的宗教堡垒。罗宾逊区分了"进化"（Evolution）和"进步"（Progress）的关系，认为 20 世纪两场世界大战、种族主义泛滥正是以达尔文主义"适者生存、物种进化"为原则的现代科学种下的恶果。"'自私'成为存活的必须品格"④；宗教，连同其所提倡的正义、慈悲、博爱等人类美德被人们以"反科学"的名义所摒

---

① Marilynne Robinson, *The Death of Adam*, p. 54.

② ［法］约翰·加尔文：《基督教要义》，钱曜诚等译，生活·读书·新知三联书店 2010 年版，第 22 页。

③ ［爱］阿利斯特·麦格拉斯：《加尔文传：现代西方文化的塑造者》，甘霖译，中国社会科学出版社 2009 年版，第 254 页。

④ Marilynne Robinson, *The Death of Adam*, p. 52.

弃。笔者认为,罗宾逊对达尔文主义的批判虽然严厉,但仍然是在当前新教新自由主义思想的范围之内,并非是将科学与宗教绝对对立。罗宾逊对达尔文主义的批评主要集中在社会影响领域,其主旨是从宗教人文立场出发,批判当代伪科学抹杀宗教在规范人类道德伦理、推动文明发展上的意义。

罗宾逊的小说和杂文都是要唤醒美国人回归她心目中"真正"的清教加尔文传统、全心关注世界的美好的一面这体现了她理想主义者的局限。在《基列》中,罗宾逊借用埃姆斯的沉思提出了自己关于加尔文神学美学的看法:

> 加尔文在什么地方说过,我们每一个人都是舞台上的演员,上帝是观众。这个比喻总是让我感到新鲜贴切。因为它使我们成为自己行为的艺术家。上帝对我们的反应可以看作是从美学角度而不是平常意义上的道德角度做的评判。我们对自己的角色有多少了解?我们在扮演这个角色的时候,心里有多大把握?——我确实喜欢加尔文这个形象化了的比喻,因为它指出上帝实际上怎样欣赏我们[1]。

加尔文主义认为,虽然上帝"俯就"(accommodate)[2] 我们有限的理解力,用世上所有的受造物来彰显自身的荣耀,但是神的本质是人无法认知的。清教作家和诗人也把世界看作上帝超然王国

---

① 玛丽莲·罗宾逊:《基列家书》,李尧译,人民文学出版社 2007 年版,第 137—138 页。

② 俯就 (accommodate):基督教认为上帝通过《圣经》启示他自己和他永恒的计划;而启示的步骤是他纡尊降贵地用人熟悉的语言和譬喻来表情达意,俯就人有限的理解力。因此,上帝向《圣经》的写作者启示时是以当时当地的社会历史文化背景为基础来表达他的旨意。

（Transcendent Kingdom）中真理的影子，世俗的荣耀也必将是虚无缥缈，上帝之美因为不可知而更深刻①。罗宾逊的所有作品都探讨了物质世界和神圣存在的关系，超越物质世界、追求灵魂归属的主题始终贯穿在她的文学创作中。本书第三章将详细解读加尔文主义自然观对罗宾逊小说创作中"人与自然"主题的深刻影响。

二　精神内核与审美原则——超验主义思想

超验主义（Transcendentalism）②是 1830 年左右兴起于新英格兰康科德地区，美国清教在 19 世纪进化形成的一个分支派别。超验主义思想起源于波士顿唯一神教派（the Unitarian Church）③。最初的超验主义者大部分是唯一神教派传道人，其中包括拉尔夫·沃尔多·爱默生（Ralph Waldo Emerson，1803—1882）、奥尔科特·A. 布朗森（Alcott A. Bronson，1799—1888）、西奥多·帕克（Theodore Park，1810—1860）等美国文学文化巨擘。"超验主义的形态基本上是由这些宗教人物所反映的宗教背景所决定的。超验主义自始至终都是一场宗教运动"④。佩里·米勒也认为，超验主义运动

①　Christopher Leise, p. 364.

②　超验主义在 20 世纪经历了一个被"重新发现"的过程，从初期被认为是"维多利亚式的、盲目乐观的道德派极端派"到佩里·米勒、F.O. 玛蒂森以"美国神话"的方式将超验主义送上美国文化的祭坛，超验主义因其与美国宗教、文学、哲学的紧密关联成为美国研究的热点。详见 Daniel Dillard, "The American Transcendentalists: A Religious Historiography," 49th Parallel. https://fortyninthparalleljournal. files. wordpress. com/2014/07/2 – dillard – american – transcendentalists. pdf, 2014 年 10 月 2 日。

③　唯一神教派认为上帝是单一位格的，而不是像传统基督教信仰的三位一体。1784 年，詹姆士·弗里曼在波士顿开始传教，1825 年，威廉·埃勒里·钱宁领导成立了波士顿唯一神协会。

④　［美］史蒂夫·威尔肯斯、阿兰·帕杰特：《基督教与西方思想》（第二卷），刘平译，北京大学出版社 2005 年版，第 17 页。

"首先是一场宗教运动，那些自封的先知们始终主要用宗教崇拜操控着这场运动"①。劳伦斯·布尔（Lawrence Buell）在《爱默生传》（*Emerson*）中更指出，爱默生与他的超验主义思想是美国最重要的世俗宗教。

超验主义认为，人与自然都具有神性；"超灵"是沟通人类情感和神圣存在的重要渠道；个人主义的自助精神是人类最美好的道德品质。在宗教教义上，超验主义强调上帝的内蕴性（immanence）：神是无处不在和无所不能的；人与自然、人与上帝间可以直接交流；人性中也包括神性。超验主义对理想社会的向往和对现实的强烈批判都源于对个人自由和社会平等的追求，其所倡导的热爱自然、尊重个性、反对权威和教条的理念已经融入美国人的性格，促进了美国民族精神的发展完善。梭罗在《瓦尔登湖》中探讨了简单生活的意义及人与自然和谐相处的可能，谴责人类对物质的过分追求。他在日记中写道："我所做的就是让自己身处自然之中并随时发现上帝的存在，追寻他在自然中的藏身处，观赏大自然中上演的所有华丽的曲目；我在自然中寻找、描摹自己发现的神圣。"② 爱默生的《论自然》阐述了人、神、自然的关系，认为人可以通过直觉发现内心之美，达到与神的沟通。"对于一个充满智慧的精神来说，自然永远不会成为一个玩偶。一朵又一朵的花，众多的动物，还有那群山，都映现出他在最好时光发挥出来的聪明才智，就像它们曾使他纯朴的童心无限欣喜一样。"③ 超验主义的这些主张正是罗宾逊怀念并致力于唤回的"美

---

① Perry Miller ed. , *The Transcendentalists*：*An Anthology*，Cambridge：Harvard University Press，1978［1950］，p. 9.

② Henry D. Thoreau，*The Journal of Henry D. Thoreau*，Vol 4，ed. B. Torrey and F. Allen，New York：Dover，1962［1906］，p. 55.

③ 范圣宇主编：《爱默生集》，花城出版社 2008 年版，第 35 页。

国神话"：对人类灵魂的信仰，相信个人主义是民主政治的源泉，提倡慈善、勤劳，恢复惠特曼所提出的"极端的独特性"（radical uniqueness），以及将自然视为人类想象和创新的重要来源，从而实现个体自由和精神提升①。

超验主义赋予美国文化的神话内涵和对美国民族特性的塑造是罗宾逊思想的精神内核。超验主义推崇个人尊严和自我价值；呼吁人类与自然和谐相处，人们应该追求简朴、自然、坦诚的道德生活。如果说"美国人的良知里有种种声音充斥其间，其中爱默生的声音依然萦绕不散"②，那么罗宾逊则是当代美国良知的发现者、批评者和颂扬者。罗宾逊认为：对自然的重视和强调是超验主义教义的重要特征，人的神性蕴于自然之中。超验主义实质上就像一种道德伦理指南，倾向于人性最美好的一面。

超验主义相信上帝存在于每个人类个体之中，因而承认人类潜在的完善性。"相信你自己"（Believe in Yourself）——爱默生的声音不仅是超验主义者的信条，也已经成为美国民族精神中乐观向上、崇尚独立与自由的一个重要组成部分。在《基列》和《家园》中，罗宾逊通过对"永灭（perdition）"③这一神学论题的探讨也表明了她对"人的自我完善"这一超验信条的认可。当基列镇上两个声望卓著的牧师面对杰克提出的"罪人是否只能下地狱永灭"这一问题感到束手无策时，外乡人莱拉（老埃姆斯的妻子）以一句"人是可以改变的"指出了杰克自我救赎的可能。莱拉的自身经历

---

① Susan Salter Reynolds, "New Transcendentalist", *The New Inquiry*, https://thenewinquiry.com/new-transcendentalist/, 2013 年 5 月 12 日。

② 范圣宇主编：《爱默生集》，花城出版社 2008 年版，第 355 页。

③ "Perdition"《基列》中译本翻译为"永灭"，即基督教信仰中罪人堕地狱、万劫不复的意思，可参见《约翰福音》第 17 章第 12 节"灭亡之子"（son of perdition）的说法。

使她的简短话语比牧师的长篇讲道更有说服力，她的自我成长与改变过程也在罗宾逊后期小说《莱拉》中得到了详尽的刻画与阐释。在《基列》的结尾处，埃姆斯牧师为儿子的未来进行祈祷："你在一个勇敢的国家成长为勇敢的人。我祈祷，你找到一条使自己有用的路。"① 这一乐观的表述也表达了罗宾逊对个人自我完善和国家未来的信心：每一个个体都是社会的一分子，国家的进步要通过个人的自我完善才能实现。

在神学思想和文学表达上，罗宾逊都是超验主义的忠实拥趸。她将超验主义神学美学内化于自己的文学写作中，因而也被批评家们称为"新超验主义者"②。罗宾逊将超验主义思想概括为"不论'它'是什么，'我们'是什么，不论我们之间传达的是什么，我们之间总有交流，那就是某种形式的对话"③。对罗宾逊而言，"交流"和"对话"意指她所理解的超验主义和清教加尔文思想之间的神学联系，她更多看重的是二者之间的承袭而非对抗。罗宾逊对美国当前社会的弊端也提出了尖锐批判。她认为当前美国享乐主义盛行，美国社会没有道德只有刺激，没有神圣只有世俗，没有超验只有理性。当前的美国现实就是一个"集体虚构"（collective fiction），它使作家无法从中获得创作源泉；而这一现状与爱默生当年面对僵化的唯一神教派的情形基本一致④。罗宾逊呼吁美国作家应该像爱默生那样奋起发

---

① 玛丽莲·罗宾逊：《基列家书》，第 272 页。

② Susan Salter Reynolds, "New Transcendentalist", *The New Inquiry*.

③ Marilynne Robinson, "An Interview by Marilynne Robinson", Interview by Thomas Schaub. *Contemporary Literature*, Vol. 35, No. 1994, p. 239.

④ 爱默生曾在哈佛神学院学习，后成为唯一神教教派牧师。唯一神教派创始人钱宁提倡宗教理性，拒绝广为基督徒接受的"三位一体"的教义。因为不满唯一神教的唯理论，爱默生在哈佛讲坛以《美国学者》一文致辞，表达了打破旧思想的束缚，寻求新思想的时代之音。

声，重塑充满生机活力的美国文明。

罗宾逊认为，当前对超验主义的研究更多集中在哲学和文学方面，而其本身固有的民族精神和宗教含义却被有意忽略了。超验主义者认为个人是国家社会最重要的组成部分，社会革新只能通过群体中的个体自我实现才能完成，因此人可以通过自信、自助认识并改造这个世界。"超验主义对加尔文的反抗并不是摒弃清教道德，而是通过对加尔文主义教义的美学探索，确认人与神的和谐相处。"①"超验俱乐部"成立的目的是寻求灵魂的完善，因而从根本上超验主义运动还是一场宗教激进运动，是美国 19 世纪"未来派"先知超越理性保守神学疆界，建立充满生机活力的美国新教的努力。必须承认的是，任何思想都无法摆脱其来源，尽管当代学者比较统一的观点是超验运动是对加尔文思想的反动，但二者内部的联系还是不容否定的。加尔文主义的"命定论"与超验主义提倡的个人主义思想之间并不是完全对立的。"命定论"认为上帝凭自己的意愿对人进行拣选和拯救，凡人对自己是否能够获救是不可知的，也就是说，普通人是否能得到神的拯救并不以他的自由意志为转移。然而加尔文教派也同时强调人们能够通过虔诚的信仰和忏悔获得上帝的垂怜和宽恕，因而也并非是绝对的命定论。这一点与超验主义强调个人自助获得成功是有相似性的。因此，罗宾逊认为，"加尔文是一位被误解的人文主义者，他的世俗化倾向与爱默生、惠特曼对人类个体的颂扬紧密相连"②。

超验主义者强调自然的重要性，认为自然是上帝存在并彰显荣耀的场所。在他们看来，自然界是超灵的外衣，上帝的精神无所不

---

① William A. Clebsch, *American Religious Thought: A History*, Chicago: University of Chicago Press, 1973, xvi.

② Marilynne Robinson, "Interview: Marilynne Robinson: The Art of Fiction", p. 39.

在。超验主义主张回归自然、完善自我,这种观点强调了外部世界与人的内部精神世界的联系,自然界万物也都被赋予了象征意义。在罗宾逊看来,18世纪美国加尔文主义者乔纳森·爱德华兹(Jonathan Edwards,1702—1758)的神学思想是爱默生超验主义主张的重要来源。爱默生提倡的隐喻性语言、超越感官认识自然和"超灵"的主张都可以从爱德华兹那里找到依据。美国人所熟悉的是爱德华兹宣讲《落在愤怒之神手中的罪人》("Sinners in the Hands of an Angry God")时引起的会众的轰动和对"罪"的忏悔,却忽视了爱德华兹在这篇布道文中的形象化语言①和他作为清教加尔文主义神学家的另外两个重要思想:对现代科学的兴趣和对"有形世界再现神的荣耀"的信念。爱德华兹的《神灵的形影》(*Images or Shadows of Divine Things*)将新教预表修辞从《圣经》拓展到了自然、历史和人类经验,从而预示了超验主义的产生。超验主义不仅是对加尔文主义的反驳,更是对它的升华,"二者的共同点就是都假定被创造的世界中充满了神圣真理的线索,我们必须要超越感官。"② 同爱德华兹一样,以爱默生为代表的19世纪超验主义者将灵性生命和理性思维相结合,将对信仰的热情注入所处时代僵化的思想伦理道德之中,成为时代精神和美国民族精神的代表。

罗宾逊反对现代主义以庞德和艾略特为代表的精英主义文化,赞同19世纪超验主义的民主文化,因为后者强调了作者与读者、自我和世界之间的对话,认为神圣存在是借由世俗世界得以彰显

---

① 乔纳森·爱德华兹(Jonathan Edwards,1702—1758)是美国第一次宗教大觉醒运动代表人物,至今仍被认为是美国最优秀的神学家,也是美国哲学思想的启蒙人物,代表作为《落在愤怒之神手中的罪人》。在这篇布道词中,爱德华兹用比喻的语言生动地描绘了地狱之火,并且把神的愤怒比为洪水,上帝可以随时把拒绝忏悔的人落入下面燃烧着地狱之火的石灰坑。

② John E. Smith, Harry S. Stout, and Kenneth P. Minkema, *A Jonathan Edwards Reader*, New Haven: Yale Note Bene, 1995, xii.

的。爱默生的名言"世界将其自身缩为一滴露水"体现了超验主义先贤将人通过直觉（intuition）在自然中感受的神启（revelation）加以文学加工，以预表、比喻、象征等形式使得不可言说的人神相逢具备了某种可以表达的存在形式。这一拓展文学想象空间、提升精神自由高度的神学美学传统在罗宾逊的作品中也得到了响亮的回应。罗宾逊对超验主义典型的玄学式比喻（metaphysical metaphor）① 有着浓厚的兴趣，她的第一部小说《管家》就来源于她在写作博士论文时的比喻练笔。罗宾逊回忆说她在论文写作之余，有时会突发灵感，在纸上写出几个新鲜的比喻。"我对玄学式比喻有着极大的兴趣，经常写出一个比喻并将其扩展成一段文字，渐渐地居然攒了一抽屉。"② 正是这"一抽屉比喻"促成了《管家》的写作。"管家"本身就是一个梭罗式"林中小屋"的隐喻，它探讨了如何处理人与自然、物质与精神的关系，以及个体如何超越物质世界、追求心灵归属的可能。《管家》中随处可见的对自然的具象化描绘和对灵魂之倏忽明暗的比喻呈现都与爱默生"透明的眼球"、梭罗"大地的眼眸"有异曲同工之妙，表达了作家极富个人色彩的奇思妙想：人可以通过直觉发现内心、感受自然，从而达到与神的沟通。盖尔豪斯指出，罗宾逊和爱默生都相信"自然有其独特的力量可以调解经验，可以激发并拓展个体情感"③。在《基列》中，罗宾逊直接引用爱默生"光中之光"（Light within Light）的隐喻作为对超验主义的致敬：

---

　　① 玄学式比喻（metaphysical metaphor）与本书第四章第三节"隐喻"中罗宾逊所提到的延展比喻（extended metaphor）都是指罗宾逊早期练笔时拿仿19世纪浪漫主义作家的创作方法，是对某个或某几个意象进行新奇的充满玄思的语篇式展开。

　　② Marilynne Robinson, "A life in writing: Marilynne Robinson", Interview by Emma Brockes.

　　③ Margaret A. Galehouse, p. 131.

温暖的暮色中,月亮看起来那么美妙,就像晨曦中的烛光一样美丽。光中之光。这好像是对什么事情的暗喻。拉尔夫·沃尔朵·爱默生对此的表述非常出色。

在我看来这是对人类灵魂的隐喻。大千世界一片辉煌中奇异的光芒。或者像语言的精髓——诗歌;经验凝聚的智慧;友谊和爱情的结晶——婚姻。我要记着在讲道时运用这个暗喻①。

罗宾逊认为超验主义赋予语言——或说是人的意识——无与伦比的活力。超验主义者的文学表达形式又完全为写作动机服务,在日常语言和平常经验中求索美与真理。借用华莱士·史蒂文斯的话说就是"(思想)在行动中寻找令人满足的东西"(in the act of finding what will suffice)②,即用语言创造新的秩序世界。所有事物都可以通过恰当的审美方式得以观察理解,所有的体验都带来神圣的、甚至令人敬畏的神启。

三 潜意识存在——基督教女性主义神学

1. 基督教女性主义神学发展脉络

西方女权运动的发展和宗教信仰的演变之间、国家精神的塑造之间存在着千丝万缕的联系。美国 19 世纪女权运动的倡导和组织者大多是基督徒;女权运动先驱伊丽莎白·凯蒂·斯坦顿(Elizabeth Cady Standon,1815—1902)在 1895 年发表的《女性圣经》(The Woman's Bible)被认为是美国女性主义神学的最早表达。在这

---

① 玛丽莲·罗宾逊:《基列家书》,第 132 页。
② 语出华莱士·史蒂文斯诗歌《论现代诗歌》(Of Modern Poetry)。在这首诗中,史蒂文斯探讨了传承与原创、公众共同经验与个体独特体悟的关系,即诗歌如何从陈词滥调中突围的问题。

部著作中，斯坦顿将《圣经》中那些指称妇女堕落、附属、软弱的章节逐一挑选出来进行了尖刻的批评，从而批判了《圣经》中显在的男权意识。

20世纪60年代开始的女权运动第二次浪潮冲击到西方思想、文化的各个领域，女性不满足于男性为自己所设定的社会角色，希望重新确立自身的文化价值和社会身份。在宗教领域内，女权运动蓬勃发展的体现就是产生了极具神学反思与抗争意味的神学分支——女性主义神学。女性主义神学既在深度上推动了世俗女性主义运动的发展，又在广度上丰富了基督教内部对神学教义的理解。

斯坦利·葛兰茨（Stanly Grenz）和罗杰·奥森（Roger Olson）在回顾女性主义神学发展过程时指出，女性主义神学经过了三个明显的发展阶段：首先是回顾妇女在宗教教义阐释和信仰制度方面的受压迫历史，驳斥基督教内部的反女性观念；然后是寻找《圣经》中对女性主义有利的经文表述来为女性正名；最后是对基督教神学教义提出女性主义修正[①]。按照这一划分，我们可以对女性主义神学的发展阶段和主要主张做一简单梳理。

沿着女权运动第二次浪潮的性别对抗路线，20世纪60年代以来的女性主义神学家集中火力批判了妇女在父权制基督教文明中受到的心理、家庭、社会和经济压迫。父权制塑造的男性上帝形象是女性主义神学集中批判的焦点：那个长髯飘拂、威严而仁慈的白人老者形象体现了天上父权和地上种族主义父权的结合。卡洛琳·奥谢克（Carloyn Osiek）论述了父权化对上帝形象所产生的影响："天上父权与地上父权互为根本。一个以父权为中心的社会，又深信自己是神的肖像，则他们的神自然也和他们一样：长须、白发、

---

① Stanley J. Grenz, Roger E. Olson, *20th Century Theology*: *God & the World in a Transitional Age*, Downers Grove: Inter Varsity Press, 1993, p. 227.

高大、硕壮。然后,这一个反映人间价值和社会结构的父神,又会用自己的形象反过来巩固这个世界上的父权结构,因为它们正是按照他的肖像建构而成的。"① 激进的女性主义神学家玛丽·达利(Mary Daly)更指出,上帝形象的男性化阐释是造成西方妇女长期遭受奴役和压迫的最根本的原因。在《超越父神:迈向妇女解放的哲学》(*Beyond God the Father*:*Toward a Philosophy of Women's Liberation*)中,达利对作为父权制范式集中体现的上帝形象进行了全面批判。她论辩说,除非上帝在男人和女人意识中的权威被废黜,否则,妇女将永远不会被赋予权力成为完整的人②。总之,在女权主义神学家看来,由于传统的《圣经》阐释、神学著作和历史记载都出自男性之手,因而形成了目前耶稣的男性形象。事实上,上帝不应该是一位至高无上、要求人类服从他的威严父神,而是应该既有男性属性、同时也有女性属性的双性之神。

西方女权运动在 20 世纪 70 年代初发展到顶峰阶段。在此阶段,女性主义神学与世俗女权运动相呼应,反对性别的二元对立,拒绝男性中心主义,拒绝把任何性别、阶级称为创世的中心或规范。同世俗女权主义者一样,女性主义神学家认为,任何对中心的认定都是对他者存在的威胁。在"二元对立"的传统性别观念中,妇女更接近自然,更像动物,缺乏理性;而男性则是头脑、理智和生命的代表。在传统基督教教义阐释中,男性更接近上帝,是理性的象征和灵性的载体;而女性则更接近自然,是肉体和物质的象征,是滋养堕落和欲望的温床。这种观念造成了文化与自然、男人与女人间的巨大鸿沟,使"辖制"成为二元

---

① 参见张艳超《西方女性主义神学研究概述》,《佛教观察》总第五期,复旦大学佛学研究中心,http://blog.sina.com.cn/buddhaeye09,2015 年 9 月 5 日。

② Mary Daly, *Beyond God the Father*:*Toward a Philosophy of Women's Liberation*, Boston:Beacon Press, 1974, p.42.

对立关系的基本模式，并获得了神学上的认可。这种将女性与物质、身体、罪恶、惩罚等联系在一起，而将男性与灵魂、理性、超验、救赎相联系的宗教性别观念统治了基督教文明几千年之久，终于在 20 世纪中后期遭到了女性主义神学家的质疑和批判。

在传统神学阐释下，《圣经》从人类社会的起源上就认可了男性中心主义，并把女性放在了第二性的位置。上帝按照自己的形象创造的男人"亚当"必然优于其他一切生物，是宇宙万物的中心。上帝创造亚当后说："那人独居不好，我要为他造一个配偶帮助他。"（《旧约·创世纪》：2：18）① 于是就用亚当身上所取的肋骨造了一个女人。亚当知道后说："这是我骨中的骨，肉中的肉，可以称她为女人，因为她是从我自己身上取出来的。"（《旧约·创世纪》：2：23）在这里，男性为中心的偏见非常明显：男性亚当是上帝创造的独立个体，而女性夏娃则是男性的附属部分。对于这种贬低女性、继而将人类原罪归咎于"他者"夏娃偷吃禁果的神学解读，女性主义神学家完全无法认同。菲利斯·特里布尔（Phyllis Trible）认为，夏娃之所以要尝试禁果是由于她"见那棵树的果子好做食物，也悦人的眼目，且是可喜爱的，能使人有智慧"（《旧约·创世纪》3：6）。为了走出蒙昧，启智心灵，夏娃勇敢地选择了违背上帝的旨意。按照这种理解，女性成为了勇于探索创新的实干家；而男性"始终保持沉默，只知道被动接受，而缺乏主动思考"②。

《圣经》的经文中随处可见女性处于被支配地位的章节。保罗

---

① 本书引用的《圣经》经文都出自目前国内比较通行的中文简体圣经版本《和合本圣经》，以（章：节）形式表述。

② Lynn Japinga, *Feminism and Christianity*: *An Essential Guide*, Nashville: Abingdon Press, 1999, p. 86.

在《以弗所书》中说:"你们做妻子的,当顺从自己的丈夫,如同顺服主,因为丈夫是妻子的头,如同基督是教会的头。"(5:22—23)在《提摩太前书》(2:11—12)中,保罗又说:"女人要沉静学道,一味地顺服,我不许女人讲道,也不许她辖管男人,只要沉静。"在"基督—教会—丈夫—妻子"的序列中,妇女被排在了最底层。女性主义神学家认为这一传统对女性所造成的影响是极为严重的。女性要绝对服从、静默、没有任何权利,也不受到尊重。特里布尔指出,按照创世顺序,上帝先后造出日月星辰、植物动物,其后是亚当,最后是夏娃,这说明造女人(夏娃)是创造过程的最高潮,而据耶稣之言"最后的将成为最先的",女人理当倍受推崇①。

在拒绝丑化和弱化女性形象、对《圣经》进行抗拒式解读之外,神学界和教会体制内的女性学者、信徒也在尊重女性宗教体验、进行批判性反省的神学研究的基础上,开展了对《圣经》的全方位女性主义解读。以米柯·巴尔(Mieke Bal)、伊丽莎白·费尔伦查(Elisabeth Fiorenza)为代表的女性主义神学家和女性主义学者从文学、阐释学、人类学等各个角度解构了传统的菲勒斯中心主义的基督教传统。她们从女性视角解读基督教历史上被压抑的女性主义传统,倡导恢复女性的完满神性与人性,恢复女性经验在神学体系中的地位。巴尔在其专著《死亡和反对称:〈士师记〉中的对应政治》(*Death and Dissymmetry: The Politics of Coherence in the Book of Judges*)中运用性别政治的视角对《圣经·士师记》中记载的三个女性被杀的悲剧故事进行了重新解读。通过分析《士师记》的潜文本,巴尔揭示了其中女性争取平等、不甘做牺牲者的主题。

---

① 参见梁工《女性主义文论与圣经批评的互动关系》,《汉语言文学研究》2010年第3期,第69页。

费尔伦查解读了《马可福音》中那个为耶稣膏头的无名女人的故事并指出，尽管有耶稣亲口训诫——"普天之下，无论在什么地方传这福音，也要述说这女人所做的以为记念"《新约·马可福音》14：9）——这个故事却仍然没有成为福音传统的一部分，这体现了父权社会对《圣经》的故意误读，因而重新诠释《圣经》中的女性形象是当下的迫切任务①。

在恢复《圣经》女性传统上做出最大努力的是神学家桑德拉·施奈德（Sandra Schneiders）。她认为："基督教历史并没有完整地记录全部教会历史，而是男性统治者为维护自身利益所修订的不完整的历史。"② 她提出的为基督教正典中的"妓女"抹大拉的玛丽亚（Mary Magdalene）正名、重新审视其在基督教历史上重要地位的观点不仅得到了霍莉·E·赫龙（Holly E. Hearon）等女权主义学者的响应，还影响了以《达·芬奇密码》为代表的彻底重构这一形象的流行文化③。此外，施奈德还

---

① 参见贺璋《20 世纪下半期美国女性主义神学研究初探》，《华南师范大学学报》（社会科学版）2005 年第 6 期，第 46—51 页。

② 参见 Joann Wolski Conn, *Women's Spirituality*：*Resources for Christian Development*, New York：Paulist Press, 1996, p. 26。

③ 《圣经》中并没有花费太多的笔墨来描写抹大拉的玛丽亚，而且因为她的传记在一名妓女的传记后面，而被误认为是一个被耶稣拯救的妓女。在《达·芬奇密码》中，丹·布朗认为抹大拉的玛丽亚是当时权倾朝野的便雅悯家族成员。她不仅是耶稣的追随者，更是耶稣的妻子，她追随耶稣修道，并成为教会的领导人。《达·芬奇密码》是美国作家丹·布朗创作的长篇小说，2003 年 3 月 18 日由兰登书屋出版。该作并以 750 万本的成绩打破美国小说销售的记录。小说集合了侦探，惊悚和阴谋论等多种风格，并激起了大众对基督教文化的普遍兴趣。《达·芬奇密码》的线索都围绕着抹大拉的玛丽亚的遗骸以及古代文书的埋藏地逐步展开。在小说中，雷·提彬爵士通过他对达·芬奇的深刻研究和对宗教的狂热，为《最后的晚餐》提供了一种独特的注解：耶稣右手边的显要位置就是玛丽亚。这就是作为郇山隐修会首领的达·芬奇要暗示的：耶稣原本要将事业传给自己的妻子玛丽亚而不是圣彼得。这就是解开密码的最重要线索。

重新阐释了基督教历史上的女性先知形象，指出她们在基督教的发展过程中发挥着重要作用，不应被男性书写的"正典"所埋葬。

总之，女性主义神学家追本溯源，努力寻找基督神学的历史源头，重新发现了被男性神学有意抹除了的基督教内部的女性文化传统。女性主义神学在批判的同时也在不断发掘蕴含在《圣经》中的母性基因，试图为基督教传统中的被压迫的女性正名，并将其转换为有助于女性获得平等权利的思想资源，从而构成了女性主义神学重建宗教女性传统的一个重要方面。

20世纪80年代随着世俗女权运动进一步走向成熟，性别话题逐步和种族、阶级、殖民等多种因素结合起来，成为后现代、后殖民思潮的核心话语。在神学领域，后现代和后殖民主义女性研究也得到了进一步的发展和深化，女性主义神学的关切重点也由"破"发展为"立"，提倡从宗教角度去理解社会文化、信仰修行和教会领导层面的男女平等。女性主义神学在关注宗教内部的性别不平等之外，也将种族主义、阶级辖制、宗教与科学的关系纳入自己的研究视野。

女性主义神学家萝斯玛丽·雷德福·鲁塞尔（Rosemary Radford Ruther）通过对两种辖治（男人对女人、人类对自然）的批判，指出在神人缔约、宗教圣礼中都体现出了"上帝—自然—人"之间和谐共存的生态思想。鲁塞尔认为，科学发展使人类与自然的关系由伙伴模式转变为辖治模式，人类开始将自身凌驾于自然之上，扮演起上帝的角色。面对日益严峻的生态危机，当代女性主义神学家提出必须重新考量整个西方社会的辖制制度、等级制度及二者的神学基础，彻底改变人与自然的辖制关系，废止把自然世界当作可以随意使用的私人财产的人类中心主义观念①。

总之，基督教女性主义神学以批判宗教内部的男性中心主义为起点，在哲学和神学领域修正了统治人类社会上千年的男权思想。女性主义神学家提出：相较她们的男性同伴而言，女性更容易领悟人的有限性和脆弱性等宗教情怀，对有限生命和无限神性的关系也有更深刻的感触，因而女性是更接近神、更接近宗教本源和初衷的性属；新时期的基督教应该成为超越性别差异的宗教；建立一种新型的尊重自然、尊重女性的民主社会才是拯救自然世界和人类社会的出路，才能实现在神的照看下人与自然和谐共存。

2. 罗宾逊与基督教女性主义神学

综观罗宾逊的创作历史，从 20 世纪 80 年代初创作女性乌托邦小说《管家》一鸣惊人，到其后约 20 年潜心研究宗教教义、积极投身环保事业、呼吁文明回归并创作出《母国》、《亚当之死》，直至 20 世纪末回归小说创作，将宗教、种族、家国等主题纳入笔端，罗宾逊的创作思想和文学主题的变化与女性主义神学的发展变迁有着惊人的一致性。尽管罗宾逊本人一直没有明确表述自己的女权主义思想，也从未承认受到女性主义神学理论的影响，然而她的作品却可以成为女性主义神学思想发展变化的最佳文学阐释。

罗宾逊 1966 年在布朗大学女子学院获得学士学位，1977 年在华盛顿大学获得文学博士学位。作为伴随着 20 世纪第二次女权运动高潮的发展成长起来的知识分子，她的文学创作思想不可避免地刻上了时代的烙印。在访谈中，罗宾逊谈到《管家》就来源于 20 世纪 70 年代她在攻读博士期间的创作随笔。在谈到这部作品的创作初衷时，罗宾逊说："我反对美国文学作品中的'美国英雄'形

———————
① 参见李瑞虹《萝斯玛丽·雷德福·鲁塞尔的生态女性主义神学思想研究》，中国社会科学院博士学位论文，2008 年。

象一直被男性占据,所以我创作了女性的'美国英雄'。同她的男性伙伴一样,她也是个孤独的旁观者。"① "美国英雄"是美国亚当的代名词,是美国人在宗教与性别上建构自身身份的典型代表,对这一形象的解构反映了罗宾逊的女性主义思想。她以女性体验为基本出发点,探究女性自我定义和自我完善这一女性主义中心话题,在自己的小说中塑造了女性亚当(或称为另类夏娃)这一女性的美国英雄形象。《管家》中虚拟的女儿国世界更是体现了作家对男性中心主义、二元对立思想的激进反抗,这种反抗以小说的开篇最为明显:

> 我的名字叫茹丝。我跟我妹妹,露西儿,一起长大;由我外婆希薇亚·佛斯特亲手抚养;在她死后由她妹妹——莉莉和诺娜·福斯特小姐——前来接手;等她们开溜了以后,再由我外婆的女儿,希薇亚·费雪太太亲自照料②。

罗宾逊的起笔就奠定了整部小说的基调:既有明显的宗教色彩,又有强烈的女性主义主张。茹丝口述的这一女性谱系是对《旧约》中无视女性的男性族谱的戏仿。《创世记》第五章共有三十二节经文,全部都在列举亚当的后代——塞特支派的男性后裔的名字以及他们各自活了多少岁数,而家族中的女性并不被包含其中。在罗宾逊对茹丝家谱的叙述中,女性不再作为边缘人被排除在外,反而成了家族历史的重要书写者,相反的是这一家族的男性人物却并未获得记载。同时,《圣经》里记载族谱的重要意义就是要预示耶稣基督的到来,《管家》对这一形式的借用也就含蓄地表达了作家

---

① Marilynne Robinson, *When I Was a Child I Read Books*, p. 92.

② 玛丽莲·罗宾逊:《管家》,第1页。

对上帝性别定位的理解，这与女性主义神学认为女性应该寻找自己的母亲之神——上帝是父亲，但也更是母亲——的主张不谋而合。特里布尔在《上帝及性别的修辞》（*God and the Rhetoric of Sexuality*）一书中就指出：《旧约》中的上帝是女性化的形象；《创世纪》中的隐喻常常带有上帝女性化的色彩，去父权化（depatriarchalization）已经在《圣经》中发生①。

当代女性主义神学集中关注的生态问题也一直是罗宾逊创作的关切点。"作为女性主义的一支，生态女性主义神学具有明显的女性主义运动之特质，它注重实践，立足于社会政治层面，来改变女性和自然的命运；作为基督教神学的一分子，它又因为特殊的神学背景，而表现出异于其他女性主义流派的独特之处，即结合神学思考对生态问题的根源及解决途径展开理论与实践上的探索。"② 罗宾逊的非小说作品主题广泛。她呼吁人类保护自然环境、积极参与宗教与现代科学的论战、对加尔文主义做出现代性阐释、也对社会生活的各方面进行观察和批判，体现了当代女权主义神学兼容并包的特征。罗宾逊的《母国》就关注了当代科技文明给人类带来的巨大灾害，批判了英国政府一味追求经济、政治利益，建立核工厂，造成当地白血病高发的罪行。罗宾逊认为，统治阶级在制订科学研究方向及谋求经济利益上的垄断地位导致了人类滥用自然资源，因而必须保证科技应用过程中的决策民主化，从而平衡科学发展与保护自然之间的关系。

在对《圣经》的阐释上，罗宾逊的观点也与女性主义神学主张不谋而合。她在《亚当之死》中谈道："宗教、历史和社会现

---

① Phyllis Trible, *God and the Rhetoric of Sexuality*, Minneapolis：Fortress Press, 1978, pp. 35 – 38.

② 李瑞虹：《萝斯玛丽·雷德福·鲁塞尔的生态女性主义神学思想研究》，中国社会科学院博士学位论文，2008 年，第 29 页。

状是我目前的关注重点。"① 在《第八诗篇》（"Psalm Eight"）一文中，罗宾逊回顾了童年时和祖父一起参加复活节布道时听到的牧师对有关耶稣复活的经文所做的阐释，并从女性视角进行了阐释：

在《约翰福音》中，复活的耶稣对首先赶来的抹大拉的玛丽亚说："妇人，你为何哭泣？"此处的"妇人"一词代表了极高的礼遇和敬重。在《圣经》中，耶稣对他的母亲才称呼"妇人"。这是我所知道的历史上对这个词（woman）表达的最大敬意。当然，不论如何阐释耶稣其人和他的大能，也许他并不是刻意选择词汇，但这意味着耶稣为后世预备了对这一词语（woman）的无可更替的意义，因为这是他复活后说出的第一个字。②

罗宾逊在后期小说创作也以更加开阔的视野关注了个人身份建构和种族、历史等主题。在《家园》《基列》和《莱拉》里，罗宾逊刻画的女性人物不仅是追求精神自由和灵魂平等等个人主义主张，更是开始思考女性对婚姻、家庭、社会的责任，这也呼应了女性主义神学主张建立一个消除了种族和性别差异的、如同《启示录》中描述的新耶路撒冷似的"民主社会主义社会"③ 的号召。

---

① Marilynne Robinson, *The Death of Adam*, p. 1.
② Ibid., p. 241.
③ "民主社会主义社会"是鲁塞尔提出的女权生态神学的最终奋斗目标，是她所希望建立的女性和自然摆脱了父权的辖制、两性关系由辖制转为合作、并与自然和谐共处的理想社会形态。参见 Rosemary Radford Ruether, *New Woman and New Earth: sexist ideologies and human liberation*, New York: Seabury Press, 1975.

第三章

罗宾逊小说的经典主题

亨廷顿认为，与一般意义上的故土认同概念不同，美国人对国家认同的理解主要体现在政治理念和体制而非疆域。美国之所以区别于其他国家，主要在于植根于盎格鲁—新教文化之上的"美国信念"（American Creed）。这一概念泛指美国自建国以来一直存在并得到广泛认可的一整套政治理念和社会伦理价值观，核心要素包括宪政主义、个人主义、自由主义、民主主义和平等主义。宗教与政治的同源性既赋予宗教以政治内涵，也赋予政治以宗教热情。"美国信念"经过两个多世纪的形成、演变，塑造了美国文化传统价值观，维护着美利坚民族文化认同，在定义美国国民性方面发挥着关键的作用。

作为新教自由派思想者，罗宾逊在文学创作中聚焦于在当前多元文化语境下重新阐释"美国信念"，继而坚守盎格鲁—新教主流文化价值。罗宾逊指出，美国当前社会是一个"充满焦虑、空虚、毫无温情的集体虚构"[①]，美国面临的民族文化危机在于美国人对美利坚民族传统文明的全面质疑和背弃，由此产生的悲观和恐惧已经成为当代社会的主导情绪。她呼吁美国作家不应该对这种集体虚构

---

① Marilynne Robinson, *The Death of Adam*, p. 79.

现象视若无睹,而是要重回美国文明源流,将个体叙事及个人审美体验和国家、民族话语相交融,在社会生活的各个领域重新诠释以"民主、平等、开放、包容"为核心理念的"美国信念"。罗宾逊的这一主张契合了当前美国文化思潮回归,是当代文学审美与政治结合的典范。

第一节 人与自然:从表象到感知的进程

人与自然的关系是罗宾逊文学创作的一个重要主题。罗宾逊对人、自然、上帝三者关系的理解也体现在她的小说创作中。她笔下的自然不再是文学作品中常见的烘托氛围、调节行文节奏、烘托象征作品主题的陪衬,而是小说中直接被言说与观照的对象。她的四部小说都取材于美国西部小镇生活;美国西部的广袤天地和无边荒野不仅激发了她的文学想象,也是她探讨人与自然关系这一基督教核心神学思想的出发点。罗宾逊在《幼时读书》中描绘了自己童年时走进家附近的密林中体会到的宗教感悟:"孤独感像电击一样袭来,传遍我的身躯,我不知所措,感觉头发都要竖起来。——我在山泉旁跪下,看泉水漫过石块,漫过倾倒的树木。而娇嫩的小树苗早已经从那水中的树干上成长、发芽。在那一刻,我只觉得我的存在是错误的。我的孤独感才能与这神圣的地方相融。"[1] 只有当自然恢复神性,人与自然融为一体时,人才能在自然中感受上帝的存在。

一 《管家》中的加尔文主义自然观
罗宾逊对人与自然的探讨体现了她对基督教神学自然观(特

---

[1]　Marilynne Robinson, *When I Was a Child I Read Books*, p. 88.

别是加尔文主义自然观）的理解。加尔文主义对人与自然关系的
理解可以概括为：神在他创造的作品上彰显他自己。"因为上帝
的本质无法参透，所以他的神性远超过人的认识能力；但同时，
上帝在他所创造的每一件作品中都做上记号，以彰显他的荣耀，
这记号是如此明确，以至于连文盲和蒙昧者都无法以无知作借
口。"① 罗宾逊高度赞赏加尔文描述人与自然关系的隐喻——自
然是一件耀眼的华服，上帝隐现其中。自然中所有的创造物如
同可见的华服，上帝随时随地通过自然向人类彰显荣耀。在罗
宾逊看来，人类必须通过认识自然进而认识上帝。人无法通过
语言描绘上帝，但可以通过上帝的创造物来认识他，因为神可
以通过自然中的创造物来彰显自己，所以描绘自然就有了宗教
的意义。"那些山峦、湖泊、森林会引导我的灵魂离开脆弱的
肉体，去寻求终极的意义。"②

在《管家》中，罗宾逊以精妙的笔触描绘了自然的壮观和不可
知，探讨了自然世界与神圣感知的关系。罗宾逊将可见的自然称为
表象的自然，不可见的自然称为感知的自然。"《希伯来书》的作
者巧妙地把有形世界比作无形事物的形象。世界的精美结构就像一
面镜子，叫我们可以在它那里面看见那无形的上帝——"③ 罗宾逊
认为，自然中受客观规律支配，能够被预测和解释的表象世界是表
层的、暂时的，并非人类存在的目的；而感知的自然则是通过人类
的想象、加工，提升着可见的表象自然，从而具备了更深层次的宗
教目的指向：上帝通过自然向人类彰显恩典与救赎。这种经验与超

① ［法］约翰·加尔文：《基督教要义》，钱曜诚等译，北京三联书店2010年
版，第20页。
② Marilynne Robinson, *The Death of Adam*, p. 236.
③ ［爱］阿利斯特·麦格拉斯：《加尔文传：现代西方文化的塑造者》，甘霖
译，中国社会科学出版社2009年版，第255页。

验共存的自然观显然是受到了加尔文主义神学思想的影响。我们也许更多时候生活在世俗的物质世界，只是偶尔在精神世界片刻停留，而作为一名心怀宗教理想的信仰者，罗宾逊更多的时候是独自陶醉在精神世界中，面对自然不停地思考和追问，感受人与自然和上帝的沟通。她笔下的自然具有表象和感知的双重色彩，她小说中的人物也通过逐步探索自然而完成了个体身份建构和对生命终极意义的探索和追问。

在《管家》中，罗宾逊对指骨湖的描绘集中体现了自然的力量与灵性。小说主人公茹丝对自然的认识经历了从表象到感知的逐步演化过程。在茹丝的叙述中，指骨湖彰显了自然的神奇力量。尽管湖面通常平静无波，但它却是吞噬生命的地方：茹丝的外祖父因为火车在桥上失事冲入湖中丧生湖底，她的母亲也驾车投入湖中自杀。灾难过后一切都会恢复如常，"亲爱的平凡有如水面上的影像已经愈合，完整如初。"① 指骨湖每年都要泛滥爆发的洪水淹没小镇上的房屋，破坏一切人为的秩序，这时湖会发出"凄厉的惨叫声"②："湖那边不断传来更激烈的扭曲拉扯、冲击、猛烈撞击和冰破裂开来的恐怖声音，那是向南流的湖水把大块的碎冰往桥的北边推挤。"③ 然而洪水过后，湖面又会恢复平静，"积留的洪水几乎就像被连一丝云也没有的天空拿来照自己的一面毫无瑕疵的镜子，盈溢而晶莹剔透。"④ 如果说茹丝眼中的指骨湖是自然的具象，那么面对自然之神秘，茹丝头脑中的主观回应则将自然与《圣经》联系在一起，力图通过有限的具象传达无限的感知，自然的神性也就进入到了她的主观超越体验之中。

---

① 玛丽莲·罗宾逊：《管家》，第 34 页。
② 同上书，第 100 页。
③ 同上书，第 101 页。
④ 同上书，第 100 页。

在茹丝的想象世界中，指骨湖的泛滥就如同《旧约·创世纪》中记载的大洪水一样，使小镇呈现出一片"末日"的景象："三天以后，指骨镇的房子、畜棚、谷仓和仓库全像是吃了水而翻覆的方舟。"① 茹丝想象上帝让洪水退去，只剩下水池、河塘和沟渠，然而水还是尝得出血迹和毛发的味道。而在真实的自然世界中，当她面对指骨湖时，"只要品尝一掬水，就一定会想起湖的眼睛就是我外公的眼睛，就一定会想起湖沉重、暗无天日和盈满的水体构成了我母亲的四肢，让她的衣服沉重，让她停止呼吸，让她再也看不见东西。"② 她相信外祖父和母亲的灵魂在湖底等待复活的来临：那列沉入湖底的火车会从湖里跳出来，"就像倒着放的电影"③，然后乘客会逐个出来，"各个都比出发前还要健康。"④ 茹丝想象母亲会俯下身撩起她的头发，外祖父"看起来还很年轻，是个长腿仔"⑤。由此可见，指骨镇的洪水提醒人们末日临近的危险；生命的无常体现在湖水夺去生命却又蕴含着复活的意味。茹丝眼前的自然与她内心的宗教感知紧密相连，她在自然中感受到了无形上帝所具备的有形力量。

《管家》中的外祖父虽然缺席，但是他留下的各种画作却使他与茹丝在精神层面紧密相连。外祖父留下的自然风景画作无不蕴含着强烈的宗教意象，呈现出对生命更高层次的向往。他的画作体现了一种非凡的自然观，画面上的自然是真实与幻想的统一体："所有的果实和鸟儿都和弯曲的地面垂直，还有尺寸大得惊人的野兽从容行走。"⑥ 他在衣柜的门上画了狩猎图，床头画了一只孔雀，"母

---

① 玛丽莲·罗宾逊：《管家》，第 98 页。
② 同上书，第 270 页。
③ 同上书，第 144 页。
④ 同上。
⑤ 同上书，第 145 页。
⑥ 同上书，第 20 页。

鸡似的身体配上翠绿的尾巴"①,多年后涂在上面的白漆吸收了色彩,让图案在漆层下方浮现。这里罗宾逊暗示了自然的双重性以及感知世界的意义:那是存在于人们想象中的更加令人向往的世界,也是茹丝心目中复活后的天堂。"曙光及其所带来的一切让我想起天堂,一处我知道我不会自在的地方。它让我想起外公的画,我总认为那就是他眼里天堂的样子。"② 通过观察思考外祖父的画作,茹丝逐步领悟到了自然的双重性,在面对自然时领悟到宗教灵魂救赎的意义,"就像一个被释放了的灵魂,我会发现那些我赖以为生的东西,只不过是它们的映像和幻影。"③ 总之,《管家》通篇都引用了《旧约》诺亚方舟和大洪水的比喻,提示物质世界随时可能面对灭顶之灾,而这种灾难的随时随意性也是《圣经》中耶稣神起死回生的神力的具体表达。

二 超验主义隐喻自然观

从文学批评的角度讲,学界对罗宾逊推崇的原因并不仅仅是因为她坚守信仰,而更在于她像文学前辈爱默生、梭罗、狄金森一样从自然中认识真理、获得宗教启示,并通过创作神秘超验的艺术形象体悟真实生命光辉和空灵的文学创作才能。罗宾逊自己也对19世纪超验主义文学推崇备至:"我碰巧在记忆力最强的时候读过这些叔父和姑妈(喻指男性和女性文学前辈)的作品,所以头脑里一直都对他们有所回应。"④ 尽管这些文学前辈对基督教思想并不完全赞同,言辞也多有不逊,但他们却都有着一种罕见执着的精神追

---

① 玛丽莲·罗宾逊:《管家》,第 135 页。

② 同上书,第 149 页。

③ 同上书,第 255 页。

④ Marilynne Robinson, "On Influence and Appropriation", Interview by Tace Hedrick, p. 1.

求，追求通过人与自然和谐一致来理解人—自然—上帝之间的精神联系。"这种生活观展示的是一种悬而不决的论断，是各种力量取得平衡后的心灵的宁静。它既承认命运，又承认自由意志；既承认上帝的力量，又承认人力的作用。严格的哲学家难以接受这种模棱两可的态度，而文学家却需要这种态度。只有当心灵稳定地向经验开放，文学作品才能揭示人类思想感情的长度、广度、高度和深度。"①

《管家》中的超验主义隐喻艺术地表达了作家人神一体的自然观。如果说美国西部是"上帝的花园"，罗宾逊所描绘的指骨湖、湖心岛上的荒野和树林则保留着亘古伊甸园的神秘气息，是圣灵寓居的场所，而茹丝则是漫游其中的人类个体的代表：

> 我让天空的黑暗，在同一时间同一时空下，触及我的头脑、我的内脏和我的骨头里的黑暗。眼前的一切都是幻影，是一条覆盖这世界真实运转情况的薄床单。神经和大脑都被骗了，留给人的只有梦。梦中的鬼魅松开握紧我们的双手，然后撒手离开。它们背后的弧形和大衣的摇曳如此熟悉，意味着它们才是这尘世的主人，而事实上没什么比它们更容易消亡。②

在这段充满神秘超验色彩的描述中，茹丝将自然的天空与个人的头脑、内脏、骨头结合在一起，仿佛是透过爱默生"透明的

---

① ［美］罗伯特·斯比勒：《美国文学的循环》，汤潮译，北京师范大学出版社1993 年版，第 48 页。

② 玛丽莲·罗宾逊：《管家》，第 116 页。

眼球"① 看到了世界的形象。这种"外部世界是幽灵,内在才是真实的运转"的观点充满了对代表自然的超灵的向往。爱默生认为,自然界本身就是神对人的启示,自然界的终极就是要和谐统一在超灵之上。自然就是超灵或上帝的象征。"无所不在的教义就是:上帝完完全全地重现在每一个苦藓和蛛网里。宇宙的价值设法把自己表现在每一个点上。"② 这种关于超灵和自然的看法与加尔文提出的"神在他创造的作品上彰显他自己"的自然观一脉相承。罗宾逊在超验主义美学视野下审视自然,对她而言,自然已经不只是物质世界,它具有生命,是超灵的外衣,上帝的精神充溢其中;而作家的写作就是个体与超灵的交流,并通过文学创作来传达信仰的要义,使个人内心体验转化为可见的文字表达。

由于自然是超灵的外衣,因而回归自然有助于人在精神上的完善。这一朴素积极的超验主义自然观也体现了"管家"这一小说中心隐喻的神学意义。按照《圣经》的描述,人与自然均为上帝所造,但人是上帝"特殊的创造",并被赋予上帝的形象,人是自然的管理看守者。"神说,我们要照着我们的形象,按着我们的样式造人,使他们管理海里的鱼、空中的鸟、地上的牲畜和全地,并地上所爬的一切昆虫"(《旧约·创世纪》1:26)。上帝将人置于大自然中,因为自然就是人要生存和看管的空间。因此,"管家"的

---

① 爱默生在《论自然》中写道:"在森林里,理智和信仰回归到我们心中。在那里,我感觉生活中的任何不幸都无法降临到我的身上——没有自然不能修补的耻辱和灾难(除了我的眼睛以外)。站在空旷大地之上,我的头脑沐浴于欢欣大气并升腾于无限空间。一切卑劣的自高自大和自我中心消失无踪。我变成了一个透明的眼球:我空如无物,但我却将万物都纳入眼中,那共同生命的暗流在我全身循环流动。我是上帝的一部分。在那时,最亲近的朋友的名字听起来也觉得陌生而并不重要了:所有的人都是兄弟,都是朋友,谁是主人谁是仆人就只是微不足道的干扰而已了。"引自[美]爱默生《爱默生集:论文与讲演录》(上、下),吉欧·波尔泰编,赵一凡等译,生活·读书·新知三联书店 1993 年版,第 320 页。

② 同上书。

含义超越了看护代表人类秩序的实体房屋的概念而升华到管理看护自然这一人类灵魂归属家园的意义层面。罗宾逊在访谈中谈到梭罗时说："梭罗的《瓦尔登湖》也可以改名叫《管家》。梭罗就是要通过创造一个简约至极的物质生活来表达一个道理，那就是'越简单越美好。'他的冥思方式就像犹太教或基督教里的沙漠教士，或是沙漠预言家，总之就是将物质需求降低到神圣的地步。"①

罗宾逊继承了美国超验主义传统对自然的崇敬，相信自然具有修复灵魂的能力，认为选择流浪回归自然才是人类真正的"回家"。梭罗曾经说过，"操持家务是一件愉快的消遣，但想要感受美丽必须要在户外，在没有房屋和管家的地方。"② 与梭罗一样，希薇姨妈也乐于将房门敞开，与自然融为一体：

　　我们的房子变得和果园以及气候的变化有着完美的契合，甚至在希薇开始管家的头几天就已然如此。她开始一点一点的，或许是她不自觉的，让房子逐渐成为适合黄蜂、蝙蝠和家燕居住的地方。③

希薇的管家方式刻意模糊、甚至倒置了家庭生活与自然生活的界限。她对洪水造成的屋内汪洋毫不介意，屋角堆满树叶，家中常有老鼠拜访。如同梭罗、华兹华斯甘于居住在破败的农舍一样，希薇向往的是一种关乎灵魂与想象的诗意的生活价值观，而不是井井有条的象征人类秩序的物质华屋。房子是人类文明的重要标志之

① Marilynne Robinson, "On Influence and Appropriation", Interview by Tace Hedrick, pp. 2 - 3.

② Henry David Thoreau, *Walden: A Writer's Edition*, ed. Larzer Ziff, New York: Holt Rinehart, 1961, p. 78.

③ 玛丽莲·罗宾逊：《管家》，第 130 页。

一,然而《管家》中的房子却是个"体型庞大、从容不迫,来自异地的大船",我"无法想象自己进到里头"①。希薇和茹丝从放弃管家到远离人群再到退居荒野,这种空间上的位移也呼应了梭罗在瓦尔登湖畔的茅屋生活:当个体与文明社会的隔离逐步加深时,回归自然的渴望也随之日益强烈。

在《管家》中,为了安慰幼年失去母爱的茹丝,希薇姨妈告诉她指骨湖的湖心荒岛丛林中住着一家人,他们经常徘徊在湖边和树林里寻找那些"失落的灵魂",这一情节也与梭罗对树林的想象——"高贵的厅堂,里面住着一家人,以苔衣为外套"②——遥相呼应。当茹丝最终决定追随姨妈流浪时,她已经形成了自己的自然观:个体只有与自然融合,实现自然与人的和谐统一时才能实现心灵的成长与自由。"果园之夜,我学会了一件重要的事:如果你不拒绝黑夜,而只是放松并接受它,你就不会再觉得寒冷是件不舒服的事情。"③ 罗宾逊在此表达了对上帝、人类和自然实现美满和谐关系的信念:人必须正确理解和对待上帝赋予的责任,认真地管理、修理和看守自然而不是肆意破坏,才能享受上帝应许给人的荣耀和救赎,实现自身存在的真实意义并恢复人与造物主之间的亲密关系。

三 罗宾逊自然观与当代生态思潮的契合

罗宾逊的自然观也与当代生态神学和文学思潮不谋而合。20世纪60年代以来兴起的生态神学和生态文学都有加尔文主义自然观和超验主义审美特征。当代著名的基督教自由派生态神学家尤根·莫尔特曼(Jürgen Moltmann)提出的"生态创造论"(Ecologi-

---

① 玛丽莲·罗宾逊:《管家》,第 204 页。

② Henry David Thoreau, *Walden: A Writer's Edition*, p. 131.

③ 玛丽莲·罗宾逊:《管家》,第 204 页。

cal Doctrine of Creation）就认为：《圣经》最主要的生态思想是"上帝存在于世界之中，世界也存在于上帝之中"；世上的所有生物，包括人类在内，都是由上帝创造的；上帝内在并显现在他的每一个创造物之中。莫尔特曼特别强调了"三位一体"（Holy Trinity）中的第三个位格"圣灵"（Holy Spirit），并开创了以"圣灵论"为基础的生态神学①。生态神学认为，对自然的敬畏和热爱就是对上帝的景仰；人类必须学会与自然中的万物共生共存才能与上帝同在。通过"管家"这一核心隐喻，罗宾逊探讨了人—自然—上帝之间的复杂联系。汉娜·阿伦特（Hannah Arendt）认为，人作为工匠（homo faber）制造了工具和艺术品，同时也毁灭了自然②。"管家"的比喻传达了罗宾逊对人类放弃"工匠"角色的企望。罗宾逊认为，人类只有顺应自然，不再依照自己的意志管理和支配自然，才能实现在上帝的创造中与天下万物彼此寓居和相互融通。《管家》记录了茹丝的回归自然之旅，也是罗宾逊对人类回归上帝造物初衷的宗教企盼。

作为虔诚的基督教新教徒和富有良知的公共知识分子，罗宾逊在她的非虚构作品和论著中也表达了强烈的社会责任感和宗教救赎

① 尤根·莫尔特曼 1926 年出生于德国汉堡，1952 年获哥根廷大学博士学位，1958—1994 年先后任教于乌伯塔教会大学、波恩大学、美国杜克大学和德国图宾根大学。他是当代最具影响力的宗教哲学家之一。他关于生态神学的论述《创造中的上帝——生态的创造论》（God in Creation: An Ecological Doctrine of Creation）是他系统性神学著作中的第二部，与其之前影响广大的《被钉十字架的上帝》（The Crucified God）有一脉相承的内在联系。《被钉十字架的上帝》是他在 20 世纪 60 年代神学艰难处境下对当时的激烈的社会批判而做出的历史回应，《创造中的上帝——生态的创造论》可以视为他面对 20 世纪 80 年代全球性生态危机以及信仰真空的困境，在基督教神学论述主题上所做出的"后现代的生物中心论将取代西方和现代的人类中心论"的大胆推断。

② Hannah Arendt, *The Human Condition*, Chicago: University of Chicago Press, 1958, p. 139.

意识,探讨了人、自然、上帝三者之间达成永恒契合的可能。在1989 年出版的《母国》中,罗宾逊直接声讨了人类对自然的暴虐;她还批评美国政府以 "人烟稀少" 为理由在西部爱达荷州、犹他州、内华达州和新墨西哥州进行核试验:"荒野就是可以做那些人口聚集区无法实施的事情的地方。"① 罗宾逊认为,荒野不是指某一个特定的地域,而是形容自然世界的某种存在状态。这一观点与现代生态神学家倡导人与整个自然之间共处、合契的主张不谋而合。罗宾逊反对环保主义者以 "地球的主人" 自居的姿态。在《荒野》一文中,罗宾逊不无辛辣地谈道:"环保主义者认为当下形势严峻,所以我们要保护(preserve)——无论是人类的延续还是其他生物的生存都需要人类义不容辞的保护,甚至那些未被发现的物种都需要我们的管理。人类滥用神赋予的权利才是使整个世界毁灭的元凶。"② 罗宾逊认为:人与自然同为上帝所造,自然界是人类生存和寻找自己存在意义的空间,当前这种 "虚假的伦理" 违背了上帝的安排。当人类将自己视为自然的主人而为所欲为时,就是僭越了上帝的主权;人与自然的疏离必将导致人与上帝的疏离。罗宾逊 "保护上帝创造的完整性" 的诉求、反对人类为谋求自身利益而企图驾驭自然并对自然资源进行掠夺性开发和肆意污染的观点体现了她的生态宗教思想和对人类普世聚合愿景的终极向往。

由此可见,从作家的信仰角度讲,罗宾逊对自然和人的关系进行的思考一直是在基督教神学思想的框架之下进行的。她的文学创作带有作家本人宗教信仰的深刻烙印。罗宾逊的早期生活经历、西部基督教文化的浸染促进了她对人与自然关系的思考与认识。在《幼时读书》中,罗宾逊引用了一首美国传统基督教赞美诗《在花

---

① Marilynne Robinson, *The Death of Adam*, p. 246.
② Ibid. , p. 245.

园里》（"In the Garden"）表述了她心目中人与自然、人与神共处的理想关系：抹大拉的马丽亚在耶稣升天后的第一缕晨曦中在花园中独自漫游；"我们在那里徘徊游荡，怀着无人知道的喜悦"①。花园里露珠滴在玫瑰上，上帝与作为人类个体代表的"我"在花园里散步交谈，他的话音如同鸟儿唱歌一般甜美，我们的喜悦他人无从知晓。人在自然中得以释放天性并认识上帝——这就是罗宾逊心中人与自然、人与上帝和谐共处的完美景象。

第二节　罪与救赎：灵魂与精神的拷问

人与上帝的关系是西方文学的一个重要主题。在"基列三部曲"中，罗宾逊通过塑造杰克、埃姆斯、格罗瑞、莱拉一系列人物，深入探讨了人与神的关系，传达了以善良对抗原罪、完成人性救赎的基督教信仰。有评论家指出，罗宾逊的作品是当代美国文学中继奥康纳之后对宗教主题做出的更加"不妥协的、虔诚和独特的书写"②。

人生来有罪的说法是基督教思想的出发点和核心元素。新教信徒信奉人生来有罪：随着亚当的堕落，我们也都有了罪（With Adam's fall, we sinned all）。由此，"原罪论"（Original Sin）成为基督教的基本教义，耶稣基督背负十字架就是为了完成对人类原罪的救赎。在《圣经》中，上帝与人的关系主要表现为人类的完全堕落与上帝对人的不懈拯救；而只有当人类由拒绝认罪转向遵从上帝旨意后，二者的关系才能得到改善。西方作家大都受到基督教文化的浸染，因而常常在作品中探讨剖析人生命中的罪性，以及在沉沦失望中获得新生、完成灵魂救赎的可能。无论是《神曲》中但丁遨

---

① Marilynne Robinson, *When I Was a Child I Read Books*, p. 125.

② Patrick Giles, "A Devout and Different Novel Wins Widespread Acclaim", *National Catholic Reporter*, (15 April 2005), p. 17.

游三界的旅程还是《浮士德》中上帝与魔鬼的赌咒,无论是《悲惨世界》中闪耀始终的银烛台还是《红字》中那直指人心的字母"A",这些文学描写都体现了基督教传统思想中的原罪感和救赎意识。作家在世俗的写作中寻找宗教体验、对生命终极意义进行探讨和追问;具有相同文化背景的读者也能够通过阅读实现情感的共鸣,找到文学作品和自己人生体验的契合之处。

20 世纪以来,人类在遭受了两次世界大战之后,在西方世界中人的神话早已破产,人与上帝的关系也日益疏离。西方文明经历了尼采、达尔文、弗洛伊德、萨特等人的轮番解释后,似乎在哲学、生物学、精神分析学等方面都遭遇到了根本性的瓦解;人类面对的不仅是生存的焦虑和痛苦,更有无法言说的终极困惑。后现代文学大多以怀疑、否定、反叛的姿态剖析人性的丑恶和当今世界人类面对的生存危机,文学艺术传达的也是毁灭和绝望。当代西方作家以尖刻、怪诞的笔调细致入微地描绘人性的丑恶和生活的残酷;读者听到的多是振聋发聩的反抗和呐喊之声,而文学直抒胸臆的美化与教化功能却被忽视甚至否定。虽然福克纳在诺贝尔文学奖致辞中提出,诗人和作家的特殊光荣就是鼓舞人类的斗志,然而他刻画的约克纳帕塔法谱系中最常见的还是偏执、猜忌和暴力等种种罪恶和不堪。冯内古特在《猫的摇篮》(Cat's Cradle)中借用了《圣经》中约拿(Jonah)从堕落到赎罪的故事开篇——"叫我约拿吧!"[1]然而小说着力探讨的仍然是人类面对末世到来的冷漠和无知。在冯内古特这里,艺术家担任了人类命运先知的角色,为世人敲响了末世的丧钟。奥康纳、欧茨等作家更以一种近乎偏执的宗教热情,将暴力视为上帝拯救的手段,她们的小说中充斥着畸人的绝

---

[1] 约拿是《圣经》里的一个人物。据《旧约·约拿书》记载,上帝命令约拿到尼尼微大城去传教。约拿不听上帝的话,被大鱼吞进肚子,在黑暗的鱼腹忏悔了三天三夜,终于获得上帝的赦免,重新上路,成为人类的先知。

望和暴行，呈现了现代人无法获得拯救的困境。针对这一片绝望的文学底色，罗宾逊一针见血地指出："现代人不再相信'罪'（sin），而是认为人们都染上了疾病（sickness）。这些疾病导致了人们行为的失常。"① 罗宾逊认为："奥康纳作品的影响是毁灭性的，会产生一种严肃小说作品对待宗教都不再恭敬的效果。"② 摆脱了对神的敬畏和对人类原罪的认可之后，人类的行为就会失去底线，从而导致整个社会道德体系的崩塌。

我们梳理原罪论也会发现，正因为相信人们生而有罪，才有了基督教要求信徒向善向爱、赎罪除恶的宗教准则。最早提出原罪论的是奥古斯丁，他也是基督教神学思想的重要奠基者③。奥古斯丁认为人生而有罪，但又提出了"恶不具有实体性或本体性，它只是善的缺乏或本体的缺乏"的观点④。在奥古斯丁看来，上帝所创造的一切事物就其本性而言都是善的，上帝并没有创造恶，恶只是本体对善的缺乏或背弃。熟悉神学经典的罗宾逊更在《基列》中反复提到当代神学家卡尔·巴特。巴特强调上帝的人性："若不知上帝，则不知人；若不以上帝的神性为根据，也无法认识上帝的人性。"⑤

---

① Marilynne Robinson, *The Death of Adam*, p. 83.

② Marilynne Robinson, "A World of Beautiful Souls: An Interview by Marilynne Robinson", Interview by Scott Hoezee.

③ 奥古斯丁（Aurelius Augustinus, 354—430）是欧洲中世纪基督教神学与哲学的重要代表人物，他关于原罪、救赎和上帝的恩典的论述是宗教改革时期加尔文思想的重要来源，代表作品有《忏悔录》《论自由意志》和《上帝之城》等。

④ 赵林：《罪恶与自由意志——奥古斯丁"原罪"理论辨析》，《世界哲学》2006 年第 3 期，第 78 页。

⑤ 卡尔·巴特（Karl Barth, 1886—1968）新教神学家，新正统神学的代表人物之一，是《基列》中埃姆斯牧师最喜欢阅读的《罗马书释意》的作者。巴特是现代"新正统神学运动"（Neo-orthodoxy movement）发起者之一，代表作品是他在 1956 年所作的著名演讲《上帝的人性》（"Die Men"）。巴特系统阐释了道成肉身这一新教教义，认为"上帝的神性"本身就包含"上帝的人性"，并进而肯定和提升了人的人性。

罗宾逊一直强调的是人的神性和向善性。她认为,如果宗教必须要有依附点的话,那就是人的神圣性;人类必须被认为是神圣的。罗宾逊小说所表现出的"为信仰而信仰"的纯粹信仰诉求及其呼唤文明归来的姿态正是对当下美国社会道德危机的反弹和应对。一方面,信仰的缺失导致当代社会的道德沦丧,人类执着于欲望的快感正是由于丧失了终极价值观的引导与其对精神世界的提升;而另一方面,由于宗教信仰在一定范围内决定着人们的伦理道德取向,回归信仰仍然是道德完善的必须条件。

罗宾逊笔下的人物,不论是选择离家出走的茹丝,还是终日沉思的老牧师埃姆斯,以及那个终日被"灵魂永灭"拷问的杰克,都是当代美国文学中独具特色的人物,而他们的特殊之处也就在于他们代表了个体对存在意义的思考和对精神世界的追求。罗宾逊小说的新意不仅在于她笔下描绘的回归自然文明的理想主义生活方式,或是她执拗的宗教人文主义理想在当前物质世界中的孤单与独特,更在于她坚守灵魂的独立与尊严,将文学书写与探究生命本源意义联系起来,使小说产生了一种悲情浪漫主义的格调,因而让读者难以忘怀。对罗宾逊而言,"道德高尚的人们不是试图去改变他人,而是更积极热忱地期待他人能获得(上帝的,笔者加注)宽恕,他们在期待中给予他人宽恕并拒绝对他人做出道德评价"①。

一 埃姆斯的罪与赎

小说作为一种文学体裁,其开端与宗教密不可分。作为 18 世纪西方小说起源的赛缪尔·理查逊(Samuel Richardson)的《克拉丽莎》(*Clarissa*)和皮埃尔·肖代洛·拉克洛(Pierre Choderlos de Laclos)的《危险关系》(*Dangerous Liaison*)都是意在忏悔的书

---

① Marilynne Robinson, *The Death of Adam*, p. 159.

信体小说①。事实上，"信"在当代文学中仍然带有宗教色彩，爱丽斯·沃克（Alice Walker）的《紫色》（*The Color Purple*）中西莉亚正是通过给上帝写信的形式完成了自我的精神成长。《基列》继承了书信体小说这一宗教内省传统，作家通过记叙埃姆斯写给儿子的书信，探讨了"罪与罚"这一宗教主题。

埃姆斯一家三代都是牧师。他的爷爷是 19 世纪上中叶投身宗教觉醒运动，自发从东部来到中西部的新教牧师，父亲也留在西部定居传教，"我（埃姆斯，笔者注）在教区牧师住宅里长大，大半辈子都在这儿度过。"② 埃姆斯忠诚于自己的信仰，一生为家乡教堂教众服务。埃姆斯牧师的第一位妻子是他青梅竹马的恋人，不幸死于难产，孩子也在出生不久后夭亡。此后 40 多年埃姆斯全心奉献给神学研究和教区事务，写下两千多篇布道文，过着孤苦寂寞的生活。埃姆斯的哥哥爱德华受到教众资助出国研修神学，回到基列却成为了无神论者，父亲为了调养身体也辞去牧师的工作并搬离基列，然而埃姆斯选择留下继续为会众服务，将一生中大部分时间都用在安慰那些在痛苦中挣扎的人。垂暮之年的老牧师谦虚地说："当我说我因为虔诚、正直以及诸如此类的美德而声名卓著，也许有点夸张。"③

在《基列》出版之后，罗宾逊收到了许多牧师的来信，感谢她"塑造了一个可信的、正面的、睿智的牧师而非又一个伪君子"④。这是因为美国文学史上直接以宗教人士为主要人物的作品不多，且

---

① 书信体文学创作源于古希腊时期，诗人常常通过通信探讨文学、道德和哲学。18 世纪书信体文学成为小说这一新兴文学体裁的重要载体，这与当时以书信作为私人交往的社会风气有关。

② 玛丽莲·罗宾逊：《基列家书》，第 2 页。

③ 同上。

④ Martin B. Copenhaver, "Portrait of a Pastor: Book Review on *Gilead*", *Christian Century*, Vol. 122, No. 10, 2005, p. 30.

多以负面形象出现,比如霍桑笔下面戴黑纱的教长和倍受灵魂煎熬的牧师迪梅斯代尔等。罗宾逊出生于牧师家庭,因而熟悉宗教人士的真实生活——"我很喜欢、珍惜这种生活,但很遗憾大部分人对他们缺乏了解"①。埃姆斯牧师这一人物形象也回应了罗宾逊在杂文《面对现实》中提出的美国当前面临的宗教困境。罗宾逊在此文中谈到,尽管民意调查显示大部分美国人认为自己仍旧信仰上帝,但这一信仰的本质已经从美国的文化传统中消失,"民众对自身的定义不再是上帝的子民,而是消费者、病患者或是利益集团的成员。"② 罗宾逊认为,虽然我们仍然相信人类生活的严肃性,但是在思想上已经失去了承认信仰的能力,由此产生的严重的不安就会导致可怕的结果,这也正是现实生活狭隘肤浅的原因。《基列》中终日思考人生、努力认识上帝的埃姆斯牧师是罗宾逊为美国文学呈现的少有的正面宗教人士形象,是作家塑造的对抗当代虚无生活的典型人物。

在罗宾逊笔下,这位克己、正直的老牧师已经是小镇上的圣人,他又能有什么罪过?联系基督教的原罪说,笔者认为埃姆斯内心最大的罪就是"十诫"中的"贪求"(Covet)。埃姆斯认为,"所谓贪求的罪恶就是,甚至是你最爱的人拥有你想有却没有的东西时,内心感觉到的那种怨恨和痛苦"③。他羡慕老朋友鲍顿牧师家人丁兴旺,八个孩子每天吵吵闹闹,有种"令人炫目的美丽"④。"我总是害怕走进他家,因为去过他家,再回自己家,屋子里越发

---

① Marilynne Robinson, "Marilynne Robinson: Extended Intervie", Interview by Bob Abernethy, *Public Broadcasting Service*, https://www.pbs.org/video/religion – ethics – newsweekly – marilynne – robinson/, 2009 年 9 月 18 日。

② Marilynne Robinson, *The Death of Adam*, p. 86.

③ 玛丽莲·罗宾逊:《基列家书》,第 148 页。

④ 同上书,第 71 页。

显得空空荡荡。鲍顿看得出我的心思，他了解我。"① 鲍顿将自己的第五个孩子（杰克）命名为"约翰·埃姆斯·鲍顿"，并请埃姆斯为他施洗、做他的教父；他希望这个与老朋友同名的孩子能安抚埃姆斯孤寂的生活。然而埃姆斯却将鲍顿的这个举动视为是要以自己的孤苦冷清来衬托鲍顿家的热闹欢笑，是对自己无妻无子的生活状况的嘲弄，因此埃姆斯牧师对这个同名的教子并不喜欢，更不亲近。"'快乐着别人的快乐。'我发现要做到这一点，太难太难。倒是和别人一起哭泣，我做得更好。"②

杰克长大后和一个年轻的姑娘生了孩子却又不负责任地走开。孩子的夭折使埃姆斯想起了自己早亡的妻子和女儿，他决定终生不原谅杰克："一个人失去自己的孩子，另一个人毫不在乎地否认自己父亲的身份——我不会原谅他。我不知道如何原谅他。"③ 只有在暮年时与回家的杰克再次面对时，埃姆斯才认识到自己当年也犯下了同样的过错：自己因为贪求而放弃了杰克，并没有尽到做杰克"老爸"（杰克对他的称呼）的责任。埃姆斯看到了自己内心的恶，并全心希望能够改悔。他真心为杰克祝福，同时也盼望自己的灵魂得到重生："能为他祝福是我的荣幸。这确实是肺腑之言。事实上，我读神学院，献身于神职，忙忙碌碌这么多年，似乎就是为了这一刻。"④

埃姆斯的"贪求"还体现在他对生命的留恋。他忌妒那些可以看着妻子变老的男人，因为"我永远看不到自己的妻子变老，自己的孩子长大"⑤。埃姆斯年近七十时遇到了现在的妻子莱拉，还有了

---

① 玛丽莲·罗宾逊：《基列家书》，第 71 页。
② 同上书，第 148 页。
③ 同上书，第 182 页。
④ 同上书，第 267 页。
⑤ 同上书，第 59 页。

一个孩子。生命垂危的老牧师对自己年轻的妻子和年幼的孩子充满了热爱和眷恋。他坐在窗前看到妻子与儿子在院子里玩吹肥皂泡:"你妈妈穿一条蓝裙子,你穿一件红衬衫,两个人跪在地上,索佩(猫)在你们中间。五光十色的泡泡升腾而起,快乐的笑声不绝于耳。啊,这生活,这世界。"① 他对来之不易的尘世幸福生活无比珍惜,不忍离去。杰克的回归使一向对他怀有偏见的埃姆斯感到害怕。"我很冲动,想告诉你们提防杰克·鲍顿——他不是一个品格高尚的人,要警惕他。"② 杰克到埃姆斯家教他的儿子小罗伯特打棒球、帮助莱拉把书籍从阁楼搬到楼下,这种种场景更让他害怕与妻子年龄相当的杰克会在自己死后取代自己的位置。在一次讲道中,埃姆斯想到自己女儿的早逝和年幼的儿子失去父亲的未来生活,不由自主地选择讲解夏甲和以实玛利的故事③以传达基督徒即使失去父亲,也会得到上帝眷顾的教义;"有必要有坚定的信念,把孩子交出去,相信上帝会把父母的爱给他,相信荒漠上确实有天使。"④可当他看到讲坛下的杰克时却不自觉地想到杰克当年抛妻弃子的行径,于是埃姆斯脱离了讲稿,大谈"我们之中许多父亲虐待自己的子女,或者抛弃他们"⑤,并引用《圣经》讽刺杰克:"如果谁侮辱、伤害了这些小孩,最好给他脖子上套个磨盘,扔进大海。"⑥ 埃姆斯在自我忏悔时承认,因为看到杰克和自己的妻儿坐在一起,心

---

① 玛丽莲·罗宾逊:《基列家书》,第 8 页。

② 同上书,第 138 页。

③ 见《创世纪》第 16—21 章。夏甲是撒拉的埃及女仆。撒拉由于不孕,便将夏甲送给丈夫亚伯拉罕作妾以生育子女。后撒拉受孕生下以撒,遂将夏甲母子放逐。夏甲打算回到埃及,却在途中巴兰的旷野迷路。她把以实玛利放在小树下,自己稍稍离开。天使来援救他们,指给她一口水井,后来他们母子就在巴兰的旷野上定居。以实玛利长大后以善射闻名,是阿拉伯民族的祖先。

④ 玛丽莲·罗宾逊:《基列家书》,第 142 页。

⑤ 同上书,第 143 页。

⑥ 同上书,第 144 页。

存忌妒才有了这番即席讲话，他认识到杰克"显然认为我的话是冲他来的——会众中也许有的人也认为我的训诫是冲他去的"①。自我忏悔后的老埃姆斯终于承认了心中所犯的"贪求"之罪："当我站在讲坛上看着坐在下面的你们三人，觉得你们就像一家人，年轻、漂亮。我那颗苍老、邪恶的心从胸中升起。我曾经在别的什么地方提到的'贪求'淹没了这颗心。我又体会到当我看到别人过得很美，就衬托出自己的凄惨、就觉得冒犯了自己的感觉。"②

随着埃姆斯渐渐走向衰老和死亡，他终于意识到了"贪求"的真正罪过——"所谓'贪求'不只是想得到别人的美德、想像别人一样幸福，更重要的是拒绝、排斥那些美好的东西，并且因为那美好的一切而生气。"③ 他检讨自己在给杰克施洗和命名上的态度冷淡，为没有好好为他祝福感到抱歉："对那个孩子，那个与我同名的孩子，我确实心怀愧疚。"④ 他最终承认了约翰·埃姆斯·鲍顿"是另外一个自我，一个更让人珍爱的自我"⑤。特别是当埃姆斯了解到杰克的跨种族婚姻后，更感到杰克才是基列种族和解精神的真正继承者。他诚心为杰克祝福："上帝保佑杰克·埃姆斯·鲍顿，这个被我们深爱的儿子、兄弟、丈夫和父亲。"⑥

《基列》通过采取书信体这一小说叙事形式，记录了埃姆斯的自传体忏悔录，通过人物深刻的自我解剖和坦率的自我披沥，刻画出埃姆斯的灵魂挣扎及转变的过程。在小说结尾，埃姆斯称呼杰克为"深爱的儿子"，这一称呼表明，只有当他认识到贪求之罪的本

---

① 玛丽莲·罗宾逊：《基列家书》，第 144—145 页。

② 同上书，第 155 页。

③ 同上。

④ 同上。

⑤ 同上。

⑥ 同上书，第 266 页。

质是拒绝与排斥之时，才能体会宽容的重要性，才能像奥古斯丁和卢梭那样真正地认罪和忏悔，完成自我的心灵救赎。

二　杰克的罪与赎

在《基列》和《家园》中都作为主要人物出现的杰克这一角色是罗宾逊为当代文学贡献的一个令人难忘的经典形象。罗宾逊通过改写《圣经》中"浪子回头"这一道德说教寓言，探讨了罪与罚、善与恶、宽容与救赎等宗教道德伦理主题。

《路加福音》中的浪子（Prodigal Son）形象是杰克这一人物的原型。"浪子回头"的寓言讲述了父亲和两个儿子的家庭故事：两个儿子起初帮助父亲在农场工作，他们生活富裕，一无所缺。父亲爱他的两个儿子，他们一切所需的，父母都充分地供给他们，可以说是一个家道富裕的家庭。然而小儿子向往脱离父亲的管教，过自由的生活，因而便提出分家的要求。父亲给两个儿子分家后，小儿子去往远方任意放荡，浪费资财。后来那地方遭遇了大饥荒，他就穷苦起来，于是去投靠他人，被打发到田里去放猪。在犹太人看来，放猪是最下贱、最卑鄙的工作。小儿子后来醒悟过来，回到父亲那里说："父亲！我得罪了天，又得罪了你；从今以后，我不配称为你的儿子，把我当作一个雇工吧！"相离还远，他父亲就动了慈心跑去迎接。小儿子得到了父亲的谅解："因为我这个儿子是死而复活，失而又得的。"[①]

杰克从小就与这个虔诚的牧师家庭格格不入，是基列镇有名的"浪子"。他爱撒谎、经常逃学、还是镇上的小偷。"他是家中的害群之马，是永远不学好的败类，在照片上也毫不起眼。"[②] 更

---

① 载《路加福音》15：21—24。
② 玛丽莲·罗宾逊：《家园》，应雁译，人民文学出版社 2010 年版，第 68 页。

恶劣的是他诱骗了一个农家女，生下一个女儿后却又不负责地远走高飞。尽管鲍顿一家尽力照顾这对母女，小女孩还是不幸夭折。虽然杰克不停地为这个受人尊敬的牧师之家惹来麻烦，但是鲍顿在他的八个孩子中还是最爱这个不肖子。鲍顿认为杰克的所有恶行都源自一种原初的与这个世界的疏离感："他们是如此美好的一个家庭！而杰克若是在家，会在一旁微笑着观看，却从不参与。"① 如同《圣经》中的父亲（天父）一样，他愿意原谅儿子的所有过错。杰克也并非像哈克·芬那样的调皮鬼。他安静冷漠，表面文质彬彬却处处违背父亲的意愿，以至于他回家后妹妹格罗瑞忍无可忍地质问："你有什么资格可以这么乖戾！"② 杰克在父亲的企盼下回到家中。他仍然喜欢独处，但他也照顾父亲，为他弹奏圣诗，真心为当初的错误忏悔。而老鲍顿终生也不知道的是杰克离家20多年的经历：他娶了一个黑人妻子还有了一个混血的儿子。正是这段不寻常的婚姻使杰克发现了自己和埃姆斯牧师的契合点，激发了杰克心中对爱和种族等问题的新认识。埃姆斯牧师也看到杰克内心的善和挣扎，原谅并真心接受了这个一直称他为"老爸"的教子。

罗宾逊希望读者更多看到杰克身上的善良之处："人最大的善可能就是认识到自己无法成为善人。"③ 由于"向善"对杰克来讲并不容易，他的自我救赎也就格外珍贵。杰克的可贵之处正是在于他能够诚实地面对自己的灵魂，承认自己的过错。这一观点也体现了保罗在《罗马书》中的主张："人内心的罪与律的斗争"：我以

---

① 玛丽莲·罗宾逊：《家园》，应雁译，人民文学出版社 2010 年版，第 4 页。

② 同上书，第 35 页。

③ Marilynne Robinson, "Interview：Marilynne Robinson", Interview by Michael Silverblatt, *National Public Radio*, https：//www.kcrw.com/news‐culture/shows/book-worm/marilynne‐robinson‐part‐i, 2014 年 3 月 24 日。

内心顺服神的律,我肉体却顺服罪的律了 (7:25)。罗宾逊说:"生活际遇使一些人更容易成为善良的人,而对另一些人来说却很难。"① 在谈到《家园》的创作动机时,罗宾逊说:"《基列》中的人物时时萦绕在我心中,特别是杰克让我无法释怀。我爱他,我不想将他写成传统意义上的好人,我想使他成为一个丰富、特别的人物。我希望他得到救赎。"②

罗宾逊还借用了"十字架与救恩" (The Cross and Salvation) 这一《圣经》隐喻表达了希望杰克得到救赎的愿望。耶稣基督被钉十字架时,两个强盗被钉在左边和右边。右边的强盗认识到自己是一个罪人,不应当得救,正应当灭亡。当他转头看见耶稣便说:"你的国降临的时候,求你纪念我。"耶稣马上对这个悔改的罪人说:"我实在告诉你,今日你要同我在乐园里了" (《路加福音》23:42—43),这个强盗的罪立刻得到赦免。在《家园》中,内心敏感脆弱的杰克也因为年幼时的偷盗行为,时刻感到"我已经不时地背负起我的十字架"③。他认为自己没有颜面回家,无法面对父亲:"我是他的心头之忧,他连梦中都要担忧。"④ 格罗瑞也祈祷杰克能像耶稣右边的窃贼一样得到救赎:"耶稣啊,也爱这个窃贼吧!"⑤

杰克归家的故事虽然取自"浪子回头"的道德寓言,却更关注了善和宽恕的主题;正是由于杰克心中的善,才使鲍顿一家和埃姆斯牧师无法放弃这个不肖子,并达成了最终的谅解和宽恕。杰克的

---

① Marilynne Robinson, *The Death of Adam*, p. 156.

② Bryan Appleyard, "Marilynne Robinson: World's Best Writer of Prose", *The Sunday Times*, https://www.thetimes.co.uk/edition/news/marilynne-robinson-worlds-best-writer-of-prose-j2pc3fwgrdn, 2011 年 10 月 9 日。

③ 玛丽莲·罗宾逊:《家园》,第 148 页。

④ 同上。

⑤ 同上书,第 324 页。

可贵之处更在于他宁愿承受屈辱，也要为自己的混血家庭找到一个容身之所。在这个意义上，他是基列镇种族和解精神的真正后裔，这一人物正是在与众人达成和解的过程中得以饱满完善。正如莉莎·西科弗·贝利所言，当人们忍受无休止的痛苦和无法弥合的创伤时，很容易像以色列人在《耶利米哀歌》[①] 中吟诵的那样对上帝充满怨恨，杰克这一人物体现了人类在怀疑和痛苦中等待救赎的状态[②]。一方面，人还有神的形象和对神的律法的感知；另一方面，人性深处又充满了罪孽和败坏。正是这种人性深处的矛盾斗争凸显了善行和悲悯对人类的重要性。

对人性善的品质的守候是罗宾逊作品的重要宗教伦理特征，通过叙事呵护一些温暖脆弱的灵魂是其小说能够获得广泛认同的原因之一。罗宾逊坚持新教改恶向善的宗教诉求，认为只有善才能对抗黑暗和绝望，才能达成人性的救赎，也就是说，当爱体现了神圣的信仰时，才能担起灵魂救赎的使命。

三　种族的救赎

在个人救赎之外，种族救赎也是《基列》和《家园》两部作品关注的更为广阔的家国主题。罗宾逊以沉静、带有史诗色彩的笔墨刻画了美国种族救赎的历史，微妙地呈现了固置在主流文化中的种族中心论和优越感。

在访谈中，罗宾逊谈到她每到一处都会对当地的风土人情进行

---

① 《耶利米书》（Jeremiah）是《旧约》中先知耶利米预言耶路撒冷被灭亡、犹太人圣殿被毁的哀歌，因而也被称为《耶利米哀歌》。它既体现了先知耶利米对以色列罪行的痛恨与对以色列人悔悟的盼望，又表达了对末日审判与人类复兴的矛盾憧憬。

② Lisa Siefker Bailey, "Fraught with Fire: Race and Theology in Marilynne Robinson's *Gilead*", *Christianity and Literature*, Vol. 59, No. 2, 2010, p. 272.

研究探索。在长期任教于爱荷华作家工作坊期间[1]，罗宾逊对爱荷华州的历史产生了浓厚的兴趣，并且阅读了大量美国 19 世纪历史、社会和政治文献。罗宾逊的"基列三部曲"是她对爱荷华的致敬，也是她努力唤起民众历史记忆的努力。"现代的爱荷华人可能不知道，本州的那些小型学院在内战前就已经招收黑人学生了。"[2] 在《基列》和《家园》中出现的基列小镇也是她参考爱荷华自 19 世纪内战到 20 世纪 50 年代的种族关系发展而创作的历史虚构。

19 世纪上半期，大批同情黑奴的美国白人废奴主义者来到当时人烟稀少的西部，建立起对抗堪萨斯奴隶制进一步向西蔓延的前线小镇。废奴主义者将新英格兰公理会信仰带到中西部，爱荷华成为公理会的中心地区；他们还在中西部兴建了大批学校和大学[3]。内战结束后，美国黑人虽然在法律上获得了自由，但在实际生活中仍然饱受压迫：白人依旧鄙视黑人，黑人仍然无法取得与白人一样的平等地位。直到 20 世纪 60 年代，美国的一些州政府仍然明确禁止跨种族通婚，黑人依然处处受到歧视，导致了民权运动的最终爆发。

这段长达百年的种族关系史在《基列》和《家园》中得到了生动再现。约翰·埃姆斯以书信的形式，回顾了埃姆斯一家三代人在这一大背景下的命运流转。他的祖父是坚定的暴力废奴主义者，同时也是镇上的牧师，曾经协助约翰·布朗进行武装暴动。

---

① 罗宾逊自 1991 年起受邀任教于爱荷华作家工作坊，长期讲授文学理论和小说创作课程。2016 年罗宾逊宣布从工作坊退休，爱荷华大学为她举办了隆重的荣退仪式，表彰她在长达 25 年的从教生涯中所做出的杰出贡献。

② Marilynne Robinson, "A life in writing: Marilynne Robinson", Interview by Emma Brockes.

③ Marilynne Robinson, *The Death of Adam*, p. 137.

他的父亲反对暴力，痛恨战争，无法理解祖父的种种激烈行径。埃姆斯自己进入暮年后回首往事，开始认真思考基列镇的建城和存在意义。杰克也熟知基列的种族斗争历史，他回到故乡时引用了格兰特将军的话："我又回家了，回到衣阿华①，这颗激进主义的闪闪红星。"② 在故事发生的 20 世纪 50 年代，种族主义还在盛行，大部分州规定跨种族通婚依然违法，而爱荷华州是少数允许黑人和白人通婚的几个州之一。杰克希望能回到家乡，在拥有种族斗争历史的故乡和他的黑人妻子和混血儿子生活下去，然而他回家后却悲哀地发现基列小镇早已经背弃了它当年建立时的初衷，内战时建立的黑人教堂被人蓄意纵火，所有的黑人都搬离了基列，现在这里已经没有任何黑人生活。这座小镇对黑人来讲已经是个"陌生的、充满敌意的国度"③，夜幕降临后会有遭到迫害的危险。

埃姆斯和鲍顿的观点代表了 20 世纪 50 年代美国白人的"隐蔽的种族歧视观"④。基列的居民已经忘却了小镇的历史，对种族问题漠不关心。埃姆斯的祖父和其他废奴主义者在内战前将黑奴通过地下铁路从堪萨斯解救到基列，而埃姆斯本人却对基列白人居民焚烧黑人教堂、将黑人驱逐出小镇的事件不加理睬："我不大了解那位黑人牧师，但是他说，他的父亲认识我的祖父，还说，离开这里他们心里很难过，因为这座小镇对他们曾经意味着太多的东西。"⑤ 20世纪 50 年代美国电视开始普及，人们得以亲眼目睹种族主义暴行，

---

① 《家园》中译本将 Iowa 译成衣阿华，但国内比较通行的译法是爱荷华州。本书其他部分凡涉指此地名都沿用通行译法。

② 玛丽莲·罗宾逊：《家园》，第 216 页。

③ 同上书，第 333 页。

④ Susan Petit, "Finding Flannery O'Connor's 'Good Man' in Marilynne Robinson's *Gilead* and *Home*", p. 301.

⑤ 玛丽莲·罗宾逊：《基列家书》，第 40 页。

然而老鲍顿对电视新闻毫无兴趣,对美国"南方的骚乱"① 的态度是:"所有这些——闹事,黑人是在给自己制造麻烦和问题呢。没什么理由闹得这么乱哄哄的。他们都是自找麻烦。"② 除了杰克,基列镇上没有人为种族问题困扰。当杰克告诉父亲自己在圣路易斯认识一些黑人时,鲍顿的回答是:"你母亲和我让你们从小到大学会和别人相处。任何体面的伙伴。好的伙伴,你能从中获益。——你可以找到高一层次的朋友呀。"③ 鲍顿内心深处的种族优越感在此处昭然若揭。受人尊敬的鲍顿牧师虔诚信教、热爱家庭,可他却忘记了小镇曾是废奴前哨的历史,而对当前的黑人处境毫不同情。看到黑人被镇压时,鲍顿的反应是:"我的确相信有必要强制实施法律。——让人们这样满街乱跑可不行。"他又进一步引用使徒保罗的话来为自己的立场辩解:"万事都要规规矩矩地按着次序行。"④

基列镇的种族救赎之旅以杰克归来为起点。冥顽的老鲍顿走向死亡,同样垂暮的埃姆斯在了解到杰克的混血家庭经历的种种艰辛和他为婚姻得到认可做出的不懈努力后,终于意识到基列镇对历史的背叛:基列背弃了建城的初衷,"我们这座小镇也会沦落到地狱的最底层。错误在我,也在别人。"⑤ 通过写给年幼儿子的信,埃姆斯回顾了基列的历史。同时,他坚信承认罪过也就意味着救赎的可能。埃姆斯对小镇的未来仍然充满希望:"整座小镇看起来都像是被磨蚀之后的希望,然后又被磨蚀。但是没有及时变成现实的希

---

① 20世纪50年代电视逐渐在美国普及,民众开始通过电视了解新闻。《家园》中提及了鲍顿一家观看蒙哥马利等地的黑人示威等早期民权主义事件,鲍顿和杰克对待种族主义表达了不同的立场,父子间的矛盾进一步激化。

② 玛丽莲·罗宾逊:《家园》,第161页。

③ 同上书,第162页。

④ 同上书,第98页。

⑤ 玛丽莲·罗宾逊:《基列家书》,第257页。

望，还是希望。"① 埃姆斯也祈祷儿子会 "在一个勇敢的国家成长为勇敢的人"②。在《家园》的结尾，杰克的黑人妻子带着他们的混血儿子来基列寻找丈夫，受到了留守老宅的格罗瑞的热情欢迎。虽然当时的基列仍然不可能成为杰克一家的安身之地，但小说的结尾也在乐观地暗示某一天杰克的儿子可以回家，基列也终将不辜负其创建者的初衷。这个朴素自然、未被留意的小镇虽然 "现在只剩下一堆火烬，总有一天，上帝会把它吹成熊熊燃烧的火焰"③，它必将会继续完成自己种族救赎的使命。

罗宾逊选择 "基列" 为这个小镇命名具有深刻的含义：《圣经》中的基列是以冷酷好战闻名的小镇，同时又是救赎与希望的象征。种族救赎在罗宾逊这里并不是以一种撕开伤疤似的血淋淋的方式呈现，而是以人们承认罪、接受救赎和恩典的方式得到温暖的再现。痛苦与欢欣、错误与谅解、平静与狂乱并存在罗宾逊鲜活而温暖的叙事中，共同书写了作家本人的宗教种族观，体现了她对人类完成种族救赎的坚定信心。

对 "罪与救赎" 进行温和而深刻的探讨是罗宾逊作品的重要主题。在后现代去中心化盛行的今天，阴暗、怪诞、黑暗、绝望的状态成了作家们关注的基本日常现实。当代文学中垮掉派、黑色幽默、元小说等各种后现代流派作品都强化了对恶的洞察和残酷书写，文字中透出的刺骨寒意冰冻了文学艺术守望崇高、震撼心灵的最初意旨。在这样的大环境下，罗宾逊却将笔触深入到人的内心深处，追问人的内心中的种种困惑、矛盾甚至是罪恶，并试图通过宗教救赎到解决一切堕落与罪恶。刘小枫说过，每个人都是自己欲望的囚徒，我们能做的必须是掌握而不是摆脱自己的生命欲望，要对

① 玛丽莲·罗宾逊：《基列家书》，第 272 页。
② 同上。
③ 同上书，第 271 页。

自己诚实①。罗宾逊在谈到人物塑造时也认为,激发她创作兴趣的是那些能够体现她思想关切点的人物。正因为罗宾逊小说中的人物能够诚实地面对罪与救赎、神圣与高尚、信心和美等宗教人文主题,传达作家"爱和宽恕才能达成人性救赎"这一伦理理想,她的作品才受到了公众和批评家的一致好评,成为"我们时代的解毒剂"②。

第三节　个体与家园:忠诚、庇护和滋养

"家"是贯穿罗宾逊三部小说的主题,也是罗宾逊在非小说作品中经常涉及的话题。《管家》呈现了三代人对家的不同看法,体现了个体对世俗家庭的不同理解和对"灵魂之家"的终极向往。《基列》中的埃姆斯牧师在写给儿子的信中追忆了自己的家族史,对即将失去的"尘世之家"充满眷恋;《家园》直接点题,将笔触涉及历史、种族等家国层面。《莱拉》则描写了一个外乡人如何在基列找到身心归属的旅程。什么是家?离家和归家意味着什么?个体与家园有着怎样的联系?品特认为,罗宾逊将她的作品人物内蕴了《圣经》人物的变体,深化了当代《圣经》教义的探讨③。这些人物对于家庭或忠诚或背弃,是《圣经》人物和寓言的现代呈现。

罗宾逊在杂文《家》中写道:"家就是你要忠诚地负起责任的那些人,并且/或者是你从他们那里获得身份,且/或你和他们拥有

---

① 刘小枫:《沉重的肉身》,上海人民出版社1999年版,第299页。

② "我们时代的解毒剂"是诺贝尔文学奖获得者多丽丝·莱辛对罗宾逊作品的评价,见《亚当之死》封底。

③ Rebecca M Painter, "Loyalty Meets Prodigality: the Reality of Grace in Marilynne Robinson's Fiction", *Christianity and Literature*, Vol. 59, No. 2, 2010, p. 321.

共同的习惯、品味、故事、习俗和记忆。"① 她将宗教意义上的
"爱"理解为忠诚。忠诚不仅是恐惧、怀疑和自私的解毒剂，也可
以治疗失望和软弱。如果没有忠诚，所有通过经济、道德和教育来
维系家庭的手段都会失败。罗宾逊指出："实际问题是人们是否会
互相忠诚、庇护和滋养？这是一项需要纪律和想象的创造性工
作。"② "忠诚、庇护和滋养"是罗宾逊心目中个体与家园关系的理
想契合。

一　忠诚与庇护

在基督教信仰中，死亡不是人生的终结，而是尘世到天国的过
渡，是生命的新的开端；个体从一个房间迁居到另一个房间，灵魂
从一个世界进入另一个世界。基督徒的最终信仰就是重返伊甸园，
进入天家。"敬虔加上知足的心便是大利了。因为我们没有带什么
到世上来，也不能带什么去，只要有衣有食，就当知足。"（《新
约·提摩太前书》6：6—8）在《管家》中，茹丝的外婆就是这样
一位虔诚的教徒。"她对人生所保持的想法，就像一条一路通到底
的道路，一条很简单就穿过辽阔乡村的道路，而一个人的终点打一
开始就在那里，就在预料中前面不远的地方，就像一栋模样朴素的
房子那般坐落在天光下，到了那里，一个人走进去，就会有品格高
贵的人过来欢迎，并且带到一个房间，曾经失去或是暂时搁一旁的
所有一切都齐聚一堂，等候着一个人的到来。"③ 外婆的观念体现了
基督徒对"天家"的向往。在她的眼中，"天家"与尘世之家一
样，都是家人团聚的地方。她将外祖父的离世视为对尘世家庭的背
叛；凭着坚定的信仰和乐观的态度，以及日后到达"天家"与家人

---

① Marilynne Robinson, *The Death of Adam*, p. 87.

② Ibid. , p. 89.

③ 玛丽莲·罗宾逊：《管家》，第 27 页。

团圆的信念,外婆独自带着三个女儿继续生活。三个女儿长大离开后,她又抚养二女儿海伦留下的两个孩子,每天"像信守教义一样执行日常的家务事"①。

外婆过世后,两个一直独身、相依为命的姨婆回乡照顾茹丝和露希儿两姐妹,但她们不能适应指骨镇恶劣的自然环境,怀念自己从前的无忧无虑的生活,于是她们写信让孩子们的姨妈——漂泊在外的希薇回家照顾两个孩子。茹丝和露西儿将自己对母亲的思念、对家园的向往投射到即将来到的姨妈身上:

> 她跟我们母亲年纪差不多,我们可能因为她俩的面容相似而吃惊。她跟我们母亲就在这栋房子里,在我们外婆的荫庇下一同长大。毫无疑问的,我们都吃过同样的砂锅菜,听过一样的歌,外婆也用同样的辞令来数落我们的不是。②

茹丝对家的定义就是要有相似的面容、同样的砂锅菜和歌谣、和像外婆一样不变的数落。希薇已经离家十六年,在这个镇上并没什么朋友,而对家庭的责任感和忠诚使她甘愿放弃自己的生活而回到故乡,担当起照顾两个孩子的责任。罗宾逊的家庭观在小说中得到了体现:希薇的选择是因为她和孩子们是家人,他们"拥有共同的习惯、故事和记忆",是她"必须要忠诚地负起责任的人"③。

尽管希薇不善持家,但她继承了外婆对家庭忠诚的品质,向孩子们保证不会离开。由于希薇常年漂泊生活而形成的"自然人"的风格与这个循规蹈矩的小镇社会格格不入,茹丝和露西儿也就必须

---

① 玛丽莲·罗宾逊:《管家》,第35页。
② 同上书,第69页。
③ Marilynne Robinson, *The Death of Adam*, p. 87.

面对两个选择：要么和姨妈一起，脱离主流社会并成为自在自为的
人；要么离开家庭，接受镇上"好心人"的帮助，进入社会机体并
成为社会的人。茹丝不顾其他人的阻挠而选择追随姨妈，"就在露
西儿成为一个小女人的同时，我成了一个特大号的小孩子"①。露西
儿选择离家去住到家政课老师家里后，代表小镇宗法伦理的警长和
镇长前来拜访。镇上的女士们也送来砂锅菜和糕饼。她们认为茹丝
必须要过正常的家庭生活，她们"为了自己虔诚的信仰和优良的教
养不得不来。同时也基于一种欲望的驱使，她们下定了决心，换句
话说，就是要让我，平平安安地待在门里"②。然而这些"虔诚"
的人们却忘记了"十诫"③ 中的重要一条：不可妄称耶和华的名
字；因为妄称耶和华名字的，耶和华必不以他为无罪（《旧约·出
埃及记》20：7）；也就是说，代表镇上主流社会的妇女们以上帝的
名义来判断、指摘茹丝一家的生活正是违背了上帝的旨意。希薇以
"一家人必须在一起"的家庭伦理观来进行抗争："一家人就要在
一起。必须的。不需要其他人的帮助。我和茹丝已经承受了很多失
去家人的苦闷了。"④

　　茹丝继承了家族"忠诚"的传统，坚定地选择追随姨妈。
她坚信家人不该被拆散："当他（耶稣）还在人间，他帮助家

---

　　①　玛丽莲·罗宾逊：《管家》，第 145 页。

　　②　同上书，第 255 页。

　　③　"十诫"（The Ten Commandments）记录于《旧约·出埃及记》第 20 章第 2—
17 节，是上帝借由以色列的先知和首领摩西（Moses）向以色列民族颁布的十条重要
的律法，也是基督徒重要的信仰和道德规约。基督新教"十诫"包括：一、不可拜
耶和华以外的上帝；二、不可制造与崇拜偶像；三、不可妄称耶和华的名字；四、当
纪念安息日；五、应尊敬父母；六、不可杀人；七、不可奸淫；八、不可偷盗；九、
不可作假见证；十、不可贪心。

　　④　玛丽莲·罗宾逊：《管家》，第 186 页。

人破镜重圆。他将拉撒路还给他母亲,又将百夫长的女儿还给他。"① 茹丝对家庭的忠诚也体现在她对离去亲人无限的怀想中。钉在墙上的外祖父的绘画、外婆留下的老照片、姨妈讲述的过去的故事都唤起她对家人的向往。"记忆就是失落感,而失落牵引着我们。"② 当镇上的警长赶来要将茹丝接走时,希薇和茹丝决定烧掉房子,一同离开指骨镇,继续在一起为寻找心中的精神家园而上路,而家从此也从有形的房子变成了脚下的道路。她们虽然四处漂泊,但却又像《旧约·路得记》中的纳奥米和路得③一样,彼此忠诚扶持,追随内心的信仰,"与欢乐的神明一起同返故园"④。

综上可见,罗宾逊在《管家》中对家的定义并不是稳定的居所和被社会承认的管家方式,而是一家人必须在一起的忠诚和庇护。不论在天家还是尘世之家,忠诚和庇护都应该是个体与家庭良好关系的首要条件。

二 爱与宽恕

在《管家》出版后,罗宾逊发表了大量非虚构作品,对《管家》中涉及的关于自然、家庭等宗教、社会主题进行了拓展性论述。罗宾逊认为:科学与伦理道德无关,"科学并不支持我们选择高尚的贫困,或是欺诈的富有——"⑤ 她认为现代西方最文明、最

---

① 耶稣在世上的时候曾行了三个使死人复活的神迹。第一个是使睚鲁的女儿复活(《新约·马可福音》5:20—24、5:35—43),第二个是叫拿因城寡妇的儿子复活(《新约·路加福音》7:11—17),第三个就是使已死了四天并埋葬在坟墓里的拉撒路复活(《新约·约翰福音》11:1—46)。

② 玛丽莲·罗宾逊:《管家》,第271页。

③ "茹丝"(Ruth)的名字来源于圣经人物路得(Ruth),英文都写作 Ruth,中文翻译不同。笔者将在第四章第二节具体分析《管家》与《旧约·路得记》的同构关系。

④ 语出德国抒情诗人荷尔德林诗作《致流浪者》。

⑤ Marilynne Robinson, *The Death of Adam*, p. 71.

理性、最科学的生活方式却造成了人们精神家园的失落和目前的
信仰危机和精神困境，而以灵魂和心灵为核心探索主题的宗教传
统正在衰落，美国正在经历一场文化的麻木与衰退。在杂文《面
对现实》中，罗宾逊更是对美国当前社会现状深表不满："我感
到窒息，无法面对这个集体虚构的现实，它毫无温情，充满焦
虑、恐惧。"①

　　创作于 21 世纪初期的《家园》是罗宾逊为当前社会"虚构现
实"开出的良方，也是她对家国问题思考的文学书写，是她对家园
定义的具体呈现。如果说《管家》关注的是个体如何追寻精神家园
的浪漫传奇，那么《家园》则更多是在现实层面对当下家国问题的
思考。

　　《圣经》中"浪子回头"的故事主题普遍被解读为宽容和原
谅，然而罗宾逊却有不尽相同的看法。她认为这一寓言更多体现的
是基督教"爱"的主题："因为父亲并没有等着儿子上前为自己离
家不归进行辩白或祈求饶恕，他看到远处儿子的身影就跑上去拥抱
他。儿子说：'我不配为你的儿子'，而父亲眼中他只是自己的儿
子，是'失而复得'的珍宝。我认为这种爱的主题比通常所说的原
谅主题更为优美和真实。"② 在《家园》中，罗宾逊也借格罗瑞这
一人物表明了同样的观点：

　　　　俗谚道，理解是为了宽恕。但那是不对的，爸爸以前经常
　　这么说。你必须先宽恕才能理解。在你能宽恕之前，你挡住了
　　自己获得理解的可能性。配上合适的经文，父亲不止一次地在

　　① Marilynne Robinson, *The Death of Adam*, pp. 86 - 87.

　　② Robinson, Marilynne, "Marilynne Robinson's Home", Interview by Ramona
Koval., *ABC RadioNational*, http: //www. abc. net. au/radionational/programs/archived/
bookshow/marilynne - robinsons - home/3173416, 2010 年 10 月 31 日。

讲道时说过。不过他真正所指的是杰克；他说话的对象是他自己和前排鲍顿家的人，通常不包括杰克，当然还有会众。如果你宽恕了，他常说，你可能仍旧不能理解，但你做好了理解的准备，而这是仁爱的姿态。①

罗宾逊提出的仁爱的主题为她在《亚当之死》中所面对的"虚构现实"提供了解药。在《家园》中，杰克和家人之间相互的包容和内心承受的痛苦正是为了回应爱的力量，是美国盎格鲁—新教文化中家庭成员相互"忠诚、庇护和滋养"的完全体现。新教核心信仰是上帝与信众的父子关系，因此《圣经》中的上帝是严厉而又慈爱的家长，所有的教徒都是他的子女。对以基督教新教为精神核心的美国传统文明而言，家庭生活是上帝赋予的神圣责任。

《圣经》中对幸福家庭的描述可见《旧约·诗篇》第128章第3节："他们的妻子在家中生养众多，像一串串葡萄，他们的孩子也济济一堂，像橄榄树的幼苗一样。"老鲍顿的家庭看起来是完全受到了上帝的赐福：鲍顿本人是当地受人尊敬的牧师，和妻子养育了八个孩子；门前的橡树枝繁叶茂，"那些枝条上曾经挂过四架秋千，向全世界宣告他们家的人丁兴旺"②。在谈到人物创作动机时，罗宾逊说："鲍顿牧师无比留恋当年家庭的热闹景象和身为一家之长的喜悦，而这也与他当下的孤单晚景形成了鲜明的对比。"③然而这个牧师之家也并非完美，不肖子杰克是鲍顿的内心之痛。老鲍顿将这个不肖子视为上帝对他虔诚和爱心的考验，对这个儿子他永远以不倦不弃的温柔相待。杰克从小就给这

① 玛丽莲·罗宾逊：《家园》，第43页。
② 同上书，第2页。
③ Robinson, Marilynne, "Marilynne Robinson's Home", Interview by Ramona Koval.

个牧师家庭带来无尽的烦恼和耻辱："他坏得如此昭然若揭，给整个家庭蒙上了阴影。"① 然而鲍顿却不肯放弃这个儿子，他坚信"上帝的作为是通过人类，通过家人的。一部分家人是付出关心，另一部分是接受关心——我们照看离自己最近的人是上帝的旨意——这样的帮助就像来自上帝自己"②。当杰克受到邻居羞辱，被指责不配生在鲍顿这样的牧师家庭后，鲍顿的眼睛刺痛了一下，他说："她这么说了？喔，她那样说真是太好了。我一定会感谢她。我希望自己确实配得上有你，杰克。"③ 杰克在外流浪20年后回家，老鲍顿已是垂暮，他并没有指责儿子的不肖，虽然"你（杰克）做的事总是和我希望的相反。正好相反。于是我试着什么都不希望，只除了不要失去你"④，因为"原谅他甚至比习惯更根深蒂固，因为原谅他事实上是忠诚的要旨"⑤。老鲍顿对儿子的无条件宽容和谅解也体现了作家对新教信仰中至善和爱的追寻和敬仰。

《家园》中虽然对杰克的其他兄弟姐妹着墨不多，但罗宾逊也特别指出：他们都是"自觉自愿的规矩、善良和开朗"⑥。童年时他们为杰克掩饰过失，成年后也对他不离不弃，尽管"其中有点令人不安的类似虚伪的成分，虽说这只是为了弥补杰克的过失"⑦。罗宾逊对杰克的弟弟泰迪这一人物的刻画颠覆了《圣经》"浪子回头"中的傲慢、嫉妒的大儿子形象。《圣经》中的大儿子无法理解父亲奏乐舞蹈、屠宰肥牛迎接不肖弟弟回家，他对父亲

---

① 玛丽莲·罗宾逊：《家园》，第4页。
② 同上书，第268—269页。
③ 同上书，第10页。
④ 同上书，第118页。
⑤ 同上书，第221页。
⑥ 同上书，第4页。
⑦ 同上。

说:"我服侍你这多年,从来没有违背过你的命,你并没有给我一只山羊羔,叫我和朋友一同快乐。但你这个儿子和娼妓吞尽了你的产业,他一来了,你倒为他宰了肥牛犊。"(《新约·路加福音》15:29—30)而《家园》中的泰迪却对自己为杰克的付出毫无怨言。"他的性格、习惯和用心,方方面面都是温和而让人放心。"① 在大学里,泰迪努力维护杰克,因为替他考试还差点被学校开除。杰克也感念泰迪"把让我活命当作了他的天职"②。大学毕业后泰迪成为一名医生,"凭着一丝不苟的冷静态度和一颗沉重的心行医"③。鲍顿牧师临终前表示希望泰迪和杰克承诺互相帮助,实际上是希望泰迪能够照顾杰克。而泰迪为了不让哥哥难堪,马上说:"我只是喜欢杰克。我喜欢和他在一起。他什么都不欠我。"④ 泰迪以自己的方式来爱杰克,书写了家庭中手足之间的相亲相爱。

杰克的妹妹格罗瑞更是与父亲一起迎接了回家的浪子,为"浪子回头"的故事增添了温暖的女性视角。她乐意相信是"甜蜜的天意让她回家,维持家庭的平和"⑤。面对杰克的质疑,她的答案简答而坚定:"首先,我是你的妹妹。此外——我是你的妹妹。够充足的理由了。"⑥ 鲍顿一家对杰克不离不弃,拒绝评论他的生活和绝对的宽恕是罗宾逊对于美国盎格鲁—新教家庭观的全然体现,家人间无条件的爱与宽容是作家对《圣经》中"浪子回头"故事的现代注疏:

---

① 玛丽莲·罗宾逊:《家园》,第 263—264 页。
② 同上书,第 286 页。
③ 同上书,第 262 页。
④ 同上书,第 269 页。
⑤ 同上书,第 261 页。
⑥ 同上书,第 154 页。

我们已经忘记了慰藉。如果合理的理解，最悲痛的家庭会是一个慰藉的奇迹——设想有人一事无成，名誉扫地地回到家里，家人与他同悲共戚，全家人围坐在一起沉思人生地奇妙。我认为这才更人性化、更美妙，即便它无法治愈伤痛。也许一些家庭受到痛苦就是为了回应慰藉的力量。①

罗宾逊认为：如果你熟识某人，知道他们的喜好和饮食习惯，与他们有共同的记忆，那就是你最亲密的关系，你可以把它们具体化为家庭的文化表达。她认为"美国社会的'想象认同'走向衰落并逐渐被遗忘正是由家庭的疏离开始"②，因此呼吁通过宗教意义上爱的回归和家庭的回归来扭转当前社会的"虚拟现实"。在与奥巴马的对谈中，罗宾逊谈到了美国人民应该重拾善良、正直与理智的品质以对抗当前的文化悲观主义论调。她强调了透过宗教信仰这一棱镜克服对民主、政治、文化生活中的恐惧。罗宾逊认为，当代美国充满了恐惧，这并不是基督教的思维方式。③"民主的基础是愿意假设其他人都是好人——当'邪恶的他者'这一概念变成我们政治对话的一部分，这就是一种危险的发展态势，影响到我们是否可以成为一个民主国家。乐观地看待彼此，试着推进教育及其他所有的东西——这才可以带来可行的民主。"④ 罗宾逊尖锐批判文化悲观主义者，不论是在小说创作还是非虚构写作上，罗宾逊

① Marilynne Robinson, *The Death of Adam*, p. 90.

② Marilynne Robinson, *When I Was a Child I Read Books*, p. 31.

③ Marilynne Robinson, *The Givenness of Things*, Farrar, Straus and Giroux, 2015, p. 125.

④ Marilynne Robinson, Barack Obama, "President Obama & Marilynne Robinson: A Conversation in Iowa".

都以强烈的救赎感呼唤美国国民坚守盎格鲁—新教"美国信念"，通过文学艺术创作为美国社会当下的日益粗浅喧嚣的现状提供了一剂解毒剂。

第四章

罗宾逊小说中的《圣经》修辞

西方学者对于文学和《圣经》之间关系的研究大致可以分为两个视角：一是研究《圣经》当中的文学性（The Bible as Litera-ture），如主题研究、人物研究、修辞研究等①。在文学性研究的视野下，"希伯来圣经中的叙事性作品即是一部讲述人物和事件的文学故事，福音书更是一部人物传记，记录了一个非凡人物从生到死的事迹"②。二是研究文学作品里体现的《圣经》元素（The Bible in Literature），包括作家对《圣经》结构的直接或间接挪用、作品中体现的宗教思想及对《圣经》修辞的广泛应用。正是对威廉·布莱克（William Black）诗歌中隐含的《圣经》典故的探究促使弗莱一步步踏上写作《伟大的代码：圣经与文学》（以下简称《伟大的代码》）（*The Great Code：the Bible and Literature*）之路。作为西方文学传统中的一分子，罗宾逊自觉的基督教信仰背景和宗教文化意识使得基督教文化传统既体现在她小说的主题中，也蕴含在她对《圣经》修辞元素的应用上。本章从西方《圣经》文学研究的第二

---

① 20世纪西方研究《圣经》文学性的潮流始于20世纪50年代，并在20世纪80年代达到了研究高潮，先后出现了诺斯洛普·弗莱（Northrop Frye）、大卫·L. 杰弗里（David L. Jeffrey）等多位著名学者。详见刘意青《圣经的文学阐释》，前言、第1—17页。

② 梁工：《圣经叙事艺术研究》，商务印书馆2006年版，第293页。

个视角——文学作品中的《圣经》元素研究——出发,结合弗莱在《伟大的代码》中对《圣经》叙事的整体性阐释,具体探讨罗宾逊作品中《圣经》修辞艺术的体现,研究文本的深层结构及其与《圣经》的互文关系,探究作家如何通过运用《圣经》修辞增强文本的审美效果。

第一节　沟通神圣与世俗:罗宾逊小说中的预表修辞

一　基督教预表修辞

弗莱在《伟大的代码》中用两章的篇幅研究了"预表"这一《圣经》神学修辞理论。预表法起源于基督教《圣经》阐释学。按照预表法的解释,《旧约》中的所有事件、人物和地点都预示了《新约》中所说的耶稣基督的生平。《旧约》中出现的人物、事件构成了《新约》中后来人物、事件的"预表"(type);而后者则被称为前者的"对范"(antitype)。从人物上看,《旧约》中的亚当(Adam)显然是《新约》中基督(Christ)的一个预表——"亚当乃是那以后要来之人的预像"(《旧约·罗马书》5:14);而耶稣基督则是亚当的对范。作为先知的摩西、作为君王的大卫等预表性(typical)人物在《旧约》中反复出现,形成了一种典型的人物类型,预示了《新约》中耶稣基督的来临。在事件的预表中,摩西率领希伯来人出埃及到迦南应许之地获得自由,他的行为被解释为预示了耶稣向信徒展示通往天堂之路;约拿被一条大鱼吞进肚腹,在那里受煎熬三天三夜的经历预示了耶稣基督从受难到复活也要经历三天三夜的时间;犹太人在逾越节宰杀羔羊被理解为预示耶稣基督在十字架上为人类赎罪;以色列民族分为十二个支派则预示着耶稣将拣选十二个门徒等。如同弗莱所说,"我们怎么知道新约中的福音故事是正确的呢？因为它们印证了旧约的预言。但我们又怎么知道旧约中的预言是正确的呢？因为新约中的福音故事证实了它们——从某种意义上讲，新约可以说是旧约的钥匙，帮助解释旧约的真正意义。奥古斯丁精辟地概述了新旧约之间的预表关系：新约隐匿于旧约当中，旧约借助新约得以显现。"①由此可见，在预表的视角下，《新约》和《旧约》之间具备了合法的互释关系，人类的历史进程也获得了宗教上的神圣解释。

预表这一古老的修辞学说在美国早期的清教徒那里得到了发展并一直延续至今。美国的开国先贤们声称《旧约》不仅预表了《新约》，更预表了新世界的诞生。他们预言美利坚这片荒野将被建成盛开的玫瑰园："一个自由的迦南！清教徒就是引证《出埃及记》来佐证自己的使命的。"②通过把新英格兰和《圣经》中的以色列进行类比，美利坚民族被赋予了神圣的身份；世俗与神圣、尘世与天国、美国文明的现世性与《圣经》教义的普世永恒性紧密联系在了一起，预表法这种《圣经》阐释方法在美国文学文化中成为一种应用广泛的修辞手法。美国文学中的许多情节安排、人物和地点的命名虽看似平常，其实都是反映某个圣经主题或意象。美国经典文学作品大都在自觉抑或不自觉中体现了这种《圣经》阐释方法。美国作家常借用预表法，把现世事件和《圣经》事件联系起来，把《新约》与《旧约》之间的关系改造成圣经文本和世俗世界的关系，为作品中的人物和事件赋予深层次的神学意蕴，促使人们在平淡无奇的日常生活中体味神圣和永恒的意义。无论是《白鲸》中的撒旦式的亚哈船长，《愤怒的葡萄》对圣经中《出埃及

---

①　[加]诺斯洛普·弗莱：《伟大的代码——圣经与文学》，郝振益等译，北京大学出版社1998年版，第111—112页。

②　[美]萨克万·伯克维奇：《惯于赞同：美国象征建构的转化》，钱满素等译编，上海译文出版社2006年版，第149页。

记》的直接再现，还是索尔·贝娄笔下人物对死亡和救赎的追问，都是透过预表修辞而体现出的美利坚式道德伦理思考。美国作家通过预表使文本笼罩在神圣的光环之下，因此"理解这一语言就是掌握美国文学和文化的内在机制"①。

罗宾逊对预表法这一修辞手法推崇备至。在为哈罗德·布鲁姆的《美国宗教诗歌选集》所写的书评《最高之烛》（"That Highest Candle"）中，她高度评价了美国诗歌中运用的预表修辞。罗宾逊指出，美国诗人常常在诠释自然与个人体验中发现各种清教预表：爱德华兹称之为"神圣事物的阴影"。这种预表虽然已经不具备神学意义上的崇高性，但因为它可以将人的感知演化成意义而成为美国诗歌的核心②。在她的小说作品中，熟谙《圣经》的罗宾逊也自然地运用了预表修辞，探讨了罪与罚、苦难与救赎、忠诚与叛逆等伦理道德主题，传达了神圣与世俗交汇、凡人与神灵互通的宗教启示。

二 《基列》中的圣餐预表

罗宾逊运用预表修辞赋予小说浓厚的宗教意蕴。在《基列》中，老年埃姆斯回顾一生，以书信的方式将回忆与现实结合：过去投射于现实，回忆成为现实的预表，现实成为过去的对范。《圣经》教义体现在一餐一饭的日常生活中，平凡的生活通过一些神圣的象征被赋予了神圣的含义。

圣餐仪式（Communion）是基督教的重要礼仪。这一仪式起源于《新约》中记载的耶稣与门徒共进的最后晚餐。耶稣在掰饼分酒给门徒时说："这是我的身体——这是我的血。"（《马

---

① ［美］萨克万·伯克维奇:《惯于赞同：美国象征建构的转化》，第149页。
② Marilynne Rbinson, "That Highest Candle", p. 158.

太福音》26）基督教教义认为：主耶稣基督设立圣餐的目的在于让基督徒感念耶稣的舍生忘死。在这个仪式上，他们一起纪念耶稣基督为人类赎罪而舍去自己的生命被钉死在十字架上。饼被掰开，代表着耶稣为信徒舍去自己的生命；酒倒出，象征着耶稣的血为我们罪人而流①。圣餐这一圣礼也可以在《旧约》中找到其对范。《旧约·箴言书》中说："你们来，吃我的饼，喝我调和的酒。你们愚蒙人要舍弃愚蒙，就得存活，并要走光明的道"（9：5—6）；《旧约》中以头生羔羊所献的"除罪祭"也被认为是基督为人类赎罪的预表②。由此可见，圣餐是预表修辞的一个典型例证。

如果将埃姆斯的人生旅途展开成为一部《圣经》的话，父亲喂他饼干的童年记忆就是《旧约》的预表，他在教堂里为儿子掰面包行圣餐礼这一眼前的现实就是《新约》的对范。在《基列》中，埃姆斯牧师将记忆与现实联系起来，儿时记忆赋予了残酷现实神圣的意义。

《基列》中详细描绘了埃姆斯为儿子行圣餐礼的情节。埃姆斯在一次布道时为会众讲解"最后的晚餐"，当所有人离开教堂时，他的妻子将儿子领到他面前，希望埃姆斯能将面包和葡萄酒也赐给儿子。"你那张庄严、漂亮、孩童的脸抬起来，从我手里接受圣体。这是最奇妙的圣餐礼，身体和鲜血。"③ 垂暮的埃姆斯无比珍视这一仪式，感谢妻子为他提供了这个"完全有可能错过的经验"④，因

---

① 《新约》中与圣餐相关的经文可参见《马太福音》26：26—30、《哥林多前书》11：20—34、《约翰福音》6：53—56 等。

② 在《旧约》时代，祭司为了除罪献给神的祭物之所以被称为除罪祭，是因为它预表了将来真正的献祭，即基督为人类赎罪而背负十字架。

③ 玛丽莲·罗宾逊：《基列家书》，第77页。

④ 同上。

为他坚信现实生活的真正意义来自《圣经》的启示,能亲自为儿子行圣餐礼对时日不多的老牧师而言是上帝的恩典,是父子感情的神圣升华。

眼前的圣餐礼使埃姆斯回忆起少年时的一次经历:他随父亲冒雨去帮忙拆一座已经烧毁的教堂时,父亲从废墟中捡出几块沾满灰土的饼干递给他。"我还记得父亲蹲在雨水之中,水从帽檐下滴答下来,他伸出烧伤的手,喂我吃饼干,背后是那座教堂黑乎乎的废墟,雨水落在篝火的余烬上,团团蒸汽升起——就在那一刻我顿悟了生命。"① 在埃姆斯心中,他对圣餐的记忆就是父亲用受伤的手递给自己的那块沾满灰的饼干。这一幕让埃姆斯终生无法忘怀,因为在信仰者看来,生活中的事件都渗透着浓郁的神学意蕴。耶稣在最后的晚餐后对门徒的告诫是"要如此行,为的是记念我"(《新约·哥林多前书》11∶24)。圣餐对信徒的功效是为了牢记天父的恩典。对于埃姆斯来说,圣餐不仅是信仰的虔诚体现,也是埃姆斯牧师家族历史传承的重要体现;"记忆使那一幕神圣化"②,天父基督与尘世父亲的形象在那一刻统一起来——"我把它当作圣餐记在心中。我相信那就是圣餐"③。

埃姆斯在教堂给儿子掰开面包行圣餐礼时希望能在儿子的脑海里留下同样的记忆,他希望自己也能通过这种神圣的仪式活在儿子的记忆里,因为"那记忆对我一直非常宝贵,尽管只有现在我才意识到,它是怎样常常出现在我的脑海之中——我一直纳闷,眼前的现实和最终的现实有着怎样的关联"④。

关于终极现实,弗莱说:"对民主和进步的信仰者来说,当

----

① 玛丽莲·罗宾逊:《基列家书》,第 106 页。
② 同上书,第 107 页。
③ 同上书,第 106 页。
④ 同上书,第 114 页。

代的事件预示他们的未来原型。到那时，人类生存状况将使他们觉得目前所发生的一切构成了指明未来发展方向的一系列标牌。"① 如果说充满温情而又被神圣化的回忆是预表，埃姆斯眼前的圣餐仪式是对范，那么终极现实也与过去和当下形成了预表关系，普通人生命中的人生父子情感体验也预表了信仰者心中天父和他尘世的子民的联系。《基列》中的圣餐预表体现了罗宾逊对宗教书写与宗教体验的巧妙结合，从宗教形式出发深入探讨了宗教人士的内心世界。

三　《管家》中的复活预表

耶稣的复活是基督教信仰中极为重要的教义，指的是《新约》四部福音书及《使徒行传》等记载中的耶稣在被钉死在十字架三天后从死里复活的事件②。基督教教会专门设立了复活节（Easter）以纪念耶稣的复活。使徒保罗论到耶稣的复活时说："我当日所领受又传给你们的，第一，就是基督照圣经所说，为我们的罪死了，而且埋葬了，又照圣经所说，第三天复活了。"（《新约·哥林多前书》15：3—4）保罗在这里特别指出，耶稣的受死与复活，都是"照圣经所说"而发生的。保罗所指的"圣经"是指旧约《圣经》，因为其时新约《圣经》尚未成书。在《旧约》中，除了公认的《约拿书》中约拿在鱼腹中三日三夜后复生的预表，《以赛亚书》也预言了耶和华以他（耶稣）为赎罪祭，他必看见后裔，并且延长年日。《何西阿书》同样预言了神三日后必使我

---

① ［加］诺斯洛普·弗莱：《伟大的代码：圣经与文学》，第120页。
② 详见《马太福音》28：8—20，《马可福音》16：9—20，《路加福音》24：13—49，《约翰福音》20：11、21—25，《使徒行传》1：1—11，《哥林多前书》15：3—9。

们兴起。① 大卫王也被圣灵感动,在耶稣降生一千多年前,就预言了耶稣的复活。他在《诗篇》中写道:"因为你必不将我的灵魂撇在阴间,也不叫你的圣者见朽坏。"(16:10)

罗宾逊对《圣经》中关于复活的预表进行了持续的探讨和关注,她的代表作《管家》就是她信仰的体现——坚信日常生活、平凡人物都会在等待中复活,死亡只是送信徒前往天上的居所,从而进入基督永生之门。不论是在主题探索还是结构安排上,《管家》都体现了罗宾逊对于复活预表的探索。她认同基督教教义中关于复活的阐释:身体躯壳的死去是为了迎接灵魂的复活。罗宾逊以虔诚的语气写道:"也许我们都在等待复活的来临。"②

《管家》是一本关于死亡、记忆与复活的作品,整个故事在茹丝的回忆中展开。罗宾逊认为:"她(茹丝)实际上从她失去的过往中创造了一个完整的现实,一部分通过回忆,一部分通过想象。"③ 如罗曼·罗兰所言,生命就是连续不断的死亡与复活。茹丝的家族记忆就是亲人的接连死亡:先是外祖父乘坐的火车失事坠入湖中,随后是母亲将自己和露西儿送回外婆家后驾车跃进指骨湖自杀,外婆又在抚养两姐妹七年后病故。然而在茹丝心中,这些亲人并没有远离,而是在她的记忆中复活并长存,并成为小说结尾茹丝和希薇制造坠湖死亡的假象,然后以漂流者身份复活的预表。

《管家》中的死亡与复活贯穿全篇。在外祖父埃德蒙因为火车坠入湖中丧生后,日子回归平静:"亲爱的平凡有如水面上的影像

---

① 《以塞亚书》53:6 我们都如羊走迷,各人偏行己路。耶和华使我们众人的罪孽都归在他身上。《以塞亚书》53:10 耶和华却定意(注:或作"喜悦")将他压伤,使他受痛苦;耶和华以他为赎罪祭(注:或作"他献本身为赎罪祭")。他必看见后裔,并且延长年日,耶和华所喜悦的事必在他手中亨通。《何西阿书》6:2 过两天他必使我们苏醒,第三天他必使我们兴起,我们就在他面前得以存活。

② 玛丽莲·罗宾逊:《管家》,第144页。

③ Thomas Gardner, p. 59.

已然愈合，完整如初。"① 茹丝推测外婆新寡的生活表面已经恢复如常，然而在她的内心深处，埃德蒙的猝然消失反而让她清楚地感到他的存在，回忆模糊了现实和过去的界限。外婆会追忆起婚前埃德蒙送她的怀表，想起两人会花半天时间去岸边采花，"她爱他无伴的灵魂，那灵魂跟她所拥有的一样。"② "等时候一到，她和我外公会团圆，继续一同过日子，不担心钱，气候也舒爽宜人。"③ 在茹丝的梦里，她的亲人会在天国复活："我相信我外婆进入了另外一个领地，在那里，我们的生命漂浮，没有重量，没有实体，不能相融合，也无法分离，就像水面上的倒影。所以我外婆已回归太虚，进入原始的太古……"④ 这一叙述体现了基督教的终极关怀信条。在基督教信仰者看来，人如果信仰基督就会得到永生，在天国里大家还会见面，因而当亲人离去时不必过于悲伤。生命的意义在于其整体性，在这个整体中，死亡只是从尘世进入永恒生命和天国的大门，复活会被理想化地认为是此世生存状态和亲属关系的延续，正如《约翰福音 11：25》所说："复活在我，生命也在我；信我的人，虽然死了，也必复活。"现世的存在只是生命的一种寄居形态，天国才是信徒的终极追求。

茹丝也一直期盼着母亲的复活。"遭受母亲抛弃是茹丝的历史起点，也是人类的历史起点，她因此而产生的渴望、回忆和想象不仅是叙事的中心意义，也是整个叙事的动力。"⑤ 由于母亲海伦带给家庭的耻辱，姐妹两个从未听外婆讲过关于自己母亲的事情。"我

---

① 玛丽莲·罗宾逊：《管家》，第 34 页。

② 同上书，第 37 页。

③ 同上书，第 27 页。

④ 同上书，第 68 页。

⑤ 周铭：《玛丽莲·罗宾逊——后现代社会的信仰守卫者》，金莉等《20 世纪美国女性小说研究》，北京大学出版社 2010 年版，第 275 页。

们外婆从来不提她任何一个女儿,有人向她提到她们的时候,她会恼怒而变脸。"① 然而母亲的形象依然模糊地存在于茹丝的回忆之中,母爱的缺失使她会梦到"海伦以她冰冷的手,从我们的颈背撩起我们的头发,从皮包里拿出草莓给我们"②。姨妈的到来给遭受丧母童年创伤的茹丝带来希望。她希望能在希薇姨妈身上找到母亲的踪迹,母亲的形象能在姨妈身上复活。随着与姨妈的相处,希薇开始将自己对母亲的认知投射到姨妈身上,"希薇开始模糊我对母亲的记忆,然后取而代之"③。

罗宾逊在小说中对贯穿始终的"死亡—复活"这一模式的不同阐释借用了《圣经》预表的形式和意义,为小说结尾——茹丝和希薇最后从桥上逃走而不知所终——进行了反复铺垫;后者隐匿于前者当中,前者也在后者中得以显现。小说的开放式结局使读者不知道茹丝和希薇是否真的丧生湖中,还是搭火车一路向西,最终成为流浪者。茹丝的叙述声音缥缈不定,读者甚至无法判断这一叙述者是真实的个人还是缥缈的灵魂。这种不可靠叙事在前文描写希薇湖边漫步中也有所预示:

再来就是她走上桥这件事。要是她没看到我们在看她,她还可能走多远?要是刮起狂风呢?万一她还在桥上时火车就开过来了呢?所有人都会说希薇自杀,而我们不会确知有其他真相,就好像,事实上,我们根本就不知道。让我们这样想吧,假设就在我们看着她的时候,希薇已经远远走到群山正隆起而湖岸正退缩的位置,湖涨起,她脚下的湖水在流逝、拍击并且闪闪发光,桥发出吱嘎声,摇摇晃晃,天空在消逝,滑到山后

---

① 玛丽莲·罗宾逊:《管家》,第 83 页。
② 同上书,第 144 页。
③ 同上书,第 86 页。

头，到了那时，那么是否她就不会试着要往前再踏出一步了？然后再想象同一个希薇从湖底颠颠簸簸上了岸，淹溺的大衣；淹溺的袖子；石化的嘴唇；大理石苍白的手指和双眼；双眼里满是阳光永远也照耀不到的深渊之水。她搞不好还是就这么一句："我一直都想知道那是什么样的感觉。"①

罗宾逊采用的片段式叙事手法打破了传统的时间顺序，茹丝的叙述在全知和推测、单数和复数间不停变换。这种模糊的叙述声音和开放式的结尾令人回味无穷，赋予了读者更多自由想象的阅读空间。在小说结尾，茹丝想象露西儿人在波士顿，然而"我母亲不会在那里，我那摇晃着脑后小发辫、穿着居家拖鞋的外婆，也不会在那里，还有我那梳着横过眉毛发型的外公，也不会在那里"②。茹丝家族的逝者在她的叙述里成为"在场的缺席者"，茹丝在内心从未停止和他们的对话，这些对话者也左右着她的精神世界。作家通过刻画茹丝在真实与想象的往返越界而得出了一个道理：永恒只存在于无常，缺席正可以强化在场。

存在主义哲学家海德格尔提出了"向死而生"的哲学命题。他相信："正是死亡以及对死亡的意识，使生命获得了另一种性质。因为，没有死亡也就没有人的本己存在。本己存在仅仅在于对确定无疑然而又是不确定的死亡的等待与忍耐之中。"③ 罗宾逊对生死概念的刻意模糊化正是为了通过预表强调复活的真意：唯有复活的灵魂才是个体的真实存在，其余的都是与生命无关的影子。复活不是肉体的而是精神的；是灵魂脱离躯壳的牢笼而与神明同在；复活就

---

① 玛丽莲·罗宾逊：《管家》，第 128 页。

② 同上书，第 303 页。

③ 郭宏安、章国锋、王逢振：《二十世纪西方文论研究》，中国社会科学出版社1997 年版，第 188 页。

是消灭死亡。这种充满不确定性的宗教神秘主义倾向体现了人在精神上的无限追求，也使得读者相信普通人也会复活，日常生活也可以与神圣相关。在这层意义上，文学审美和宗教一样富于超越性，都是自由心灵对个体生命有限性的超越，是精神对现实的超越。

第二节　因神之名:罗宾逊小说中的 人名和地名

如同海德格尔所说，语言是存在之家。以命名为修辞方式，从而加强作品的审美功能，这是作家在文学创作中经常运用的一种手段。优秀的文学作品中常见隐喻性、启示性的命名，这种命名常常承载着揭示作品主题、引导读者与作者进行对话的功能。罗宾逊作品中人物与地方的命名也带有强烈的宗教内涵，很多人物、地方的命名体现了与其宗教原型的模仿、对位以及讽喻等直接或间接关联。苏珊·皮提特认为，罗宾逊作品的人物命名体现了作家坚信"人文主义基督教精神和种族平等理念"[1]。罗宾逊作品中的命名大致可以分为两类:一是直接来源于《圣经》或宗教人物，二是体现一定的基督教教义。本节对罗宾逊小说中典型的人名、地名的命名加以分析，进一步阐释小说的宗教文化内涵，并探究作家如何在作品中通过命名传达其宗教信仰和对美国历史、种族问题的认识。

一　茹丝

茹丝的名字来源于《旧约·路得记》的同名主题人物[2]。《管

---

[1] Susan Petit, "Names in Marilynne Robinson's *Gilead* and *Home*", *NAMES*, 58.3 (Sept. 2010), p. 139.

[2] "茹丝"是《管家》台湾译本的翻译，"路得"是《圣经》中译本的翻译，英文原文中都为 Ruth。

家》的开篇"我的名字叫茹丝"①一语道出了小说和《路得记》的同构关系。罗宾逊在访谈中谈到，自己在创作《管家》时并没有想到要借用《路得记》的人物和结构，但在小说完成时，她自己也为小说和《路得记》的同构关系感到吃惊："它（《路得记》）可能就潜伏在我的脑海里，直到我写完小说才发现。"②

　　《路得记》是《旧约》中讲述耶稣祖先的故事，是《圣经》中少有的为女性作传的经传。拿俄米和她的丈夫以利米勒是移居摩押的以色列人。她的丈夫和两个儿子都死后，拿俄米决定搬回故乡伯利恒。她劝两个外族的儿媳回娘家，并祈愿耶和华恩待她们，使她们在本族中找到新的夫家。结果，大儿媳俄珥巴"回她本国和她所拜的神那里去了"，但小儿媳路得却坚定地选择追随拿俄米，归附耶和华。《路得记》以优美的言辞表达了路得的决心："你往哪里去，我也往哪里去；你在哪里住宿，我也在哪里住宿；你的国就是我的国，你的上帝就是我的上帝。你在哪里死，我也在哪里死，也葬在哪里。除非死能使你我相离。"（《路得记》1：16—17）路得甘愿追随拿俄米回到以色列人聚居的伯利恒，后来成了大卫王这一支的祖先，是少数在耶稣基督家谱中出现的女性。路得追随拿俄米返乡这一段艰难而曲折的历程实际上反映的是犹太民族历史上的"流浪游历"主题，是对"许诺之地"，即美好家园的向往与追寻。路得这一人物集中体现了基督教信仰宣扬的美德：虔诚坚定、忠于家庭。

　　《管家》在人物塑造和情节安排上都与《路得记》一脉相承：由于姨妈希薇与众不同的持家方式，她们的生活遭到了以镇上法官为代表的主流社会的干涉。茹丝和露西儿必须在追随姨妈希薇离开

---

①　Marilynne Robinson, *Housekeeping*, p. 1.

②　Marilynne Robinson, "On Influence and Appropriation", Interview by Tace Hedrick.

指骨镇和进入小镇主流生活间做出选择：茹丝选择忠于家人，哪怕是要跟从姨妈流浪，因为她坚信："拆散家人实在糟透了。"① 露西儿则选择离开亲人，被家政老师收养，回归到循规蹈矩的小镇生活之中。姐妹二人的选择与《圣经》中的两个儿媳做出的选择形成了明显的观照，也暗示了罗宾逊对姐妹二人人生选择的态度：只有忠诚于心中的信仰才能得到真正的救赎，寻觅到真正的内心家园。茹丝的名字直接体现了小说"忠诚于家人、忠诚于信仰"的主题；而露西儿的名字源于法文，也暗指露西儿如同大儿媳俄珥巴一样，与茹丝属于不同的国和不同的神。在忠诚之外，茹丝也具备了路得的其他女性气质，比如悲伤、怜悯、脆弱等。茹丝的经历和她《圣经》中的同名人物相似，二者都承受了失去亲人的伤痛；然而她也同路得一样，坚韧顽强地承受生活带来的痛苦并坚守了自己做出的选择。小说虽然以茹丝追随希薇流浪结束，作家却通过"茹丝"和《圣经》人物"路得"的关联暗示了这一人物内心获得拯救的美好未来生活。

二 约翰·埃姆斯家族

埃姆斯牧师是罗宾逊"基列三部曲"之中的主要人物。在《基列》中，埃姆斯牧师在叙述自己的家族史时提到：他的父亲、祖父都是牧师。埃姆斯童年时随父亲去为祖父上坟的经历将这三代人的命运紧紧相连。他的父亲将他们父子的这次行程比喻成亚伯拉罕带着自己的儿子以撒前往摩利亚山向上帝祭献以撒②，更体现了家族三代人的虔诚信仰和家族牧师事业的传承。

---

① 玛丽莲·罗宾逊：《管家》，第 265 页。
② 上帝为考验犹太人的始祖亚伯拉罕，让他带着自己的独子以撒到摩利亚山上，在上帝指定的地方杀以撒献祭。忠诚的亚拉伯罕正要举刀杀自己的儿子时，上帝派使者阻止了他，并命他以一只公羊代替。详见《创世纪》第 22 章。

埃姆斯牧师一家三代同名，都叫约翰·埃姆斯（John Ames）。约翰是古代犹太人惯用的名字之一，原意是"耶和华所喜爱的"。约翰这一名字在这个虔诚的牧师家庭可以有多种解读：《圣经》中的施洗者约翰（John the Baptist）、使徒约翰（John the Apostle）、宗教改革者约翰·加尔文（John Calvin）、废奴主义者约翰·布朗（John Brown）等。以"约翰"为名体现了这个家族深厚的宗教渊源，这个世代信仰上帝、甘为上帝仆人的家族取这个名字也显得非常恰当。

施洗者约翰是最早在约旦河中为人施洗礼的人，还曾为耶稣基督施洗[1]。他是耶稣基督的表兄，在耶稣开始传福音之前就在旷野向犹太人劝勉悔改。施洗者约翰预言了耶稣的诞生，为耶稣宣讲教义打下了基础。《基列》中经常出现的洗礼场面也体现了牧师约翰·埃姆斯与施洗者约翰的对位。牧师家庭出身的埃姆斯从小就熟谙洗礼（Baptism）这一宗教仪式，他的童年游戏就是给一窝刚能站起来的小猫"洗礼"。埃姆斯成年后成为牧师，曾为基列镇的居民实施了无数次洗礼仪式。暮年的埃姆斯在看到小儿子和伙伴围着洒水车玩耍的场景时回想起了自己在神学院时经常去河边看到的洗礼仪式："牧师从河里抱起受洗的人，水从他的衣服和头上流下，看起来真有点像人的诞生或复活。"[2] 随后，埃姆斯也承认说："我一直喜欢给人施洗礼。"[3] 洗礼仪式将约翰·埃姆斯和他的《圣经》同名人物施洗者约翰紧密相连，体现了作家通过人物命名强化人物文化身份的修辞企图。

约翰·埃姆斯的命名也可以理解为与使徒约翰相关。在《圣

---

① 《马太福音》第 3 章、《马可福音》第 1 章和《路加福音》第 3 章都有记载耶稣在施洗约翰处受浸礼。

② 玛丽莲·罗宾逊：《基列家书》，第 69 页。

③ 同上。

经》记载中,耶稣遇难后,他的追随者使徒约翰被流放到拔摩岛,写出了《新约》的最后一章《启示录》。由于使徒约翰被圣灵感动,能够清楚地看到常人正常视力所看不到的异象(vision),因而他在《启示录》中记录下了许多关于异象的神话和比喻,使得《启示录》成为基督教文学和艺术想象经久不衰的源泉。同使徒约翰一样,埃姆斯和祖父也都认为自己看到了神启的异象。祖父约翰·埃姆斯一世曾经讲过他年轻时的经历:在梦中,他看到上帝向他伸出一双胳膊,胳膊上带着锁链,"铁锁链一直陷到骨头,周围都红肿、溃烂"①。祖父将此理解为上帝召唤他到堪萨斯州去为废奴运动做些有用的工作,因此他毅然离开故乡缅因州,带领家人来到西部小镇基列,以四十几岁的高龄加入联邦军队并成为内战中的随军牧师。埃姆斯自己则对童年时在祖父墓前看到的日月同辉的异象终生难忘,并因而真诚地相信:"不对类似幻影这样的东西表示敬意是一种浪费和忘恩,不管你亲眼看过没有。"② 同使徒约翰一样,祖孙两代约翰·埃姆斯都感受到了来自上帝的神谕,立志献身牧师事业。

罗宾逊多次公开宣扬自己是新教开创者约翰·加尔文的信徒,因此以约翰·加尔文的名字命名小说人物也在情理之中。埃姆斯是虔诚信仰加尔文主义的公理会牧师,无论是在教堂布道或是在阁楼冥想,加尔文主义思想早已经渗透到了他的血液之中。埃姆斯熟读加尔文的《基督教原理》,在布道中常常探讨加尔文关于罪与宽恕的论证:"我在想《基督教原理》里的一节。这一节说:任何人心目中上帝的形象比足以爱他的理由重要得多。上帝等待我们把敌人的罪过加诸他自己身上。所以总记着敌人的错误,就是对宽恕的摒

---

① 玛丽莲·罗宾逊:《基列家书》,第 54 页。
② 同上书,第 107 页。

弃。"① 加尔文主义思想在埃姆斯的生活中无处不在："加尔文在什么地方说过，我们每一个人都是舞台上的演员，上帝是观众。这个比喻总是让我感到新鲜贴切。"② 在埃姆斯看来，这个比喻使我们成为自己行为的艺术家。上帝对我们的反应可以看作是从美学角度的欣赏，而不是通常意义上的道德评判。埃姆斯赞赏加尔文这个比喻，也确信自己和加尔文有着某种宗教上的联系："加尔文的上帝是个法国人，正如我的上帝是一位有新英格兰血统的中西部人。我们都是尽可能用自己的看法影响生活中的重大事件。"③ 借由埃姆斯之口，罗宾逊阐述了自己对加尔文人文主义思想的理解和赞同，因而将小说主要人物命名为约翰也可以看作是作家对约翰·加尔文的致敬。

罗宾逊对约翰·埃姆斯的命名也体现了她对于美国种族关系历史变化这一重要主题上的考量。以"约翰"为主人公命名也可以理解为罗宾逊对美国废奴主义运动领袖约翰·布朗的致敬。为了创作"基列三部曲"，罗宾逊对19世纪爱荷华州历史做了大量细致研究，力图在小说中真实还原废奴主义运动。在《基列》中，埃姆斯的祖父是19世纪中期约翰·布朗领导的武装废奴运动的支持者和积极参与者。他相信自己受到了上帝的神启，将解放黑人的运动视为上帝的意旨，因而才带领家人从东部的缅因州来到西部，与约翰·布朗一起组织了地下铁路运动。

祖父善良、勇敢，有着近乎偏执的宗教热忱。他在内战中失去了一只眼睛，回到基列后依然身着血衣、腰别手枪走上布道坛，号召教众为废除奴隶制度而战。父亲约翰·埃姆斯二世也参加了内战，但他反对暴力，无法原谅祖父为帮助约翰·布朗逃亡而射杀一

---

① 玛丽莲·罗宾逊：《基列家书》，第210页。
② 同上书，第137页。
③ 同上书，第138页。

名士兵的行为。内战结束后，由于父子矛盾无法调和，祖父独自离家前往堪萨斯，继续为堪萨斯加入自由州努力。"虽然政治立场不同，但两人都在坚守自己的道德准则和宗教信仰。"[①]

无论是执拗激进的祖父，还是温良恭谦的父亲，抑或是正在平静老去的埃姆斯本人，他们身上都体现了共同的新教信仰品质：信仰虔诚、正直善良、克己奉公、知恩图报。小说的主人公埃姆斯三世并没有意识到自己内心隐蔽的种族主义立场，直到教子杰克归乡，向他讲述了自己与黑人女子通婚并育有一个儿子的故事后，埃姆斯才开始自我反省。在 20 世纪 50 年代吉姆·克劳法（Jim Crow Laws）仍旧盛行的南方，杰克勇敢地选择居住在种族混杂地区、与黑人通婚生子并经常去参加黑人教堂礼拜活动。因为铭记基列镇的建城历史，杰克希望能够携家人返回故乡开始新的生活。埃姆斯此时才重新开始审视家族历史、小镇历史和自己的宗教信仰。由于埃姆斯的好友鲍顿牧师以埃姆斯的名字命名了自己的儿子杰克，也使得约翰·埃姆斯·鲍顿（杰克）象征性地进入了约翰·埃姆斯家族谱系。杰克真正践行了埃姆斯一世种族和解的愿望，是先祖约翰·埃姆斯一世争取种族和解精神的真正的继承人。罗宾逊在小说中对这一点也有所提示：当杰克的黑人岳父提到他是"堪萨斯州约翰·埃姆斯的后裔"[②] 时，杰克也将错就错地未加澄清，因为这是岳父对他少有的肯定，他以自己也是约翰·埃姆斯家族的一员为荣。

罗宾逊在《基列》中对命名修辞的巧妙运用还体现在她刻画的埃姆斯家族中一位刻意改动自己名字的人物：主人公约翰·埃姆斯的哥哥爱德华·埃姆斯（Edward Ames）。爱德华本名爱德华兹（Edwards）。他的父亲以 18 世纪宗教大觉醒运动的领导人、著名牧

①　Susan Petit, "Names in Marilynne Robinson's *Gilead* and *Home*", p. 142.

②　玛丽莲·罗宾逊:《基列家书》，第 250 页。

师乔纳森·爱德华兹的名字命名了自己的长子——爱德华兹·埃姆斯，对他能够继承自己的家族牧师事业抱有厚望。由于爱德华兹聪慧好学，教区全体教徒捐款送他到德国留学，"可是，他学成回国时，却成了无神论者。至少，他总是宣称自己是无神论者"①。为了强化自己无神论者的形象，20 多岁的爱德华兹"手里拄着枴杖，留着浓密的唇髭——出版了一本用德语写的小书，是关于费尔巴哈的专著"②。为了表明自己和家族宗教传统决裂的态度，他甚至将自己的名字去掉一个字母"s"，由爱德华兹变成了爱德华。如同霍桑（Hawthorne）为了与他在萨勒姆审巫案（Salem Witch Trial）中臭名昭著的祖辈划清界限而在姓氏（Hathorne）中增加一个字母"w"一样，爱德华也通过改变自己的名字表达了和自己牧师家庭决裂的决心。罗宾逊通过爱德华这一人物衬托了埃姆斯的宗教虔诚："你一定要相信怀疑和提问是你自己的事情，可以这么说，不是一时流行的唇髭和手杖。"③ 同时，埃姆斯也将哥哥爱德华视为对自己宗教信仰的一个对比和考验："他对于我非常重要，现在依然重要——从某种意义讲，我对他几乎一无所知，可是从另外一方面看，我却好像一生都在与他对话。"④

　　总之，对约翰·埃姆斯家族的命名体现了作家对于人物命名与作品宗教主题和种族和解主题契合的努力，起到了突出主题、加强文本审美功能的作用。另外，罗宾逊在《基列》的扉页上写明本书献给她的父母：约翰和艾伦·萨默斯，或许作家以"约翰"为小说主人公命名也包含了对自己父亲的敬意。

---

① 玛丽莲·罗宾逊：《基列家书》，第 27 页。
② 同上书，第 26 页。
③ 同上书，第 199 页。
④ 同上书，第 26 页。

三 鲍顿家族

《家园》一书围绕鲍顿牧师家的故事展开。身为长老会牧师的鲍顿给自己几个孩子的命名带有浓厚的宗教文化含义，鲍顿牧师一家的离合聚散也见证了美国 20 世纪上半期新教从繁荣到没落的历史。按照行文推断，鲍顿家的子女大约出生在 20 世纪 20—30 年代，这段时间正是美国正统新教的繁荣时期。鲍顿牧师家有四儿四女，家族的姓氏鲍顿（Boughton 中的"bough"指树的粗枝）可以和他家门口那棵粗壮的老橡树联系起来解读：它枝叶兴旺，"比这个街区这个镇子都要老——那些纸条上曾经挂过四架秋千，向全世界宣告他们家的人丁兴旺"①。而在小说叙述的当下即 20 世纪 50 年代，美国的正统新教信仰已经逐步走向衰落；鲍顿家的子女们已经散落各地，无人继承父亲的牧师衣钵，过去与当下形成了鲜明的对比："于他们，老地方旧时的故事是如此的亲切，而他们又离得有多远，散落在四方。"②

牧师鲍顿为自己孩子的取名极富宗教深意。鲍顿家女儿的名字都来源于基督教教义，分别叫信念（Faith）、希望（Hope）、仁爱（Grace）、荣光（格罗瑞，Glory）。"取了这样的名字!"③ 格罗瑞一直为自己的名字感到尴尬。鲍顿家四个儿子的名字也都与新教信仰密切相关，分别为卢克（Luke）、丹尼尔（丹，Danniel）、杰克（Jack）和泰迪（Teddy）。卢克和丹的名字来源于圣徒路加（Luke）和先知但以理（Daniel），杰克的名字更是来自鲍顿的牧师好友——约翰·埃姆斯④，鲍顿希望能以这个同名义子来安慰孤苦的埃姆斯。

① 玛丽莲·罗宾逊:《家园》，第 2 页。
② 同上书，第 5 页。
③ 同上书，第 69 页。
④ John（约翰）的昵称是"Jack"（杰克），英文名 John 和 Jack 同源，Jack 是通过 John 演变过来的。

泰迪的全名是西奥多·德怀特·魏尔德·鲍顿（Theodore Dwight Weld Boughton），来源于内战时倡导废奴运动的一位著名牧师的名字。作为牧师家庭的孩子，他们从小学习弹琴、学唱赞美诗、参加礼拜，"他们的生活是公之于众的——他们的行为必须与他们的信仰一致"①。杰克的名字因他种种顽劣行为常常见诸报端，因为要印下全名——约翰·埃姆斯·鲍顿，这不单给鲍顿家带来了耻辱，也使与他同名的老牧师甚感难堪。尽管杰克渴望得到这位与自己同名的"灵魂之父"的关注和认可，埃姆斯却对这个同名义子采取了无视、甚至厌烦的态度。当杰克归家后拜访埃姆斯时，他亲切地称呼埃姆斯的幼子罗伯特"我的小弟弟"②，埃姆斯却拒绝了杰克的善意，坚持让罗伯特叫杰克"鲍顿先生"。埃姆斯甚至对杰克称他为"爸爸"（Papa）感到尴尬和厌恶："我承认我在有些问题上比较敏感。我会努力让自己公平地对待他。"③从执意要区分自己的亲生子和这个被强加的教子，拒绝做杰克"世间的父"（杰克语），到最后认识到自己的过错和狭隘，接受"爸爸"这一称呼，埃姆斯完成了自己的信仰完善之旅。

四　基列

"基列"是罗宾逊引用《圣经》而虚构的一个爱荷华小镇的名字④。《旧约》中的基列在《新约》中称"低加波利"（十城之区），是位于现今约旦的西北部的一片山地地区。基列物产丰饶，

---

① 玛丽莲·罗宾逊：《家园》，第 16 页。
② 玛丽莲·罗宾逊：《基列家书》，第 102 页。
③ 同上书，第 135 页。
④ 罗宾逊在小说出版后，发现爱荷华确实有一个小镇叫作基列，位于小说中的基列镇的东北部。详见 Marilynne Robinson, "Marilynne Robinson, At 'Home' in the Heartland", Interview by Lynn Neary. *National Public Radio*, http://www.npr.org/templates/story/story. php? storyId = 94799720, 2012 年 3 月 14 日。

人民生活富足。这里盛产桉树，因桉树汁液制成的乳香具有镇静、安眠的药用功能闻名于世。《旧约》中的基列也有"见证地"的含义，记述的是雅各（Jacob）出逃的故事。雅各是以色列民族的祖先，为了娶表妹拉结为妻，他在巴旦亚兰地舅舅拉班家工作了20年。然而新婚之夜，拉班却将大女儿利亚送给雅各。雅各逃跑返回迦南，被拉班在基列山上追上了他。一番战斗后，他们决定不再来往，于是双方互立石堆、石柱为证①。基列是一个矛盾的所指：一方面，它生产乳香，是疗伤的地方，"在基列岂没有乳香呢，在那里岂没有医生呢，我百姓为何不得痊愈呢"（《旧约·耶利米书》8：22），但同时它又是见证杀伐之地。罗宾逊以"基列"作为小说的题目有着深刻的内涵：基列镇是杰克、格罗瑞心目中可以治疗内心创伤的故土家园；同时它又是美国内战和种族斗争的历史见证。

"基列"的另一个出处与小说探讨美国西部种族问题的渊源和现状这一主题密切相关。"基列"与美国广泛传唱的一首基督教灵歌（Spiritual）"基列地有乳香"（There is Balm in Gilead）②密切相关。灵歌是北美黑人的宗教礼拜歌曲，起源于18—19世纪，内容大多反映黑人遭受残酷奴役、痛苦无告的悲惨处境。这首灵歌反映了美国黑人希望得到救赎，以基列的乳香来弥合心灵的创伤的愿望，表达了对种族平等的渴求，也契合了小说对种族问题的批判和思考。

---

① 《罗马书》（13：15、13：31），《士师记》（10：6、10：17）、（11：1、11：23），《撒母耳记下》（2：8—9），《列王记上》（22：3、22：38）等分别提及基列。

② 见 www.negrospirituals.com。歌词大意如下：基列地有乳香，能医人创伤。基列地有乳香，医治有罪灵魂。有时我感到气馁，以为事奉徒然，但在那时，神的灵再次苏醒我灵魂。不要气馁，与耶稣为友，如你知识匮乏，他会慨然相赠。如你不能像彼得那样讲道，如你不能像保罗那样祈祷，你仍可倾诉对基督之爱并说：他的灵永不休。

另外，《基列》中再现的约翰·布朗领导的废奴运动在历史上确有其事，而且他领导的废奴团体的名称是"基列人同盟"（*The League of Gileadites*），因而以"基列"作为废奴小镇的名字也为小说增添了历史真实感。"基列人同盟"成立于1851年，是美国最早的反抗黑奴制度的黑人武装团体。"基列人"也因其《圣经》内涵而意指勇敢作战的人。布朗借用这个名称，希望参加这个组织的都是不畏强暴不怕牺牲的人。"基列人同盟"盟约规定：成员外出要随身暗藏武器；发生战斗时，要坚决、果断和冷静，要奋勇杀敌；万一被捕，宁死不泄露机密；发现叛徒要坚决处死。在小说中，埃姆斯的祖父就是这一组织的发起者之一。约翰·布朗为黑奴自由解放而英勇斗争的事迹促进了美国废奴力量的团结，把全国的废奴运动推向了一个新的高潮。"像这样的小镇至少有过一百个，都是在早已被人遗忘的内战高潮之时建起来的，它（基列）是约翰·布朗需要休息和躲藏时的根据地。"① 由此可见，以"基列"命名小镇可以自然地把小说叙事与历史事实结合起来，从而增加了叙事的权威性和可信性。

在小说中，杰克由于跨种族通婚而饱受生活艰辛，他希望能回到基列镇寻找乳香医治心灵的创伤。然而，这个当初的废奴前哨如今已经演变成对黑人充满敌意的地方。杰克失望地离开基列去别处寻求种族融合的希望。醒悟后的埃姆斯拒绝离开小镇，因为他在这里看到了希望，坚信"这个朴素自然、未被留意的地方如同耶稣基督一样——整个小镇看起来都像是被磨蚀之后的希望，然后又被磨蚀。但是没有及时变成现实的希望，还是希望。我爱这座小镇"②。在另一部小说《家园》中，格罗瑞也选择留守基列。埃姆斯和格罗

---

① 玛丽莲·罗宾逊：《基列家书》，第258页。

② 同上书，第272页。

瑞这两个留守者坚信:基列仍有乳香,小镇在未来能够重拾先辈种族和解的理想。罗宾逊也解释说:"以基列为小说命名意义复杂深刻,既有愈合、安慰的含义,又有迷失和失败的意味。"①

虽然罗宾逊本人并不认为自己对小说的人名、地名的选择有太多指涉和象征的意味,然而伟大的作品可以接受多种解读;对罗宾逊小说命名的解读,有助于我们了解作品的宗教底蕴,从而更全面、准确地解读作家的文学创作思想。

第三节　进抵神启:罗宾逊小说中的
《圣经》隐喻

所谓扩展隐喻,就是将一个复杂的想法通过连贯、新奇的意象加以表述,将隐喻贯穿在语篇当中,有时甚至铺满整个作品。罗宾逊对文学隐喻的兴趣可以追溯到她的大学时代:由于主修美国文学,罗宾逊阅读了大量 19 世纪美国文学作品并对其中典型的隐喻修辞产生了兴趣。在写作有关莎士比亚戏剧的博士论文间隙,罗宾逊开始尝试创作"扩展隐喻"(extended metaphor)的写作练笔。罗宾逊的成名作《管家》就源自她"一抽屉的扩展隐喻"②。

作为一名虔诚的信仰者,罗宾逊认为《圣经》中的隐喻具有非凡的力量。一方面,隐喻使《圣经》与文学密切相连;另一方面,隐喻又使《圣经》进入到了一个神圣而权威的领域。在罗宾逊看来,文学作品的主要作用就是利用和发现神奇的、隐喻的语言来影响读者:

---

① Susan Petit, "Names in Marilynne Robinson's *Gilead* and *Home*", p. 139.

② Marilynne Robinson, "Interview: Marilynne Robinson: The Art of Fiction", Interview by Sara Fay. *The Paris Review* (Fall 2008), p. 40.

我非常崇敬隐喻。在我看来，小说就是某种延展的隐喻。我想梅尔维尔应该同意这种说法。终极奥秘要通过隐喻寓言的形式传达给人类，对这一点我深信不疑。语言和我们的理解能力都有局限性。当我们穷究语言的极限时，也会发现语言的神奇的来源。爱默生说每个字都曾是一首诗。宗教可以多方面解读，但它最独特的力量和美都是通过隐喻来表达的。①

隐喻研究也是《圣经》文学研究的重要组成。20 世纪 80 年代认知语言学的兴起促进了隐喻研究从修辞到认知的理论转向，隐喻思维这一《圣经》文学创作方式得到了现代性的普及。弗莱在他的圣经研究中始终将隐喻研究放在重要地位，他认为《圣经》就是由隐喻和象征构成的一套复杂精致的语码系统。在《词语的权力》（*Words with Power*）中，弗莱指出："《圣经》中几乎所有的语言部分都是用神话和隐喻的预言写成的。"②《圣经》中的隐喻构成了基督教神圣思维的框架和语境，弗莱甚至认为隐喻在本质上并不只是一种修辞形式，而是人类通过可知的物质世界来理解未知的精神世界的一种思维转化模式。在《伟大的代码》中，弗莱将《圣经》隐喻研究依照"修辞—认知"这一标准划分成两个部分，即在词语层面和类型层面进行研究。在词语层面，《新约》中的比喻构成了耶稣讲道的主要特征，如同《马太福音》所言："这都是耶稣用比喻对众人说的话；若不用比喻，就不对他们说什么。我要开口用比喻，把创世以来所隐藏的事发明出来。"（13：34—35）《圣经》中

---

① Robinson, Marilynne, "Marilynne Robinson: Fiction as Metaphor 'Extended'", Interview by Ben Fulton. *The Salt Lake Tribune*, http: //www. sltrib. com/sltrib/entertainment/52702128 – 81/writers – think – robinson – fiction. html. csp, 2011 年 10 月 14 日。

② 转引自江玉琴《理论的想象：诺斯洛普·弗莱的文化批评》，中国社会科学出版社 2009 年版，第 117 页。

的词语比喻俯拾皆是：把田地比作世界（《马太福音》13：38）、将罪人称作迷途的羔羊（《马太福音》18：12—13）等。在类型序列下，弗莱结合"神话—原型"理论，集中研究了《圣经》中的隐喻意象（Image），考察了乐园意象、牧放意象、农业意象、城市意象和人类生活本身的意象这五大《圣经》意象。他认为这些意象体现了上帝将《圣经》作为一种"启示"（Revelartion）而展示给世人；"启示世界是个理想的世界，是人类创造性的想象力所设想的世界，是人类试图付出自己的精力去努力实现的世界"。①

在词语层面上，大量运用宗教隐喻是罗宾逊作品的典型文风。罗宾逊小说中的词语隐喻极大地丰富了作品的内涵，增加了作品的文学性，也是评论家将她的小说称为"诗化的散文"的重要原因。此外，罗宾逊作品中的扩展隐喻也从文学角度解说了弗莱类型序列下的隐喻意象。罗宾逊对《圣经》隐喻意象的丰富想象和大胆挪用把读者带到了一个"启示世界"，体现了作家"本体论和形而上观念相结合的神学思想"②。罗宾逊作品中《圣经》的隐喻意象——包括水的意象、光的意象和火的意象等——往往贯穿全文，为作品营造了浓郁、神秘的宗教氛围，体现了作家的宗教创作观和独特的文学审美特征。《管家》在2003年被《卫报》列入"100部史上最优秀小说"，其入选理由是："这是一个淹溺在水与光中的关于三代女性的故事，令人无法释怀的诗化小说"③；可见罗宾逊对于水和光这两种意象的运用是这部小说最为人称道的文学特征。在《基列》

---

① 转引自江玉琴《理论的想象：诺斯洛普·弗莱的文化批评》，中国社会科学出版社2009年版，第182页。

② Andrew Brower Latz, "Creation in the Fiction of Marilynne Robinson", *Literature and Theology*, Vol. 25, No. 3, 2011, p. 288.

③ 见《卫报》网站：http://www.theguardian.com/books/2003/oct/12/features.fiction。

和《家园》中，罗宾逊对这两个意象又进行了进一步阐释。此外，火的意象在《旧约》和《新约》中反复出现，在罗宾逊的创作中也被赋予了重要的宗教含义。

一 水

水是《圣经》中贯彻始终的一个重要意象。从开篇《创世纪》"神的灵运行在水面上"（1：2）开始，直至终结篇《启示录》"一道生命水的河，明亮如水晶，从神和羔羊的宝座流出来"（22：1），水成了《圣经》开头和结尾最明显的象征，象征了人类失而复得的世界。水既是惩罚方式，又是拯救手段。关于《圣经》中的大洪水，它既是吞没生命的恶魔形象，也是人类的代表诺亚一家获得拯救的施救者，"在施洗礼时，受洗的人被象征性地淹没在旧世界，醒来时已经复活到达了彼岸的新世界"①。

《管家》中对指骨湖的描写集中体现了水的这一矛盾意象。"指骨湖是一个超自然的客观对应物，是激发并表现世界与人类危险关系的实体象征"②。指骨湖是吞噬生命的地方：茹丝的外祖父因为火车在越过跨湖大桥失事时丧生湖底；她的母亲在对生活失去希望后驾车投入湖中自杀；小说结尾的不可靠叙事也暗示了茹丝和姨妈也可能跌入湖中丧生。在茹丝的想象中，指骨湖每年春天的洪水泛滥就是《圣经》中的大洪水暴发："当你眺望着湖，你可能会相信大洪水未曾终结。"③ 这一大洪水的隐喻表达了罗宾逊形而上的宗教世界观：人类尚未获救，我们仍然被困在洪水之中。然而对于茹丝一家，由于外公当年将房子建在小镇边缘的山丘上，她家的房子

---

① ［加］诺斯洛普·弗莱：《伟大的代码——圣经与文学》，第191页。

② Andrew Brower Latz, "Creation in the Fiction of Marilynne Robinson", *Literature and Theology*, Vol. 25, No. 3, 2011, p. 291.

③ 玛丽莲·罗宾逊：《管家》，第240页。

便成了洪水中的"诺亚方舟"：尽管进了水，却避免了被淹没的风险。"房子看起来体型巨大、来自异地、从容不迫，就像一艘停泊的大船。"① 也正是这个原因，茹丝一家与小镇的隔阂进一步加大：每年洪水后小镇的善后工作和她们无关，也没有人来关心她们的损失。水上方舟的意象也暗示了茹丝和希薇虽然被主流社会抛弃，却将像诺亚一家一样获得拯救。茹丝想象诺亚建造方舟的情景："想象诺亚把他的房子一块一块敲下来，用那些板材造了一艘方舟，这时他几个邻居就在一旁观看，满怀疑云。"② 这一比喻是小说的点题之笔：只有拆毁有形的房屋才能造成拯救灵魂的方舟。

虽然指骨湖吞噬生命，但是它也为灵魂进行洗礼，宣告新生命的复活。茹丝一次次想象家人在湖底团圆：外公会在湖底沉没的火车上斜靠在卧铺车上迎候茹丝的到来，她的母亲站在"一队从旧石器时代和新石器时代就常光顾那座湖的常客"③ 中渐渐走来。她坚信死去的外婆已经进入了另一个领地："在那里，我们的生命漂浮，没有重量，没有实体，不能相融合，也无法分离，就像水面上的倒影。"④ 水的洗礼象征着上帝对人类的救赎，把身体托付给水等于把精神托付给了上帝，肉体的被淹没带来了精神上的救赎和永恒的团聚。罗宾逊刻画的"在深水中向上帝呼救"的意象具有明显的救赎象征意义，《管家》中水的意象精确地传达了罗宾逊"平凡人的精神拯救和复活"这一新教信仰主题。

与《管家》中对于水的意象进行的多角度阐释不同，在《基列》和《家园》中多次出现的洗礼场景更多地体现了水的救赎含义。在《圣经》中，水被赋予鲜明的救赎意义。弗莱指出："从水

---

① 玛丽莲·罗宾逊：《管家》，第 281 页。
② 同上书，第 256 页。
③ 同上书，第 137 页。
④ 同上书，第 68 页。

中救赎的主题是从一系列故事中产生的，其中包括诺亚方舟，以色列人越过红海，还有洗礼的象征，受洗的人被分成两半，道德的一半象征性地浸没，不道德的一半逃离。"① 埃姆斯牧师也认为：水是最纯洁的液体，它的天性成为神灵无瑕的象征，并成为神灵的载体，因而洗礼具有一种美好深刻的含义。"我认为，洗礼首先就是祝福。"② 幼年时给小猫施洗的经历更是让他终生难忘："谁都抚摸过猫，但是'洗礼'时怀着纯粹祝福的意图抚摸小猫额头的感觉和平常的抚摸全然不同。那种感觉长久地留在心里。"③ 作为牧师的埃姆斯一直喜欢为教众施洗，他常将日常生活的场景也和洗礼联想在一起。他的幼子和小伙伴在洒水车边玩耍的场景会让他联想起在神学院观看河边洗礼仪式，给小婴儿施洗会让他想到夭折的女儿，给年轻的未婚妻施洗让他感受到迟来的爱情的欢乐，对杰克的愧疚使他想要为杰克重新施洗。在《基列》中，埃姆斯与杰克的和解也以一个象征性的洗礼仪式完成。当杰克即将再次离开基列的时候，埃姆斯希望他能接受自己的祝福："哦，按照我的想象，我把手放在你的额头上，祈求上帝保护你。"④ 当杰克低下头接受时，埃姆斯"使出浑身的力气为他祝福"，因为"能为他祝福是我的荣幸"⑤。洗礼是埃姆斯日常神职责任的一部分，也代表了他一直坚持的观点："基督教的信仰是生活，而不是教义。"⑥ 而对水这一《圣经》意象的运用也体现了作家将宗教审美内化于文学作品的高超功力。

---

① ［加］诺斯洛普·弗莱：《伟大的代码——圣经与文学》，第248页。
② 玛丽莲·罗宾逊：《基列家书》，第24页。
③ 同上。
④ 同上书，第266页。
⑤ 同上。
⑥ 同上书，第198页。

二　光

　　光是《圣经》叙事中的另外一个重要意象，兼具实际意义和隐喻意义。《圣经》中的光首先是眼睛能够看到的光明，意指尘世的热闹和喧嚣。在《旧约》中，神说要有光，就有了光。神看光是好的，就把光暗分开了。神创造天地万物时的每一天，都把光与暗、昼与夜、早晨与晚上相对应。在《圣经》中，白昼与暗夜的隐喻意思也矛盾地混杂在一起。"黑暗也不能遮蔽我使你不见，黑夜却如白昼发亮。"（《诗篇》139：12）黑暗和光明被赋予了强烈的象征意义。在基督教教义中，人类生存的世界仍未得到救赎，因而世人仍然生活在黑暗中。只有真正得救的人才能走出黑暗，行在光明里，因为耶稣说："我是世界的光。跟从我的、就不在黑暗里走、必要得着生命的光——我到世上来、乃是光、叫凡信我的不住在黑暗里。"（《约翰福音》8：12、12：46）

　　"灯火辉煌的房屋"是《管家》中反复出现的意象，代表了西部小镇上的正常的社会秩序和生活方式，也是繁华的现世与冷清的幽冥之间的疆界。外婆管家时会带孩子们在明亮的厨房里吃饭。"晚餐时间一到，她们跟着母亲到厨房，摆餐具，揭开锅盖。然后围着餐桌坐下来一同吃饭，莫莉和海伦挑三拣四，希薇嘴唇有牛奶。甚至在那个时刻，在那明亮的厨房里，有洁白的窗帘遮蔽外面的幽冥，她们的母亲感受到她们向她靠了过来，正在凝视她的脸和双手。"① 寥寥几笔既呈现了温暖灯火下幸福的家庭生活，同时也暗示了黑暗处不可知的游魂的存在。两位姨婆接手照顾两姐妹后延续了外婆的管家方式。茹丝和露西儿在冬天贪玩晚归时，看到街上的房子灯火通明，很庆幸回到家中发现"门厅和厨房的灯亮着，就跟

---

① 玛丽莲·罗宾逊:《管家》，第28页。

我们经过的房子一样温暖"①。而姨妈希薇回家后，由于多年形成的流浪习惯，她开始带领一家人在黑暗中吃晚餐："当窗子完全蓝下来时，希薇会唤我们进厨房。露西儿和我在桌子的两边彼此对坐，而希薇就坐在桌子的尾端。她面对的那一扇窗，就像水族箱的玻璃那样闪着冷光，又像箱里的水那样流动易变。"② 希薇的这种管家方式自然会招致小镇上的非议。面对逐渐远离的主流社会，两姐妹做出了不同的选择：露西儿开始拒绝和姨妈、姐姐一起在黑暗中吃晚饭，"她坚持晚餐时间要点灯。她找出三套瓷器，开始要求要吃肉和蔬菜。"③ 直到最终她离开家，"穿过黑暗徘徊到她（家政老师，笔者注）家。"④ 露西儿选择了"灯火通明的房屋"，选择回归正常的家庭生活，并将"一直以满腔正义感的愤怒守在那里，将房子保持得又干净又明亮"⑤。而希薇和茹丝则选择继续在黑暗中前行，寻找心中及天上的光明。"灯火通明的房屋"是个发人深省的比喻。罗宾逊引导读者思考：世人焉知这世上的光是不是神的光？也许世界仍在大洪水中而不自知，也许像她们一样追寻内心的精神家园才能真正得到救赎。

光在《圣经》中也喻指上帝，"神就是光，那光是真光，照后一切生在世上的人。"（《约翰福音》1：9）《基列》中埃姆斯的祖父这一形象也是基督之光的化身。祖父年轻时曾梦见上帝向他呼救。他认为这个神启是一种喻示，上帝将自己化身为被缚的黑人，召唤信徒投入黑人解放运动。《圣经》中的耶稣基督因为坚持信仰被世人嘲笑、挖苦，后来又惨遭罗马人的迫害。老埃姆斯这位

---

① 玛丽莲·罗宾逊：《管家》，第 60 页。
② 同上书，第 130 页。
③ 同上书，第 151 页。
④ 同上书，第 200 页。
⑤ 同上书，第 302 页。

基列镇的"耶稣"也不被人理解。他为了心中"解放被缚的耶稣"这一信念参战成为随军牧师，他穿着血衣布道的形象恰如基督为人类赎罪而被钉十字架的化身。祖父过世后，父亲带着埃姆斯去堪萨斯上坟。当父子二人自比为献祭的亚拉伯罕和以撒时，祖父也就自然成了上帝的喻指。在《圣经》中，亚拉伯罕为了表明对上帝的忠心而将儿子以撒献于上帝，这也暗示了埃姆斯将继承祖父的牧师职业，被献祭于上帝。在祖父坟前，埃姆斯经历了日月同辉这一人生第一次异象：

> 后来我意识到，那是一轮冉冉升起的圆月，宛如云霞中的落日。那一刻，太阳和月亮都伫立在地平线上，它们之间是壮丽无比的光芒。那光芒你仿佛能触摸得到。那触摸得到的光芒正来回流动，或者犹如一缕缕光束紧紧地绷在太阳和月亮之间①。

日月同辉的奇观是小说中一个反复提及的重要场景，埃姆斯一生都在努力理解这个来自上帝的启示。堪培尔认为，埃姆斯和父亲远赴堪萨斯，体现了父子二人与祖父在关于种族和信仰问题上的和解。在比喻层面上看，白人和黑人之间的分歧如同日月有别、明暗相殊，然而总有一天在上帝面前，二者会融合在一起，带来一种和解的光明②。

埃姆斯幼年时就已经把祖父和上帝相联系，认为这一奇观是"长眠中的祖父以某种方式表现出他的荣耀"③。在埃姆斯漫长的牧

---

① 玛丽莲·罗宾逊：《基列家书》，第14页。
② Steele Peterson Campbell, *Light within light*: *The Possibilities of Grace in Marilynne Robinson's Gilead and Home*, M. A. Thesis, Auburn: Alabama, 2010, p. 17.
③ 玛丽莲·罗宾逊：《基列家书》，第53页。

师生涯中，他对种族问题并没有过多关注，对黑人教堂被毁、电视上的民权运动也并没有做出任何积极的反应。然而在他暮年撰写回忆录时想起祖父的故事，又看到被自己鄙夷的教子杰克为争取跨种族婚姻得到认可做出的种种努力后，埃姆斯对种族问题的看法得到彻底改变。他开始为基列的堕落而忏悔，也为家乡的明天而祈祷。幼年时的记忆又出现在脑海里："我祖父的坟墓融入阳光之中，那块小小的墓地杂草丛生，滴滴露珠映照出太阳的辉煌。"① 种族平等的光芒化为太阳的光辉，照亮了上帝的花园："你在伊甸园，上帝的花园；每一块宝石都是你的披挂，肉红玉髓、黄宝石、钻石。"② 埃姆斯一生都在为之努力地侍奉上帝的事业，在暮年时又增加了种族的维度，使他对上帝、对自己的新教信仰有了更充分的认识。小说的结尾也是一个乐观的暗喻。埃姆斯乐观地预测：随着基列小镇走出了狭隘的过去、走向了启示的新千年，整个国家也必将得到救赎，他的小儿子也将生活在一个更美好的时代。

三　火

火也是罗宾逊小说中经常出现的《圣经》意象。《圣经》中的火有两种：一种是圣灵的火，是有洁净和焚烧的功效、能带来温暖和荣耀的火。施洗约翰预言耶稣基督的到来时说道："我是用水给你们施洗，叫你们悔改。但那在我以后来的，能力比我更大，我就是给他提鞋，也不配。他要用圣灵与火给你们施洗。"（《马太福音》3：11）《出埃及记》中也有将上帝的荣耀比作烈火的记载："耶和华的荣耀在山顶上，在以色列人眼前，形状如烈火。"（24：17）《圣经》中对火的另外一种呈现是硫黄之火，代表神的愤怒和

---

① 玛丽莲·罗宾逊：《基列家书》，第 233 页。
② 同上书，第 267 页。

审判。《路加福音》中记载:"到罗得出所多玛的那日,就有火与硫黄从天上降下来,把他们全灭了。"(17:29)《启示录》里提到的"烧着硫磺的火湖"(19:20)更象征万劫不复的地狱之火。

罗宾逊的小说对火在《圣经》中这两种相悖的喻意都有借用。火既是净化灵魂之圣火,带来希望和温暖;也是上帝对人类的审判和不满。在《基列》中,祖父的教堂里挂着一幅刺绣,团团火焰环绕着一行字:"我主上帝是净化我们的火。"① 这是祖父心中废除种族制度的信仰之火,也喻指了祖父希望通过以武装斗争的激烈方式来达成目标的做法。《基列》中讲述的两场教堂火灾也带有惩罚、训诫的含义。内战后基列镇日趋保守,黑人教堂被人恶意纵火,最后的几户黑人也搬离了小镇。而埃姆斯并没有认识到"焚烧黑人教堂是基列居民的错误选择,是对上帝信仰的玷污"②。小说中描写的白人教堂遭受雷击而着火的情节喻示了来自神的惩罚。埃姆斯详细描述了教众灭火的场景,混乱的场面犹如基列镇在接受末日的审判:

> ——雨水落在篝火的余烬上,团团蒸汽升腾而起。大雨瓢泼,妇女们一边照料东西,一边高唱《十字架永存歌》。她们脚步轻轻,仿佛合着圣歌的节拍起舞。那年月,成年妇女不能让人看到自己披头散发的样子,可是那天,就连年事已高的老太太也像女学生一样长发披肩。那场面既让人快乐又让人辛酸③。

---

① 玛丽莲·罗宾逊:《基列家书》,第109页。
② Lisa Siefker Bailey, "Fraught with Fire: Race and Theology in Marilynne Robinson's *Gilead*", *Christianity and Literature*, Vol. 59, No. 2, 2010, p. 269.
③ 玛丽莲·罗宾逊:《基列家书》,第106页。

虔诚的教众们并没有将黑人教堂被烧和白人教堂遭受雷击着火两件事情联系起来，他们冷漠对待黑人教堂失火事件。失去教堂后，镇上的黑人牧师只能离开基列，而拯救失火的白人教堂却成了镇上教众的狂欢。这一鲜明对比也体现了《圣经》中火代表上帝的愤怒和惩戒的寓意。

罗宾逊小说中的火也具有"净化、温暖"的正面含义。在《管家》中，指骨镇民众眼中希薇和茹丝"放火烧掉的房子"是神对她们离经叛道的惩罚，但对她们自身而言，这火则是走向新生、寻找光明的象征：

> 我想到身后的房子，整个烧成了火，火焰在自己猛烈的风里跳跃旋转。想象房子的精灵挣脱了所有的窗户，打开所有的门，全部的邻居都目瞪口呆看着它以君临的畅快打破自己的墓，捣毁它的坟。——房子的灵魂一身清白地逃走，而整个指骨镇都前来，惊奇地看着冒着浓烟的地方只剩下残余的地基[1]。

在罗宾逊笔下，房屋也像人一样既有具象也有灵魂。烧掉有形的房屋也就是摆脱了尘世的束缚，随后灵魂才可以被释放逃走寻找自己的心灵家园。在这一场景中，对火这一意象的反讽式运用既新奇又意义深远，表达了作家通过文学实现宗教人文救赎的愿望。

火的温暖与荣耀的寓意在《家园》和《莱拉》中反复出现。在《家园》中，格罗瑞经常生起炉火烹制美食，为全家带来温暖。面对垂危的父亲，"她一听到他有响动，就开始备好咖啡壶和煎饼锅，然后她走进他的房间，伺候他起床"[2]；她也知道离家很久的杰

---

① 玛丽莲·罗宾逊：《基列家书》，第 295 页。
② 玛丽莲·罗宾逊：《家园》，第 70 页。

克最喜欢烙饼,"她要经常做烙饼"①。在这个冷清的家庭中,格罗瑞(Glory,荣耀)就像她的名字一样,为家人带来火一样的温暖,是这个家中上帝荣耀的显现。

在《莱拉》中,从小孤苦的莱拉随着朵儿过着流浪的生活。她们随身背着一大袋燕麦和蒸锅,"每天晚上,朵儿生起火"②,她们会捕捉野兔或者找到一窝鸟蛋作为晚餐。这种艰辛的生活也使她格外珍惜与埃姆斯的婚姻所带来的安定和平,"我在这儿,我有火和晚餐。肥腻的老母鸡闻起来有一种繁荣的味道。这想法让她愉快。"③炉火喻指家庭的温暖,它为小说中那些挣扎的灵魂带来安宁和希望。

罗宾逊通过自己的艺术想象,在她的小说中多层次、多角度地诠释了火这一《圣经》意象,它可以是光明,也可以是毁灭。罗宾逊对于火的矛盾所指进行了全面的阐释,也使小说的宗教内涵得到了深刻丰富的展示。

总之,本节探讨了罗宾逊作品中使用的《圣经》隐喻。综上分析得出,罗宾逊作品中呈现的《圣经》意象绝非故弄玄虚,而是作家将其作为一种对比原则和批判标准来为作品的主题和人文主题服务。《圣经》隐喻意象所特有的约定性语义联想拓宽了小说的神圣语义维度,极大地丰富了作品的内涵,体现了作家对《圣经》文学传统的继承和发展,同时也折射出她浓厚的人文主义宗教思想。读者在阅读过程中自然地将小说中的人物、环境与《圣经》相比照,对小说的认识也就更进一步,并可以从中获得超越凡俗的审美体验和宗教哲思。正如作家本人所言,她的文学创作就是她对宗教隐喻

---

① 玛丽莲·罗宾逊:《家园》,第 70 页。
② Marilynne Robinson, *Lila*, New York: Farrar, Straus and Giroux, 2014, p. 14.
③ Ibid, p. 55.

和神学哲思的实践。对罗宾逊来讲，隐喻是一种思维方式和认知手段，是生活观察者对现实的再创造，是万物通过语言与我们的交流，是上帝按照人类能够理喻的方式所传达的灵性真理。这意味着不管人类语言如何远离神的初衷，它仍然是进抵神启的通道。读者在阅读时也不应该执著于语言本身，而是应该透过语言的隐喻完成自身的终极体验与感悟。

第五章

基督教女性主义神学
视域下的女性人物

　　基督教女性主义神学产生于 20 世纪 60 年代西方女权运动第二次浪潮（the Second Wave of Feminism）时期，是源自基督教内部的女性对自身处境的神学反思。西方女性主义神学是世俗女权运动和基督教神学结合的产物，既丰富了教会内部对基督教神学教义的理解，又推动了女性解放运动的多元化发展。

　　20 世纪 70 年代是基督教女性主义神学蓬勃发展的时期。在这一时期，女性主义神学家开始对男性在《圣经》阐释上掌握话语权威、在教会构成中占据主导地位的现实表示不满，并对女性信徒长期遭受歧视、被排除在教会权力阶层之外的情况提出质疑和批判，进而开展了一系列的相关宗教改革运动。她们反对《圣经》上帝造人神话中的菲勒斯中心主义，提出宗教上"女性经验"的重要意义，即女性必须按照女性特有的性别经验对《圣经》进行女性视角阐释。女性神学家号召女性教众争取在宗教机构中与男性同等的权力地位、进而全方位恢复女性在神学教义和信仰生活中的完全尊严。罗宾逊在此背景下创作的《管家》塑造了茹丝、希薇、女流浪者群体等带有鲜明的基督教女性主义神学抗争特色的人物谱系，体现了女性主义神学对作家产生的潜移默化的影响。

自 20 世纪八九十年代起，女性主义神学与后殖民运动、第三次女权主义浪潮、生态研究等后学理论一起进入反思时期，开始从宗教视角重新考量性别角色、种族关系、阶级关系、人与自然和上帝的关系等议题，对基督教神学体系中的上帝观、基督论、救赎论等进行重构。罗宾逊在 21 世纪初期创作的《基列》和《家园》《莱拉》也体现了作家对性别、文学和神学的新的认识和思考。

第一节　落跑夏娃：女性的新出路

一　美国文学中的"亚当—夏娃原型"

"亚当—夏娃原型"是贯穿美国文学史的基督教原型人物。"美国亚当"是美国文学中一个喜闻乐见的主题。来自欧洲的清教徒认定自己受到上帝的拣选，是开拓新世界的亚当。他们不畏艰辛，立志把荒野建成乐园的美国神话早已经融入美国人的血脉，成为美国作家创作的集体无意识表达。在《美国亚当》（*The American Adam*）中，理查德·沃灵顿·鲍德温·刘易斯（Richard Warrington Baldwin Lewis）这样定义这位神话了的美国英雄："美国人是从人类历史中彻底解放出的民族，是一个新的亚当。他奇迹般地抛弃了家族和种族的束缚——是带着天真、愉悦和好奇开始新冒险的英雄。"[1] 从刘易斯的描述来看，"美国亚当"既可以是体现独立、自强等民族精神的富兰克林、爱默生和惠特曼，也可以是拒绝文明驯化、回归自然和精神伊甸园的纳蒂·邦波（Natty Bumppo）、哈克贝里·芬（Huckleberry Finn）、麦田守望者霍顿（Holden）和"兔

---

① Richard Warrington Baldwin Lewis, *The American Adam*, Chicago: Chicago University Press, 1955, p. 41.

子"哈利·安斯特罗姆(Harry Angstrom)①。美国文学史上出现的这一系列文明社会的逃离者形象体现了美国基督教新教道德理想和务实心态的矛盾共存。在美国社会从荒野到文明的发展过程中,美国作家面对人类对自然的无情破坏和现代文明对纯朴人性的侵蚀,他们的道德良心、正义感和责任感受到触动,并通过笔下的文学人物进行了深刻反省。然而,无一例外的是美国经典作家所塑造的"美国亚当"都是单一性别的男性人物;女性则总是以代表家庭和社会文明的束缚者的形象出现。"美国亚当"不得不与令人窒息的文明世界和腐败的社会环境相抗争:他们总是试图摆脱家庭和妇女的束缚,冲出文明社会的藩篱;在经历了独立自主的"自然人"与平庸无奇的"社会人"的激烈冲突后,"美国亚当"才能完成自我成长和自我赋权。"逃离"反映了美国男性英雄们在美国文明发展形成过程中对物质文明的质疑和对精神家园的追寻。虽然不同文学作品中的男性英雄"逃离"的方式各异,但他们都体现了"美国亚当"这一源于基督教文化的美国英雄对自由的热爱与渴求。他们所表现出的对回归自然的向往和对现代文明的逃离是美国的一个本质神话。

美国文学中代表女性形象的夏娃原型则经历了更为复杂的变化。很多美国小说家内心深处受到久已形成的传统女性形象范式的影响,他们塑造的大部分女性形象仍然没有摆脱人类始祖夏娃的原型印象。美国文学历史上传统的女性观呈现一种尊重与歧视并存的矛盾对立状态。从早期代表欲望、软弱、导致亚当堕落的罪人形象到后期女性文学创作和女权主义者塑造的刚强独立、敢于向命运发

---

① 以上人物分别出自詹姆斯·费尼莫尔·库柏(James Fenimore Cooper)的《皮袜子故事集》、马克·吐温(Mark Twain)的《哈克贝里·芬历险记》、杰罗姆·大卫·塞林格(Jerome David Salinger)的《麦田里的守望者》和约翰·厄普代克(John Updike)的《兔子三部曲》。这些人物都是美国文学史上的经典男性形象。

起挑战、争取男女平等的新女性形象，美国夏娃始终在主流社会的
语境内外徘徊：要么是原罪的象征、家庭牢笼的牺牲品，如《红
字》中的赫斯特·白兰（Hester Prynne）和《黄色糊墙纸》中的
"我"；要么是摆脱家庭桎梏，走向社会，与男性争取同等权利的抗
争者，如《小妇人》中的乔（Joe）和薇拉·凯瑟笔下的安东尼亚
（Antonia）。按照这种划分，妇女的生活依然仅限于一个二元对立
的选择：要么在女性主宰的家庭世界里或自我牺牲或奋起抗争，要
么是走出家庭、进入男性统治的公共生活，似乎只有这两种选择才
是女性实现自身价值的途径。

　　在西蒙·波伏娃（Simone de Beauvoir）提出"第二性"（Sec-
ond Sex）的概念和贝蒂·弗里丹（Betty Friedan）对"女性奥秘"
（Feminine Mystique）① 加以阐述后，"家"更多意味的是家庭生活
责任和对个体发展的限制。女性主义作家的文学书写也将矛头集中
对准了将女性限于家庭生活的传统社会文化观念。在她们的阐释
下，家不再是温暖的圣殿，而是束缚自由的牢笼。女性只有走出家
庭、进入男权社会才能完成自我发现和独立自由。由于后现代社会
自然与文明的矛盾加剧，文明又由女性执着离开的私人领域的家庭

----

　　①　波伏娃在代表作《第二性》中指出，只有当女性对自身的意识发生根本的改
变，才有可能真正实现男女平等。这种性别社会建构论奠定了女性主义运动的基础。
她提出女性获得经济独立的必要性，也强调只有女性经济地位变化才能带来精神的、
社会的、文化的各种变化。《第二性》被誉为有史以来讨论女性的最健全、最理智、
最充满智慧的一本书，甚至被尊为西方妇女运动的"圣经"。波伏瓦由此被称为第二
波女性主义运动的"精神母亲"。贝蒂·弗里丹是 20 世纪美国女性主义代表人物之
一。《女性的奥秘》是贝蒂·弗里丹在 1960 年写的一部纪实性著作，被誉为"永久
改写了美国等国家的社会结构"。该书揭露了 20 世纪 60 年代笼罩在"幸福家庭主
妇"假象下的美国妇女的无名痛苦，号召广大妇女勇敢挑战传统性别角色，积极争取
平等的妇女权利。该书点燃了美国第二次女权运动，被视为 20 世纪最有影响力的书
籍之一。弗里丹的思想为广大美国女性走入公共空间提供了理论基础，为实现两性权
利平等做出了巨大的贡献。

生活和渴望进入的公共领域的社会生活共同组成，因而女性不论如何选择都站在了自然的对立面。"当男性英雄在边疆'自由自在地漫游'时，他的女性同伴（恋人、姐妹、女儿、女学究或妻子）仍然困在城镇，安然置身家中，她本身就是稳定性和文明制约的化身。"① 女性之罪是自我之发展不全或否定。"女性的罪性是疏远自己、疏远上帝，她们从来就不可能成为自己。她们不再承担'我在'的风险，她们隐藏在一个群体之内，闷死在一个关系当中，消失在某种团契里。"② 美国文学传统中男性人物的另一个选择——逃离文明，回归自然——是否也可以成为女性的选择这一话题至今鲜有作家关注。只有男性才能逃离文明的桎梏，也就是说在美国文学讴歌的美国英雄亚当的逃离文明、回归自然的模式中似乎并没有夏娃的位置。美国亚当并没有携手夏娃一起开创新的伊甸园，而是将她留在了文明社会。

罗宾逊所塑造的茹丝这一文学形象为女性发展提供了新的可能。伊莱恩·肖沃尔特指出："《管家》为美国夏娃们提供了一条新出路，她们逃离家庭的束缚，像美国男作家们所写的亚当一样，回归自然，拒绝被社会化。"③ 罗宾逊为 20 世纪文学图谱提供了茹丝这样一个新的"落跑夏娃"形象：为了维护自身的完整性，茹丝在她的成长领路人——姨妈希薇的带领下，经历了心灵成长过程，最终如同她的男性伙伴亚当一样离家走向荒野，重返自然。罗宾逊超越了真实生活和文学传统的域限，描绘了处于社会边缘的女性形象，她将流浪重新定义为一种解放和永恒，一种对社会赋予的女性

① Martha Ravits, p. 648.

② ［德］E. M. 温德尔：《女性主义神学景观》，刁承俊译，生活·读书·新知三联书店 1995 年版，第 163 页。

③ Elaine Showalter, *A Jury of Her Peers: American Women Writers from Anne Bradstreet to Annie Proulx*, New York: Vintage, 2010, p. 474.

形象和责任的摒弃。

二　姐妹的选择

在人性的复杂组成中，社会性只是一部分，自然性也是不可或缺的元素。按照女性主义生态神学的解读路径，女性回归自然、"逃离"文明社会、成为亚当式的"社会局外人"是对基督教文化中男性辖制女性、人类辖制自然理念的批判，是女性对以上"双重辖制"的背叛和反抗。《圣经》或者基督教教义本身是缄默的，它的本质和要义依赖于人们如何去解释。同样，宗教的力量和影响在很大程度上取决于人们对教义的解释和阐发，因而这和谁掌握了话语权力，站在什么样的立场和角度上就有了相当大的关系。女性主义者同样可以利用它，使它朝着有利于人类和谐的方向发展，使它对西方社会的意识形态作用不再朝着性别歧视的方向倾斜。在《管家》中，罗宾逊通过描写茹丝与露西儿两姐妹的生活经历和心灵成长，对女性与生俱来的自然性和文明教化的社会性之间的冲突进行了深入的探讨。通过描写茹丝如何在姨妈希薇的带领下追随内心的声音踏上流浪之路，罗宾逊艺术地再现了女性主义神学反抗双重辖治的重要主题。

茹丝和露西儿的成长历程是小说的重要主题。茹丝的成长是男性亚当"天真—迷茫—领悟—逃离"过程的女性呈现；露西儿则和茹丝形成鲜明的对照，是女性内化父权思想的典型人物，也是传统意义上回归家庭的女性形象的代表。她们的人生选择也是罗宾逊对当代女性出路的探讨。

在小说前半部分，茹丝和妹妹露西儿年幼时先后被父亲、母亲、外婆、姨婆所离弃，姐妹两人相依为命，形影不离，二人的自我认同高度一致："当我回想起来，我可以毫不犹豫地把露西儿和我自己几乎当成一个人来看待。"① 被母亲遗弃的经历给姐妹两人造成了严重的心灵创伤:茹丝在小说开头讲述的一长串抚养者名单中并没有母亲的名字;母亲自杀这一本应在孩子心中刻骨铭心的事件在茹丝的讲述中显得平静甚至冷漠:

> 她把我们的行李放在沙门的玄关里,这里养了一只猫,还放着一台稳重的洗衣机,然后她叫我们乖乖等。接着她回车上,向北直开快到泰勒的小镇,在这里她驾驶贝尼丝的福特,从一座叫威士忌石的悬崖顶端,航向湖最黑暗的深渊②。

多萝丝·丁内斯坦(Dorothy Dinnerstein)认为,与母亲的统一性被打破是人类"最原初和基本的悲哀",人类个体与母亲的联系是人类生活的原型,"害怕与母亲分离和因为分离而产生的痛苦就是人类生活的痛苦和对死亡的恐惧的原型"③。女孩子在成长期被"坏母亲"虐待,会引发自身深重的有罪感。按照这种说法,海伦无疑是"最坏的母亲",她对女儿最大的虐待就是遗弃。母爱的匮乏让两个女儿缺失了稳定、持续的家庭教化。按照女性主义神学的阐释,对女性而言,"做母亲不是上帝的惩罚而是上帝赋予的特权"④。母亲的在场在《圣经》中多体现为"母亲的家"(mothers' house)这一意象⑤,母

---

① 玛丽莲·罗宾逊:《管家》,第 147 页。

② 同上书,第 42 页。

③ 转引自 Martha Ravits, p. 648。

④ Leila Leah Bronner, *Stories of Biblical Mothers*:*Maternal Power in the Hebrew Bible*, Dallas:University Press of America, Inc. , 2004, p. 3.

⑤ Leila Leah Bronner 发现 mother's house 出现在《创世记》24:28、24:67,《路得记》1:8,《雅歌》3:4、8:2 等几处,所描绘的都是女性的幸福生活。参见 Bronner, *Stories of Biblical Mothers*:*Maternal Power in the Hebrew Bible*, Dallas:University Press of America, Inc. , 2004, pp. 67 – 77.

亲是女性在成长初期安全的保障和青春期性别建构的镜像。当代女权主义理论家贝尔·胡克斯（bell hooks）也认为："女性抚养孩子是重要而有价值的工作，社会中的每个人都应该这样认为，包括女权主义者。它应该在重新努力思考母亲职责本质的女权主义范围内得到应有的承认、赞扬和庆祝。"① 海伦以自杀的方式拒绝完成抚养孩子的职责，使得两个女儿在成长中失去了安全保障和性别建构的镜像，在她们的记忆中成为那个"湖底冰冻住的女人"。

失去了母亲这一性别镜像，茹丝和露西儿在成长过程中对性别自我的确立感到彷徨和迷茫。同时，母亲的不在场又使得她们可以自主塑造心中的母亲形象，而不是被动地接受真实的母亲。两姐妹开始根据各自的心理期待重塑母亲的形象，"我们的意见越来越分歧，甚至还为了她到底是怎样的人争执不休"：

> 露西儿的母亲有条不紊，精力充沛，通情达理，是个死于意外的寡妇（我无从所知，她也难以证明）。我的母亲管辖着一个如此严厉要求简单的生活，划定界限，她对生活的任何要求毫不在乎。她以一种沉静的冷漠照料着我们，那样的冷漠让我觉得她一向宁可过得孤独——她遗弃人，而非被人遗弃。②

露西儿心中的母亲是传统父权社会的理想母亲形象，而茹丝心中的母亲则是执着于追求自我内心世界的孤独的主体存在。如同史林格（Trites Roberta Seelinger）所说，"寻母成为一种隐喻，是她

---

① [美] 贝尔·胡克斯：《女权主义理论：从边缘到中心》，晓征、平林译，江苏人民出版社 2001 年版，第 157 页。

② 玛丽莲·罗宾逊：《管家》，第 160—161 页。

们对抗遗弃、寻找个人身份的隐喻。"①《管家》中的寻母隐喻也契合了"美国亚当"寻找精神上的父亲、重返伊甸的精神寓言。在这个追寻的过程中,既有背弃与逃离的痛苦,也有理解与认同的和谐。母亲自杀这一事件使茹丝在成长过程中不得不独自面对孤独,并在孤独中审视自我、超越自我。随着茹丝人生观的不断调整,她开始认识到母亲作为一个独立个体,有权选择自己的生活方式,因而她最终达成了与母亲的精神和解。茹丝追寻心中的信仰,执着寻找属于自己的精神家园,并最终彻底改变了自己的他者身份,获得了真正的主体性,实现了自我定义与自我完善。露西儿则选择放弃家人,回归文明社会。随着自我的逐步社会化和常规化,她丧失了内心亲近自然、聆听心灵诉求的能力,与自然的疏离和与亲人的分散使她内心被失落感充盈。在茹丝的想象中,成年后的露西儿"洁癖得过火,跟荒废房子的自然力搏斗"②。她不原谅茹丝和姨妈的出走,也无法达成对生活的自我和解,"以满腔正义感的愤怒守在那里"③;然而在露西儿的内心深处,她又仍然在等待亲人的回来:"她认为她听到有人走在人行道上,而赶紧去开门,急到没办法等有人按门铃"④。露西儿和茹丝表面上的中心(家庭主妇)和边缘(流浪者)的社会地位在她们心中以矛盾的形式一直存在。

得知希薇将要来照顾她们的消息,姐妹两人将对母亲的期待投射到这位姨妈身上:因为她是母亲的妹妹,她们期待她的到来,希望她能扮演母亲的角色,使她们结束被人代管的生活。"她跟我们

---

① Roberta Seelinger, Trites, *Waking Sleeping Beauty*: *Feminist Voices in Children's Novels*, Iowa City: Iowa University Press, 1997, p. 108.

② 玛丽莲·罗宾逊:《管家》,第 303 页。

③ 同上书,第 302 页。

④ 同上。

母亲年纪差不多，我们可能会因为她俩面貌的神似而吃惊。"① 茹丝感到跟希薇在一起很开心，也逐渐接受了希薇旅居者的生活方式，"希薇开始模糊了我对母亲的记忆，然后取而代之"②；而露西儿则不满希薇的管家方式，她"憎恨任何和四处漂泊有关的一切"③，"指责我竟然利用我们母亲企图替希薇辩护"④。露西儿先是假想希薇的行径是因为失去了丈夫而显得有些反常，因而她主动充当"希薇和那些一本正经、不断对我们的生活做价值判断的仲裁者之间的调停人"⑤，之后她对姐姐被姨妈同化感到极度愤怒而离家出走，最终被镇上家政老师收养而彻底融入小镇的"正常生活"。茹丝又一次经历了被亲人抛弃，"从那天晚上起我就没有妹妹了"⑥。而露西儿迫不及待投入文明社会的行为则表明：失去了作为主体的怀疑和思考能力的女性仍然只能成为主流文化中的被动客体。

当妹妹开始裁剪衣服、和镇上的女孩子交往、越来越向文明社会的美德女性靠拢时，茹丝悲哀地发现："就在露西儿成为一个小女人的同时，我成了一个特大号的小孩子。"⑦ 露西儿坚持"要改善自己，从现在开始"，而茹丝则"不在乎自己穿什么，一身皮囊自由自在，没改善，也没改善的指望"⑧。妹妹在精神上的成长与离弃使茹丝陷入迷茫：如果拒绝进入父权意识形态辖制的文明社会，她的出路又在哪里？

---

① 玛丽莲·罗宾逊：《管家》，第 69 页。
② 同上书，第 86 页。
③ 同上书，第 153 页。
④ 同上书，第 162 页。
⑤ 同上书，第 154 页。
⑥ 同上书，第 200 页。
⑦ 同上书，第 145 页。
⑧ 同上书，第 178 页。

我以为露西儿会永远催促着我，逼迫我，劝诱我，好像她可以提供我所缺乏的动机，让我一变拥有优雅的外貌，悄悄穿过开阔的疆界进入另外一个世界，一个我认为我决不可能想去的世界。因为我觉得在那里没有我已经失去的，或可能遗失的，会被寻获的一切；或者，换句话说，我觉得在希薇的房子里，有我已经失去、很可能找到的某些东西。①

在此，茹丝陷入了典型的"美国亚当"式的选择困境：面对文明与自然的碰撞，物欲对人性的异化，"美国亚当"一步步逃离，退守自己的精神家园。他们的逃离虽然因自身所处的具体时代而表现不同，但都体现了对自由的热爱与渴求。典型的"美国亚当"式成长小说通常是直线结构：以童年为起点，不断发展变化至成人阶段摆脱羁绊获得自由以面向未来，例如哈克·芬的逃离是在赛莉阿姨提供的体面、规矩的优越生活和漫游西部的自由生活之间做出的决定："不过我寻思：到领地去，我得比他们两个先走一步，因为赛莉姨妈要认我作干儿子，教我做人的规矩，我受不了这个。我已经受过一回啦。"② 罗宾逊塑造的茹丝则女性化呈现了这一成长故事：她的成长中既有生活冒险，又有精神上的选择困境，"迷茫—越界"这一主线推动着情节的发展。如同她的男性伙伴一样，茹丝也必须在两个世界之间做出选择：追随露西儿进入一个自己内心并不认同的文明社会？还是回到希薇身旁，寻找"已经失落、很可能找到"③ 的精神家园？

---

① 玛丽莲·罗宾逊：《管家》，第178—179页。
② ［美］马克·吐温：《哈克贝利·费恩历险记》，成时译，人民文学出版社1998年版，第381页。
③ 玛丽莲·罗宾逊：《管家》，第179页。

三　成长引路人

面对茹丝的困惑，姨妈希薇承担了成长引路人的角色。在从报纸上看到母亲的讣告后，希薇决定回家照顾姐姐海伦留下的两个女儿——茹丝和露西儿。小说并没有渲染希薇过往的流浪生活，更增添了希薇这个人物的神秘色彩。两姐妹只能从姨妈的一些日常话语和生活习惯上判断她虽然结过婚，却已经单身流浪多年。希薇把流浪者的生活习惯带回家：她穿着捡来的雨衣，喜欢在黑暗中吃饭，在公园的长椅上睡觉。面对指骨镇上人们对她管家方式的不满，她"以一个怀了身孕的处女那种安详的淑静，隐忍我们所有人对她的目光，她的快乐一目了然"[①]。

在《圣经》中，"怀了身孕的处女"指的是圣母玛利亚。西方文学传统中的圣母原型是"童贞女"和"母亲"这两类女性整合成的刻板女性形象。她贞洁顺从、庇护家人、完全认同男性价值体系。这一传统的玛利亚形象遭到了当代女性主义神学家的强烈抨击和颠覆。鲁塞尔在其专著《玛利亚：教会的女性形象》（*Mary, the Feminine Face of the Church*）中谈到，传统的玛利亚形象对女性主义神学的解放意义甚微。鲁塞尔进一步调查得出，按照《新约·路加福音》所记载，玛利亚积极参与了上帝的道成肉身，并宣布灵魂在上帝里的解放："我灵以神我的救主为乐。"（《路加福音》1：47）"玛利亚自愿接受了圣灵的降临，默念耶稣长大后所行的神迹。按照路加的记载，玛利亚不再仅仅是历史记载的耶稣之母，而是协助上帝完成人类救赎的独立个体。"[②]

《管家》中希薇这一人物也是罗宾逊对玛利亚形象的改写再造。

---

① 玛丽莲·罗宾逊：《管家》，第81页。

② Rosemary Radford Ruether, *Mary, the Feminine Face of the Church*, Philadelphia: The Westminster Press, 1977, p. 33.

玛利亚和希薇有很多共同之处:她们都是文明社会的局外人;玛利亚未婚受孕倍受外界质疑,希薇也因为管家方式与传统社会规范相违而受到小镇上的各种责难。然而如同玛利亚无视所有非议、以温和宁静的方式引领耶稣成长一样,希薇也以代母的身份,安详平和地带领茹丝完成精神上的成长之旅。罗宾逊认为,希薇是文明社会的旁观者,她的个人经历表明人性充满各种可能,世界可以通过各种角度来理解。"如卢梭所言,人生而自由,枷锁却也无处不在。从希伯来先知以来,'旁观者'就扮演了打开或放松枷锁之人的角色。"[1] 希薇打开了茹丝的心灵之门,引领她走向自我发现的旅程。

希薇讲述的那些生活在主流社会之外的特立独行的女性流浪者的故事使茹丝看到了自己狭小生活范围内少见的女性生活方式:独自养活六个孩子的独臂女钢琴教师、巴士上叨念着失去了孩子抚养权的老妇人、和希薇一起在郊外木工厂的松木板上吃热狗、唱歌、看日出的爱玛、希薇旅途偶遇的一个偷搭火车去看望死刑犯表哥的妇女等。这些孤独的女性流浪者的故事拒绝了读者对女性叙事的惯性期待,为茹丝提供了不同的女性经验和女性榜样。那位因为无法忍受孤独而嫁给了一个瘸腿老男人的女人,五年里生了四个孩子,然而这些都无济于事,她仍然感到孤独,这也表明"传统的女性角色(妻子/母亲)无法让所有女性感到满足"[2]。茹丝开始了解到,在闭塞的小镇生活之外,女性还可以有很多不同于传统的生活方式。

当茹丝面对众多选择而感到彷徨时,希薇带领茹丝"林中过夜"的经历使她彻底完成了精神上的解放和自由,完成了"落跑夏娃"从父系社会到母系社会再到回归自然的逐步撤退。追随精神领

---

① Marilynne Robinson, *When I Was a Child I Read Books*, p. 92.

② Maureen Ryan, "Marilynne Robinson's *Housekeeping*: The Subversive Narrative and the New American Eve", *South Atlantic Review*, Vol. 56, No. 1, 1991, p. 84.

路人走向旷野是美国男性亚当故事中常见的情节：瑞普·凡·温克尔（Rip Van Winkle）在一位扛着酒桶的老者指引下进入森林深处；吉姆（Jim）和哈克·芬在密西西比河上的漂流坚定了哈克·芬到西部印第安人那里去的决心；圣地亚哥（Santiago）通过海上捕鱼历险教给了小男孩马洛林（Manolin）"重压下的优雅"（grace under pressure）。这一"引领—醒悟"模式在《管家》中也得到了带有女性特色的文学呈现。为了安慰被露西儿抛弃的茹丝、帮助她找到真正的自我，希薇带领茹丝划着湖边一艘废弃的小船到了湖心那片荒野般的小岛上，并告诉茹丝那里是一个被人遗忘的世界，人们住在"塌陷到地窖洞穴里的房子中，小孩子随意在岛上游荡"①。在带领茹丝进入山谷后，希薇就刻意消失，留下茹丝独自面对这个陌生的世界，让她自己与孤独达成和解，因为"孤独是种绝对的新发现"②。茹丝通过凝望湖面，凝望灯火通明的房间，在自己的想象中将灵魂"赶出这身血肉，让它们撬开我这身躯壳"；母亲在她心中变成一首歌，"摆脱了一切感官，但未曾逝去"③。在这段极具超验主义色彩的描述中，茹丝将孤独变成自己深化感知的现实手段，完成了自我和母亲的和解，开始踏上了寻找自我的道路。

　　从哲学的角度来讲，孤独并非仅仅指幽居独处的孤寂；孤独是与自由联系在一起的，是自由意志的选择，强调的是反省、超越和自主意识，是人类个体成为自我和回归自我的必要条件。孤独是成长的必备条件；孤独感引发人两种基本的心理需求：一是人的归属感，二是存在的焦虑。"美国亚当"在回归自然的旅程中留给文明世界那个孤独的背影正是文学家着力赞赏的个人主义力量的体现。这种置身大自然中、享受孤独的场景也似曾相识：梭罗在瓦尔登湖

---

①　玛丽莲·罗宾逊：《管家》，第 212 页。
②　同上书，第 222 页。
③　同上书，第 225 页。

畔冥想、弗罗斯特面对眼前的两条道路时刻意选择了荒芜之路。罗宾逊认为,孤独是一种追求精神超越的存在状态:

> 在我所处的文化中,孤独是有利的境遇。孤独有助于扩展世界。而人际关系意味着你必须懂得协商——即便是你在自我思考的时候。你尽力将自己的感知与他人对现实的感知表达协调,不断地改变自己对现实的看法。①

在《管家》中,这种逃避群体的整合性与规约性、实现个体回归自然的选择不再是男性亚当的专属,而是成为了女性实现自我的一种新型出路。在美国文学史上,这种女性主义观点在萨拉·奥恩·朱厄特(Sarah Orne Jewett)的小说里也可以找到,只不过在朱厄特神秘的女性世界里,女性仍然未脱离传统定义下的性别角色,"女性回归自然是通过采集草药、照看田园而完成"②;而罗宾逊通过讲述女性人物逃离社会,回归自然,与自然世界和谐相处并完成自我成长过程的故事,证明了女性人物也可以像男性人物一样被作家赋予自制的权力,她们也有权逃离文明、回归自然。

四 女性成长的神话

希薇讲述的这些离群索居的女性生活故事为茹丝的成长提供了一种新的可能。这些现实中的女性又与茹丝记忆中的女性(外婆和母亲)和想象中的女性(无名的诺亚之妻、变成盐柱的罗得的妻子、"我们的母亲"夏娃)相融合,成为"那些已经失去、有可能找回的"女性身份建构的镜像。罗宾逊通过改写《圣经》中的女

---

① 转引自周铭《玛丽莲·罗宾逊——后现代社会的信仰守卫者》,第271页。

② Joan Kirkby, "Is There Life After Art? The Metaphysics of Marilynne Robinson's *Housekeeping*", p. 99.

性故事并将其与小说中的人物相结合，为茹丝的成长增添了神话色彩。

《圣经·创世纪》中并未交代诺亚妻子的姓名，她仅仅是丈夫的追随者和附属品。上帝与诺亚立约后，她随丈夫进入方舟①。"上帝赐福给诺亚和他的儿子，对他们说，你们要生养众多，遍满了地。"（9：1）如果我们从女性主义的视角对《圣经》创世神话进行分析，就会发现上帝造人的神话中所隐藏的崇拜男性、贬抑女性的父权思想的深刻印记。女性主义神学家表示强烈不满的是：上帝赐福给诺亚和他的儿子要多生养，却并没有提到诺亚家的女性，诺亚的妻子作为"沉默的他者"仅仅是一个模糊的形象。

在《管家》中，罗宾逊创作的诺亚之妻的形象解构了父权主义者对基督教创世神话的传统解释，创造了神话与现实的深刻联系，凸显了隐藏在其中的男性集体无意识。诺亚之妻的形象在茹丝的想象中鲜活起来。她想象诺亚的妻子在方舟上欣赏清晨的美景："就在整个地球成了一个大水球的当儿，位于大洪水的顶端，来了个神大发慈悲的好日子，那时诺亚的妻子一定会把（方舟上的）盖子都打开来，看见这么一个用来彰显神如此广阔而温顺的日子。"② 继而诺亚妻子的形象又和茹丝记忆中穿着守寡的黑衣的外婆、投湖自杀的母亲相混合而变得模糊：

---

① 关于诺亚妻子的经文，见《创世纪》6：18："我却要与你立约，你同你的妻，与儿子，儿妇，都要进入方舟。"《创世纪》7：7："挪亚就同他的妻和儿子，儿妇，都进入方舟，躲避洪水。"《创世纪》7：13："正当那日，挪亚和他三个儿子闪，含，雅弗，并挪亚的妻子和三个儿妇，都进入方舟。"《创世纪》8：15—18："上帝对挪亚说，你和你的妻子，儿子，儿妇都可以出方舟。于是挪亚和他的妻子，儿子，儿妇，都出来了。"

② 玛丽莲·罗宾逊：《管家》，第240页。

要是我们想象诺亚的妻子,在她老去的时候,发现哪个地方还残留大洪水的余孽,她可能就会走进去,直到她一身守寡的黑衣在她头顶上漂浮,而水松开了她的发辫。她一定会留给她儿子们世世代代流传这个沉闷的故事。她是个没有名字的女人,所以身在那些不曾寻获、不曾被怀念的人们当中如置家中,这些人无人悼念,她们的死无人注目,更何况还是她们后代子孙。[①]

为无名者作传、使沉默者发声——罗宾逊改写的诺亚之妻的故事具备了强烈的女性主义神学色彩,体现出对传统基督教上帝观、女性观的解构和批判。小说中提到的另一个《圣经》女性人物——罗得的妻子(Lot's wife)——的故事更多地体现了茹丝和“记忆中的母亲”和解这一主题。据《旧约·创世纪》第 19 章记载:上帝厌恶所多玛和蛾摩拉两个城市的罪孽,便派天使去消灭所多玛。天使受到义士罗得的热情款待。为了报恩,他催促罗得一家人快出城逃走,并吩咐他们千万不要回头。罗得一家连忙逃走,上帝降下硫磺和火,毁灭了所多玛和蛾摩拉。罗得的妻子出于好奇而回头观看,结果被变成了一根盐柱。后世用“罗得的妻子”来比喻那些因好奇心过重而遭受灾难的女人。同诺亚的妻子一样,罗得之妻也没有自己的名字,并因为自己的好奇受到了上帝的惩罚。在罗宾逊笔下,茹丝把自己在树林中用雪堆的“伫立的妇人”想象为罗得的妻子:

罗得的妻子,因为满脑子死亡的惨剧而伤怀,才一转过头去,立刻化为盐柱,而不孕。不过在这里,稀罕的繁华会在她

---

① 玛丽莲·罗宾逊:《管家》,第 240 页。

发际、胸怀和手中闪烁，会有小孩子在她身畔团团围绕，为她的美貌所爱慕和惊奇——而且他们会，热切而慷慨地，宽恕她转过头去，即使她从未请求宽恕。虽然她双手就是冰，而且不会去抚摸他们，但她还是他们敬爱非常的母亲，她如此冷静，如此不动声色，而他们是一群失怙的野孩子。①

罗宾逊丰富的想象使罗得之妻的形象变得丰满起来：她不再是《圣经》中的盐柱，而是容貌姣好、内心充满仁慈悲悯的雪人，孩子们对待她无条件的热爱融化了茹丝记忆中那个"冰冻的女人"，母女二人完成精神上的和解。

总之，罗宾逊对《圣经》女性人物故事的改写和化用既服务于小说"追寻精神家园"的主题，也契合了 20 世纪 70 年代女性主义神学家对于《圣经》的女性主义解读。女性主义神学希望通过重新发现《圣经》中的女性人物，恢复女性在精神和信仰上应有的主体性，重建宗教女性传统。当然，任何宗教思想的创新都不是凭空而起的，都是以一定的传统思想为基础。女性主义神学与传统基督教神学的关系也是这样的，前者与后者既相依赖又有对抗。一方面，女性主义神学仍然要以基督教神学为基础，基督教神学是其根基；另一方面，由于传统基督教神学对女性的贬抑，女性主义神学又一定会体现出对传统基督教上帝观、女性观的解构和批判。这种既受影响又要批判的态度实质上反映出的就是女性与男性、女性主义神学与传统基督教神学之间既对立又依存的关系。女性主义神学认为，女性经验是女性主义神学的基础。罗宾逊以女性生命体验出发，批判了以男性经验为主的传统基督教信仰，提出了女性生活的

①　玛丽莲·罗宾逊：《管家》，第 218 页。

另一种可能:重返伊甸,去"寻找我们母亲的花园"①。在《管家》中,茹丝想象的世界中将有一座花园,"在那里,我们所有人将是熟睡在我们母亲夏娃身体里的一个小孩,为她的肋骨所环绕,被她的脊椎所挤压。"② 在这一花园里,夏娃将脱离了世俗的困扰,她的女儿们也会自由自在地漫游。

当茹丝逐渐完成个人成长时,露西儿却希望通过父权力量将她拉回文明社会,她"憎恨任何和四处漂泊有关的一切"③。镇上的女人们也早已经内化了传统宗教思想,"她们从少女时代,就被塑造出要扮好一个慈善为怀的基督徒该有的举止和态度,直到这些举止和态度成了习惯,然后习惯变得如此根深蒂固就像是冲动和本能"④。警长和镇上的好女人们前来拜访,并准备召开听证会决定茹丝是否应该"过规律的生活"⑤。当警长在夜访时责问希薇茹丝的去向时,茹丝选择站在希薇身旁:

> "茹丝,"警长问我,"今晚要不要来我家?你也知道,我有孙子。我们有很多房间。我老婆会很高兴有人陪她——"
> "我要待在这里。"
> "你确定?"
> "对。"
>
> ——
>
> "跟我回家吧。"

① 语出爱丽丝·沃克,意指女性文学传统。笔者引用这一比喻意指女性回归自然的宗教理想。
② 玛丽莲·罗宾逊:《管家》,第269页。
③ 同上书,第153页。
④ 同上书,第255页。
⑤ 同上书,第257页。

"不要!"①

茹丝终于发出了自己的声音,勇敢地做出了选择。如同哈克·芬等男性英雄一样,她拒绝了来自文明世界的教化,选择离开稳定的居所而回归自然。然而与男性逃离者不同的是,"她选择拒绝被压迫性文明同化并不是要摆脱家庭的困扰,逃离是为了能够和家人在一起。"② 茹丝的回归之路有希薇指引和陪伴,而不是孤单一人遁入荒野。她们的逃离肯定了女性互助和陪伴关系在女性身份建构上的意义,诠释了女性对"自制"(autonomy)和"养育"(nurture)等性别问题的新型理解。新夏娃就这样踏上了寻找幸福的旅程。

总之,罗宾逊在《管家》中探讨了美国女性的又一条出路:夏娃也可以走出文明社会,成为"自然之女"。她对《圣经》女性人物故事的挪用、对女性遭受"双重辖制"的文学书写、对"新型伊甸园"的追求和向往都是对美国英雄的女性诠释。同时,与传统文学中孤单的亚当形象不同,女性因为强调忠诚、宽容等妇女情谊可以携手走向未知的将来。茹丝这一"落跑夏娃"的形象已经进入美国经典文学人物行列,是对乐观天真、纯朴自然的美国人形象的性别修订补充。不夸张地说,罗宾逊开辟了新的女性文学疆域。

第二节　矛盾的守望者:女性出路的再思考

如同其他后学理论一样,女性主义神学在 20 世纪晚期开始进入反思阶段。女性主义神学家认识到,过分强调神学的性别视角无助于建立普遍有效的神圣思维。如果说女性主义神学前期反对传统

---

① 玛丽莲·罗宾逊:《管家》,第 285—286 页。

② Maureen Ryan, "Marilynne Robinson's *Housekeeping*: The Subversive Narrative and the New American Eve", *South Atlantic Review*, Vol. 56, No. 1, 1991, p. 85.

神学的男性霸权是解放固有的神学思维模式,那么,试图彻底推翻传统神学、建构一种纯粹的女性主义神学的思维方式也就落入了新的性别主义的窠臼。"糟糕的是,片面的男性经验要求成为所有人的经验。男性神学要求成为人性的神学。"① 女性主义神学家认识到,神学建构应该是超越性别之上的人类关于自身信仰的理论表达,应该包括两性的普遍经验,神学理论的价值评判尺度也应该是普遍人性的,而不是性别的。"女性主义神学的意义在于以非主流的话语方式冲击中心话语霸权的合理性,当神学地思考和表达信仰世界时,必须省察自身的视野究竟是人类的还是带有性别特征的,避免在其上建立的价值尺度有可能实际上导致对女性的剥夺和统治,并且在神圣的名义下获得合法性权威。"②

新时期女性主义神学关于性别视野的扩展和对于女性命运的持续关注在罗宾逊的小说《家园》中得到了充分体现。在《管家》讲述茹丝和希薇一把火烧掉象征双重辖治的房子、踏上寻求女性新出路的故事 20 多年后,罗宾逊笔下出现了一个新的女性人物形象——格罗瑞。她带着满腹心事回到基列镇的老宅照顾垂暮的父亲鲍顿牧师,安慰倾听离家多年的哥哥杰克。杰克与这个最小的妹妹之间真诚的略带窘迫的感情,格罗瑞平淡叙事下的幽默和她对亲人的无尽的爱是这部小说最令人感动的地方之一。格罗瑞,如同她的名字③一样,是上帝在人间的显现,是作家对新时期女性出路的再次探讨。

---

① [德] E. M. 温德尔:《女性主义神学景观》,刁承俊译,生活·读书·新知三联书店 1995 年版,第 144 页。

② 李树琴、田薇:《基督教女性主义神学研究述评》,《哲学动态》2004 年第 8 期,第 39 页。

③ 格罗瑞音译自 Glory,在《圣经》中意指上帝的荣耀。关于鲍顿牧师给孩子命名的含义,参见本书第四章第二节。

一 自我牺牲者

"基列三部曲"的背景是 20 世纪 50 年代女权运动（包括女性主义神学）尚未光顾的保守的爱荷华小镇。格罗瑞的故事在《基列》中偶有涉及，但主要集中在《家园》之中，她是《家园》的故事讲述者。在小说的表层结构上，格罗瑞是内化传统神学思想和女性思维模式的牺牲品。格罗瑞出生于牧师家庭，在她心中，父亲与上帝的形象已经合二为一：

> 对她来说，教堂是一间透气的白色屋子，高高的窗子朝外俯瞰着上帝的美好世界，上帝的美好阳光从这些窗子里洒进来，落在讲台上。父亲站在那儿，挺拔而强健，剖析着人类破碎的心灵，赞颂着基督仁爱之心。那才是教堂。①

格罗瑞小时候曾想过当牧师，因为"这会让父亲高兴"②，但是她又似乎一向都很明白在父亲眼里，世上重要的工作都属于那些文雅严肃的男人们。"他们精通经文，做祷告时言语动人，或者至少是在某个过得去的受人尊敬的教派被授予了圣职。他们是终极事务的管理人。女人是二等的生物，不管她们多么虔诚，多么受到宠爱，多么受到尊敬。"③ 从小在这种环境下长大的格罗瑞已经认可并接受了男权至上、女性从属的性别观。在过往的人生中，格罗瑞认为虔诚信仰的表现就是每天早晚读《圣经》和做祷告，然而在经历了众多生活的磨难后，她发现自己潜意识里"取悦他（父亲）的

---

① 玛丽莲·罗宾逊：《家园》，第 49 页。
② 同上书，第 18 页。
③ 同上。

动机如此强烈,取代了她自己的目的,而虔信本当是她的目的之一"①。回到基列后,她不像从前那样喜欢祷告,因为她发现童年时父亲教导的那些祈祷词,诸如忍耐、勇气、仁慈并不会应验。"真心诚意地祷告会是,主啊,我的哥哥对我像个有敌意的陌生人,父亲似乎已经把我放在一边不顾了,我原以为是我庇护所的地方我感觉没有我的位子了。"② 伴随着"父亲—上帝"形象的坍塌,格罗瑞在自己的家中感到孤独无助,而真正的信仰成为一种需要重新定位的心理渴求。

格罗瑞对基督教信仰"向往—挣扎—放弃"的矛盾心态反映了20世纪50年代妇女在信仰生活中的低下地位:妇女虽然诉求《圣经》寻求安慰,但是神学显然还不是妇女的职业,格罗瑞想要成为牧师的愿望根本无法实现。小说中的这段故事也可以说是作家本人有感而发。在谈到自己的求学背景时,罗宾逊曾经感叹 20 世纪 50 年代自己读大学时神学学科是不向女性开放的,并表示如果当年可以选择神学,她也许不会以文学作为自己的终生事业。提高女性在教会中的地位是女性主义神学一直努力的方向。在《教会与第二性》(The Church and the Second Sex)中,美国女性主义神学家玛丽·戴利指出正是教会强化和助长了男尊女卑思想;威廉·道格拉斯(William Douglas)也认为基督教的女性观受到了犹太人父权文化的影响,他反对教会内男女不平等,鼓励教会中的女性相应女权运动的呼召,谋求教会内的侍奉与地位③。20 世纪 60 年代以后,女权运动热潮也进入了教会内部。罗宾逊本人可以说是女性主义神学斗争成果的受益人。20 世纪 80 年代定居爱荷华后,她坚持每周

---

① 玛丽莲·罗宾逊:《家园》,第 102 页。

② 同上书,第 67 页。

③ 参见 William Douglas, "Women in the Church: Historical Perspectives and Contemporary Dilemmas", *Pastoral Psychology*, Vol. 12, No. 5, 1961, pp. 13 – 20.

到教堂做礼拜，并在任教的爱荷华大学当地的教会担当执事（dea-con）①，还经常在牧师外出时登坛代为讲道。《家园》的背景是20世纪50年代女性主义神学尚未兴起的西部保守小镇，罗宾逊塑造的格罗瑞这一形象反映了当时妇女在信仰上遭受的不公待遇。在当时的社会背景下，格罗瑞的牧师之梦也只可以深藏心中了。

伴随牧师之梦失落的还有格罗瑞的传统女性生活梦想。第二次世界大战结束之后，一方面，美国女性接受高等教育、迈入社会生活的趋势有增无减；另一方面，强调家庭生活和女性气质的传统女性观在美国社会也逐步复活。这两种不同发展趋势之间的矛盾影响着战后美国女性的生活选择。格罗瑞受过良好的教育，是拥有文学硕士学位的高中英语教师。她会用弥尔顿"看得见的黑暗"形容午夜触手可及的孤独；她的书架上有莎士比亚和狄更斯，"马克·吐温也一定在哪个地方"②；然而格罗瑞的最大梦想仍然是迈入传统婚姻家庭，有一处真正的家园：

在一个比基列大一点的镇子上，或是一座城市。在那儿会有人成为她亲密的朋友，她的孩子的父亲，而她的孩子不会多于三个。然后她可以培养自己的喜好品位，这当然在经济能力允许范围之内。③

在遭到未婚夫的欺骗背弃后，格罗瑞辞去教职回到故乡寻求精神上的慰藉，然而迎接她的是风烛残年的父亲和疏远、戒备的哥

---

① 执事（deacon），也叫助祭，属于基督教神职之一，意为教会的仆人；希腊原文是"diakonos"，帮手的意思。在罗宾逊所属的公理会教会体系中，执事一般在普通信众中选出，从事教会日常管理等工作。
② 玛丽莲·罗宾逊：《家园》，第20页。
③ 同上书，第103页。

哥。为了调停父亲与哥哥之间的矛盾,格罗瑞又回到了厨房、花园、教堂这些传统的女性领域,扮演着"照料者"的角色。在父亲去世后,鲍顿家的兄弟姐妹都选择离开家园,只有格罗瑞继承了这座老宅留守故乡。有评论家将小说的这一结尾视为是女性寻求自我身份的失败,认为鲍顿家的老宅并不是格罗瑞想象中的家园,"这里充满过往的创伤记忆,无法成为杰克和格罗瑞的灵魂归所。"① 格罗瑞放弃了对自己家庭生活的追求,否定了自己的任何个人的愿望,完全践行了父亲对她的性别期待:"她的优秀是用于女孩儿的最完整最狭窄的定义上的优秀,然后她长成了童年时期所预示的那类成人。唉。"② 格罗瑞对哥哥杰克的理解和关爱和她对整个家庭的忠诚使她成为罗宾逊小说中的又一个忠诚女性路得的化身,但同时她也是当时女性遵从传统神学思想和性别思维模式的自我牺牲型人物。

二 上帝荣耀在家中的显现

罗宾逊为格罗瑞的命名是富有深意的。如前文(第四章第二节)所述,鲍顿家女儿的名字都是抽象的神学概念:费丝(Faith)意为信念、霍普(Hope)意为希望、格雷斯(Grace)意为仁爱。作为最小的妹妹,鲍顿本想给她取名为慈善(Charity),但由于母亲坚决反对——"她认为这会让孩子听起来像个孤儿什么的"③,而改名为格罗瑞(Glory,荣耀),而这个最小的女儿也没有辜负这个神圣的名字,成为了家中上帝荣耀的显现。

"荣耀"是《圣经》中最常出现的词语之一,在常用的《钦定

---

① Casey Rath, "No Sweet 'Home'", *Christianity Today*, https://www.christianitytoday.com/2008/november/147-12.0.html, 2010 年 9 月 1 日。

② 玛丽莲·罗宾逊:《家园》,第 54 页。

③ 同上书,第 191 页。

版圣经》（King James Version of Bible，KJV）中出现次数达 375 次。它的希伯来文（kabod）与重量同义，希腊文（doxa）的原意是"意见"，在《圣经》中指上帝显露出来的超越性及值得赞美的特征，以及人对神的尊崇与敬仰。可见，"荣耀"在《圣经》中喻指上帝向人的显现，兼具神人双重特性，代表了上帝与人类之间的理想关系："人子要在他父的荣耀里。"（《新约·马太福音》16：27）"荣耀是由神及人、自上而下的路径，意味着（人）与上帝建立了良好关系，被上帝接受——（人类被）回馈、认可与欢迎。我们毕生所敲的那扇门最终会打开"[1]。《圣经》中的荣耀往往与"看、出现"等动词相连，是神圣创世的见证。但更重要的是，这种荣耀不只是光芒耀眼，在黑暗中也可照耀众人：比如上帝以火柱照亮以色列人出埃及："日间，耶和华在云柱中领他们的路；夜间，在火柱中光照他们，使他们日夜都可以行走。"（《旧约·出埃及记》13：21）对于鲍顿一家而言，在孤独、绝望、濒死的时刻，格罗瑞就像是上帝的荣耀在人间的显明，引领着他们向前行进。

由于女性在家庭生活的各类琐事中劳动的目的与金钱利益无关，而是要探索生活的奥秘，在人与人之间建立和维持最高道德品质的人际关系，女性理所当然地成为亲近真理、感悟真理、传播真理的最佳人选，家庭由此便具有了永久的道德思想意义。格罗瑞正是通过照顾父亲和哥哥，践行了自己的名字的内涵，成为这个家庭中上帝的真实显现，给这个悲伤的家庭带来一抹亮色。杰克的到来为格罗瑞封闭窒息的世界提供了一个新的维度。杰克离家的时候，格罗瑞刚满 18 岁；20 年后重逢的兄妹再次住在同一个屋檐下，两个人都是小心翼翼，生怕碰触对方生活的伤口，又害怕过于疏远让

---

[1] 关于"荣耀"的论述参见陈影《上帝的荣耀与爱：C. S. 路易斯的神学美学观》，《长江学术》2010 年第 2 期，第 50—56 页。

父亲担心。由于深知父亲对杰克归家的渴望，格罗瑞更是小心翼翼，担心如果说错什么，哥哥会不会再次离开。她只能慢慢地靠近哥哥，安慰父亲。在抚慰杰克的过程中，格罗瑞也开始重新校验自己的信仰。杰克的到来也使格罗瑞闭塞的生活不再闭塞。杰克为自己的跨种族家庭奋斗的故事使得格罗瑞也开始关注种族、家庭等问题。格罗瑞一步步让自己变得刚强，开始对人生充满新的盼望。格罗瑞也许不可能像杰克一样离开家，但她也认识到人生选择的多样性，终于做出了自己的选择，并最终获得了自己生命的荣耀。格罗瑞和杰克一起收拾花园，安慰焦躁疲惫的父亲，款待前来拜访的埃姆斯一家，迎接回家探望父亲的兄弟姐妹。通过这些日常生活中的平凡劳作，格罗瑞为家人提供着愈合伤口的乳香。

《家园》里有许多格罗瑞以美餐安慰父亲和哥哥的场景。鸡汤面疙瘩、烙饼、咖啡——这些食物有时是给父亲特意烹制，有时是给杰克醒酒，有时又帮助打破饭桌上的尴尬。这也不禁让人联想起《失乐园》里被贬落人间的夏娃为亚当和天使长拉斐尔准备晚餐的场景：

> 她这样说着，一面急速转身，
> 带着急迫的神情，一心想着招待的事，
> 怎样精选最上等最可口的东西，
> 风味若不调和，便会变成粗劣，
> 务必要按照自然的变化而加调味，
> 一样接着一样，有条不紊，引人入胜。①

评论家普遍认为弥尔顿在《失乐园》中将夏娃降低到了厨娘的

---

① ［英］弥尔顿：《失乐园》，朱维之译，天津人民出版社 1996 年版，第 186 页。

地位。例如，伍尔夫就认为，弥尔顿以自己的个人经验和观点，强烈地弱化和贬低了夏娃的位置："他（弥尔顿）是第一个男权主义者。"[①] 然而在《家园》中，罗宾逊用大量篇幅来描写的这些日常生活场景却恰恰是与女性人物的精神反思和慰藉相联系的，其出发点是要说明女性在家庭生活中的各类琐事中劳作是要探索生活的奥秘，探求平淡生活下的终极真理。"除了烧一顿香浓美味的菜肴，还有什么能宣告舒适和健康又恢复了？"[②] 罗宾逊认为，生活的真实情感内容存在于一个手势、一点尊重和一些关爱。我们日常世界中的平凡琐事也有微妙和不引人注目的美感，只有依靠我们自己敏感的心灵，才能发现那些不可见的妙处。也许我们并没有意识到这是我们生活中的一部分，但罗宾逊却希望通过这些平淡小事传达无尽的慷慨、关怀和慈爱。这也是她赋予小说人物的重要性格特征。在罗宾逊这里，妇女是家中亲近真理、感悟真理的最佳人选，是上帝荣耀在家中的显现：

> 她希望，他们三人之间的相爱能更有分量——父亲和哥哥都被悲伤打垮了，像是一场疫病，而她没有什么更好的东西可以给他们，只除了鸡汤面疙瘩。不过，在他们疲倦的梦乡中，她可以和他们说说记忆中的慰藉，想到这一点让她稍稍高兴了一点。[③]

在小说结尾，格罗瑞开始以新的眼光来看待自己和他人。她认识到自己为家人付出的意义，对自己从前所害怕的未来——后半生困在基列——也有了新的认识，她不再将信仰与父权混淆，成为自

---

① Virginia Woolf, *A Writer's Diary*, New York：Harcourt, 1954, p. 93.

② 玛丽莲·罗宾逊：《家园》，第 259 页。

③ 同上书，第 260 页。

主的宗教信仰者也使她不再抗拒孤独。在谈到孤独与信仰的关系时，罗宾逊解释说："我不确定宗教可以减轻孤独。谁比耶稣更孤独？'怎么样？你们不能同我儆醒片时么？'"① （出自《马太福音》26：40，笔者注）在作家看来，孤独是人与自我的相逢，是对那个害怕人群却充满疑问的自我进行审视。人们普遍认为孤独是一种病症，代表着生活出现了问题。但这并非绝对正确，孤独是个体具备深刻思想进而认识真理的重要前提。

小说结尾并没有以杰克离家告终，杰克的黑人妻子黛拉带着他们的混血儿子的探访使这个家庭又经历了奇迹般的亮光和上帝"荣耀"的显现。格罗瑞为家庭做出了个人牺牲，然而她也成了鲍顿家上帝的显现。在《圣经》中，耶稣当年行神迹、治病人的主要目的就是要荣耀神。据《约翰福音》记载，有一个生来瞎眼的人到耶稣面前来求治。门徒问耶稣："这人生来是瞎眼的，是谁犯了罪？是这人呢，是他父母呢？"耶稣回答说："也不是这人犯了罪，也不是他父母犯了罪，是要在他身上，显出神的作为来。"（9：1—3）耶稣将已经死了四天的拉撒路从坟墓里救出，这叫死人复活的神迹使马大、马利亚和其他犹太人看到了神的荣耀，看到神能叫死人复活的大能作为。当格罗瑞一人独守老宅时，杰克的黑人妻子带着他们的孩子来寻找父亲，这简直堪比神迹，也让格罗瑞看到了自己坚守的价值。格罗瑞逐渐意识到自己对家庭的重要性，认识到自己是上帝重建乐园、修复这个支离破碎的世界的重要一员。她与杰克的兄妹关系也体现了新教文化号召为兄弟姊妹牺牲奉献的精神及女性主义神学倡导的女性守望人类回归的性别身份意义。

---

① Marilynne Robinson, "Further Thoughts on a Prodigal Son Who Cannot Come Home, on Loneliness and Grace: An Interview by Marilynne Robinson", Interview by Rebecca M. Painter. *Christianity and Literature* 58.3 (2009), p. 490.

三　浪子回头故事的女性注疏

在《基列》以老牧师埃姆斯回忆录的方式叙事之后，罗宾逊以格罗瑞的女性视角叙述了《家园》的故事。在谈到《家园》的创作初衷时，罗宾逊说："在写完《基列》之后，那些人物仍然在我脑海中跳跃。我决定要单独为杰克写一本书。"① 杰克的故事也与《圣经》中"浪子回头"的寓言密切相关。

《路加福音》中耶稣讲述了浪子回头的故事：一个人有两个儿子。小儿子要求父亲将家业分给自己。过了不多几日，小儿子就把他一切所有的都收拾起来，往远方去了。他任意放荡，浪费资财。既耗尽了一切所有的，又遇着大饥荒，就穷苦起来，于是去投靠那地方的一个人。那人打发他到田里去放猪。他恨不得拿猪所吃的豆荚充饥。小儿子醒悟过来准备回到父亲家里向父亲承认错误。他父亲看见就动了慈心，原谅了这个儿子。"因为我这个儿子是死而复活，失而又得的。"（15：24）正在这时候，大儿子从地里收工回来，听见酒宴的作乐跳舞，便问仆人怎么回事。仆人回答："你的弟弟回家来了，你父亲因为他无灾无病，所以很是喜欢，便让人宰牛请客，要庆贺一番呢！"（15：28）大儿子一听，便很生气，连门也不愿意进了。他父亲出来劝他，他便对父亲说："我在家服侍你，在地里辛勤劳作，我从未违背过你的命，你倒从未给我哪怕一只山羊羔，让我与朋友们快乐。可你这儿子，与娼妓耗尽了你的一份家业，他一到来，你倒为他宰了肥牛犊！"父亲便说："儿啊！你常和我在一起，我一切所有的，不都是你的么？只是你这兄弟，是死而复活，失而复得，所以我们正应该欢喜快乐呀！"（15：32）

---

① Marilynne Robinson, "Marilynne Robinson's Home", Interview by Ramona Koval.

《圣经》中记载的"浪子回头"的故事中只有父子三人,并没有女性人物出现。浪子的所作所为,和他在外面堕落的结局,都是不值得同情的。他不珍惜做儿子的生活,甘愿离家流浪,结果就陷入愁苦的境遇。当他接受罪的折磨后从心里产生悔意,因而决心改过自新。虽然不是每一个人都会这样做,但浪子确实是悔过。"我要起来,到我父亲那里去,向他说,父亲,我得罪了天,又得罪了你。从今以后,我不配称为你的儿子,把我当作一个雇工吧!"(15:18—19)他不敢再向望在家中做儿子,但他却有一个强烈的心要回家,要结束他的流浪的生活,哪怕做一个雇工也是甘心。然而父亲却宽恕了他的行为,并重新接纳了这个儿子。小儿子知错改错,因而得到了父亲的谅解:"因为我这个儿子是死而复活,失而又得的。"(《路加福音》15:32)

在传统的基督教教义阐释中,浪子是远离上帝的人,对他的无条件接纳是一种神示,即无论人是自信、疲惫、破碎或是幸福,上帝都是无条件寻找、接受他的人。然而按照女性主义神学家的解读,小儿子遭受的苦难是由于他不听从父亲的教导,儿子的醒悟和回头是个体出于生存需要对"父权之爱"的屈服,因为当他醒悟过来时说:"我父亲有多少的雇工,口粮有余,我倒在这里饿死吗?我要起来,到我父亲那里去。"(《路加福音》15:17—19)关于父权之爱,女性主义神学家温德尔认为:

> 父爱的本质就在于:他提出要求,他制定法律,他对孩子之爱取决于孩子是否服从他的命令。——这种爱被禁锢在父亲的观念和愿望之中。父亲作为一个群体、一个团体、一个家庭的首脑,体现着这种爱。这种爱要求从属、服从。它并不溢出,并不唤醒任何东西。它制造征服、自我毁灭,却不创造任

何相互关系。①

如同《圣经》寓言中的父亲一样，"父亲大人"鲍顿牧师对杰克的宽容和爱也是他基于男性家长和牧师双重身份所具备的"父权的爱"。鲍顿牧师是这个大家庭的一家之主，是父权与神权二者统一的权威，"父亲没有哪一天不提醒他们所有的真和善都来自上帝，还有所有的爱，所有的美。"② 除了杰克，鲍顿家的男孩子都没有辜负父亲的期待，他们事业有成，过着体面的生活。男孩子们当面管父亲叫"大人"，背后则称呼父亲是"牧师大人"或是"老绅士"。成年后的孩子们回家过节时，都会大声诵读圣经里《诗篇》或《福音书》的片段，因为"这首先是一场为了取悦父亲的表演，让他放心，他们热爱以前的生活，而且都受到了他希望他们受到的良好教育"③。由此可见，鲍顿一家一直遵从男权神学教导，将父亲视为家庭和信仰的中心。鲍顿自己也认为杰克回家的原因是他认识到错误而回来求得宽恕，并将此归功于是自己祷告的应验："他从书房出来，取得了宽免他人罪过的胜利，两眼灼灼发亮。"④

《圣经》中"浪子回头"的故事以浪子回到家中而终结，而《家园》则更像是这个故事的延续，继续探讨了归家后的父子冲突：鲍顿和杰克仍然无法忘记过往而产生了种种矛盾，而这种冲突所形成的巨大张力只有通过格罗瑞这一女性人物的调解才得到缓和。在杰克回家后，鲍顿牧师努力说服自己原谅儿子，因为"杰克就是杰

---

① ［德］E. M. 温德尔：《女性主义神学景观》，刁承俊译，生活·读书·新知三联书店 1995 年版，第 175 页。

② 玛丽莲·罗宾逊：《家园》，第 111 页。

③ 同上书，第 102 页。

④ 同上书，第 111 页。

克——原谅他甚至比习惯更根深蒂固"①。他是一位仁慈的父亲,他希望能为杰克留下家产,并恳请其他子女照顾这位不成才的兄弟,然而这一切都像是一位居高临下的父亲在担忧自己不肖子的灵魂无法获得拯救。"他已经尽了最后的力去原谅,而杰克,仍旧远远地在他无法援手的地方。"② 杰克对父亲心怀歉疚,他做出最大努力来精心照料父亲,但他内心却始终无法接受别人对他的评判和救赎:"众人的力量、意志、好心、习惯和自信汇聚在一起,杰克被拖着扯着往前走,但他从来不真正地是其中的一员。"③ 鲍顿牧师根深蒂固的种族观念更使父子无法达成真正的和解。在杰克认识到基列镇上父亲的家根本无法接受他的跨种族婚姻之后,这个浪子回家的故事又以杰克离家而告终。

格罗瑞这一女性人物的出现为鲍顿家的悲剧带来一丝温暖和希望。她是父子矛盾的调停者,是杰克的灵魂知己。格罗瑞是拥有硕士文凭的中学教师。在遭到未婚夫的背弃并被骗光钱财后,38岁的格罗瑞辞职回到家乡照顾垂危的父亲。照顾父亲大概只是个借口,还有什么比这更能合情合理地解释一个中年未婚又失去工作的女人回到小镇上生活呢?相似的边缘人的自卑和失败感使她和哥哥杰克产生了共鸣,格罗瑞逐渐赢得了哥哥的信任;他们之间逐渐建立起一种亲密的联系:"爸爸说得不错,要不是我们遇上某种——困难,我们俩谁也不会在这儿的。"④ 这种建立在边缘身份上的关联通常在人生平顺时大概不会产生交集,但在艰难的时刻却可以使双方一起渡过难关:

---

① 玛丽莲·罗宾逊:《家园》,第221页。
② 同上书,第54页。
③ 同上书,第255页。
④ 同上书,第125页。

有时候，当他们俩在园子里干活或是洗碗时，她发现他退后一步看她，打量她，像是他突然放弃了对她的每一点先入之见，像是她是他计划里的一个人物，然后意识到对这人他不知道有什么可以依赖，或者说有什么重要的事可以依赖，对这人他必须要自信再考虑考虑。①

兄妹两人的相处从尴尬陌生到相互熟悉，直到最后相互坦白自己过往失败的人生经历。杰克还将自己返乡的真实目的——为自己的混血家庭寻找立足之地——毫无保留地向格罗瑞坦白。杰克信任格罗瑞的最大原因是格罗瑞对自己的理解和接受。当所有人都想扮演上帝的角色来拯救杰克时，格罗瑞选择接受他的灵魂，"我觉得我喜欢你的灵魂就是这个样子"②。如果说鲍顿牧师像《圣经》里俗世的父亲一样迎回了迷途知返的儿子，那么格罗瑞就是上帝的化身，因为她迎接了杰克的灵魂重返家园。"我们尽管会疲倦会困苦会迷茫，上帝却忠诚相伴。他让我们四处流浪，这样我们就会知道回家意味着什么。"③

格罗瑞对家园内涵的思索也是当代人的真实困惑：为什么我们身处家中却依然感到被放逐？格罗瑞选择在众人离去后独自留在象征着传统的老宅，等待杰克的混血儿子的回归，更是上帝守望迷途羔羊的女性化呈现，体现了女性对盎格鲁—新教文化传承和种族融合的信心和坚守。

在《基列》中，埃姆斯牧师通过男性视角呈现的杰克是一成不变的孤独、萧索的浪子形象，而在《家园》中，罗宾逊决定要为这个"浪子回头"的故事提供一种女性解读。在谈到为什么不选取由

---

① 玛丽莲·罗宾逊：《家园》，第 85 页。
② 同上书，第 105 页。
③ 同上书，第 103 页。

杰克以第一人称视角讲述自己的故事时，罗宾逊认为，杰克永远都在思考，"他想得太多，如果我离这个人物太近就会把他丢掉。在很多事情上，他与这个世界格格不入。别人不理解他，他也不理解别人。"[1] 在《家园》中，罗宾逊这样描写杰克：

> 他带着股孤独，比谦逊寡言更加透在骨子里。这是一种野兽般的孤独和脆弱敏感。这迫使他们所有人用一种特别的礼貌对待他，甚至包括母亲。总有些情形他们要顾及这一点——拥抱、打打闹闹都不会算上他。即连父亲也是试探着拍拍他的肩膀，畏畏缩缩地不敢贸然。[2]

如果以杰克作为叙述者，《家园》可能又会成为《管家》和《基列》一样的反思忏悔录，而选取女性视角则可以更好地传达作家对杰克这一浪子故事的多重理解。格罗瑞和父亲一起，守望见证了杰克"离家—归家—离家"的整个过程。随着兄妹二人理解的加深，杰克向妹妹而不是父亲坦白了在外漂泊的经历，这些改写都为这个"浪子回头"的男性故事增添了女性因素。格罗瑞是忠诚于哥哥的小妹妹，她拒绝超越上帝对杰克做出道德评判和她无限的慈悲怜悯都是罗宾逊对原故事中父亲形象的女性主义阐释。

罗宾逊刻画的杰克和格罗瑞这两个文学形象与陀思妥耶夫斯（Dostoevsky）在《罪与罚》[3]中的男女主人公有很多相通之处：他

---

① Marilynne Robinson, "Interview: Marilynne Robinson: The Art of Fiction", Interview by Sara Fay, p. 51.

② 玛丽莲·罗宾逊:《家园》，第 176 页。

③ 《罪与罚》是俄国作家陀斯妥耶夫斯基的长篇小说作品，出版于 1866 年。小说中的穷大学生拉斯科尔尼科夫表面冷酷无情、精神萎靡，内心却充满温暖和同情。他受无政府主义思想毒害，认为自己是"超人"并因谋杀罪受到起诉。在经历了内心痛苦的忏悔后，拉斯科尔尼科夫最终受到索尼娅的感召而投案自首，被判流放西伯利亚。

们都触动了人类罪的隐痛和对救赎的困惑，具有同样的审美情趣和主旨内涵。在《家园》中，当杰克再次被怀疑是镇上的小偷时，格罗瑞也曾将杰克比作《罪与罚》中的拉斯科尔尼科夫。如同索尼娅一样，格罗瑞身上闪烁着基督式的爱，隐藏着人性的基本价值，是整部小说透出的光明色调。如同《马太福音》所说，"凡劳苦担重担的人，可以到他这里来，他就使你们得安息。你们当负他的轭，学他的样式，这样，你们心里就必得享安息。"（11：28—29）"心里必享安息"才是宗教对人的根本救治。

　　总之，格罗瑞这一女性形象是罗宾逊对当代女性生活出路的反思。她不再像茹丝那样只沉迷于自我世界对灵魂归属的思考，而是通过自己对信仰的坚守和完善，成为新的完满个人。罗宾逊说："我理解的个体的神圣性就是对神圣理念的接受，并乐于相信它存在于每个人心中。"① 格罗瑞是罗宾逊对上帝救赎的女性阐释。女性主义神学关切的重点是妇女如何对抗社会性父权制，实现自我解放并获得完全人格的过程。罗宾逊也认为，人的尊严与个体存在的意义是神学反省的中心。作家也通过文学书写的形式为女性主义神学对《圣经》的性别解读增添了新的色彩——女性是人类实现救赎的希望。

---

　　① Ruth Franklin, "God is in the House", *New Republic*, Vol. 239, No. 6, 2008, p. 35.

结　语

信仰的回归

综观美国文学发展史，无论在创作主题、表现手法还是人物塑造上，不同时期的经典文学作品都对美利坚国民精神的铸造进行了想象性书写，反映了美国人面对生存和发展的体验和感悟，形成了一种独特的美利坚民族内涵。笔者认为，作为美国文明主要源头的基督教新教信仰在建构美国国家认同和维持美国文学发展的连续性上具有重要的意义，对美国文化与文学的影响持久而深刻，仍然是美国当今多元价值观的契合点。"清教徒为他们的继承人提供了有用的、变通的、持久的、令人瞩目的关于美国特性的幻想。"① 荒茫大地与神圣使命从美国建国就限定了美国人世代繁衍成长的格局。如果说当代美国文化是杂乱混合、兼收共存型的熔炉文化，当代美国文学是多元并包、众声齐鸣的杂糅文学，我们也必须注意到在当前多元化社会大背景下，大部分美国作家在文学创作中都在保持自己本族裔文化传统的同时，仍然遵从美国基督教新教文化的主流价值观和审美观，进而确立自己的美国身份和作品体现的美国精神。

范·韦克·布鲁克斯（Van Wyck Brooks）分析了美国新教文化传统的两股潮流与美国浪漫主义文学的关系。他认为，美国精神

① ［美］萨克万·伯克维奇：《惯于赞同：美国象征建构的转化》，第7页。

从一开始就并行着两种主导潮流，二者平行前进却并无交会。一方面，清教徒的虔诚在乔纳森·爱德华兹身上成为一种超验的宗教哲学，随后被爱默生发展成了美国浪漫主义经典作家的那种"极致的优雅和超然"的人生观；另一方面，富兰克林将清教徒诚实劳动、坚忍顽强、自我奋斗、勤奋向上的生活哲学发展为一种机会主义的新教伦理，又经由惠特曼、马克·吐温的阐释，最终形成了当代社会中的实用主义文化①。经过现代性的洗礼，正统宗教中的具体教义和教会模式都遭到怀疑和瓦解，然而美国作家仍然没有抛弃神学叙事主题和思维方式。如果说后现代世俗社会呈现出丹尼尔·贝尔所说的"文化渎神""文化弑祖"现象，如果说20世纪60年代兴起的反文化运动使得美国的民族叙事呈现出尊崇科学、崇尚理性、抹杀一切崇高及意义的荒诞和丑恶的景象，那么20世纪晚期开始的美国文学回归浪漫主义人文传统的新气象则呼应了玛丽莲·罗宾逊对新教"美国神话"的怀念和向往："通过个体体验和日常生活来发现神圣、赋予文字其终极意义，实现真正的美国民主理想。"②

　　首先，推崇个体日常生活中的神圣体验是美国当代新教信仰的发展方向。当代美国新教信仰的一个重要特点就是微观化而非宏观化，信仰的个体化而非宗教的机构化。当代教会不再掌握教徒的生杀大权，教徒甚至可以选择不去教堂，通过自身灵修实现自我与上帝的对话。他们信奉上帝每时每刻都运行在信徒心中，信仰越来越多地和个人体验结合。随着社会进步和文明发展，人们发现宗教与科学的关系并非对立而是互补：科学服务于物质现象界，而宗教则关乎伦理道德、社会价值观等精神层面，更多的人转向新教信仰不是为了获得心智的发展，而是要寻找精神的慰藉。弗洛伊德预言的

---

①　参见 Daniel Bell, *The Cultural Contradictions of Capitalism*, New York: Basic Books, Inc., 1978, p.59.

②　Marilynne Robinson, *When I Was a Child I Read Books*, p. ⅹⅳ.

"20 世纪宗教让位"的预言①并没有实现。罗宾逊推崇的当代新教信仰更多关注的是人生哲学和伦理道德,追求的是神秘壮阔的宇宙观、博大精深的神学教义和对人生意义的终极追问。由此,作为书写个体体验的文学形式,小说就成为罗宾逊信仰表达的恰当载体。当代读者也可以通过阅读一个国家和民族的小说作品,理解他们寄寓其中的宗教情思,认识他们观察世界的方式和整个国家、民族的世界观、价值观和美学观。

当代美国作家以敏锐的洞察力捕捉社会变迁和文化思潮的演变,并通过自己的文学想象进行艺术加工,他们的作品呼应了人们的日常生活关切,帮助人们重新认识人与自然、人与上帝的关系,从而进一步确立了主流文化的统治地位。很多作家作品尽管并没有直接涉及宗教元素,作家在创作过程中也并不是要宣扬原教旨主义的宗教情感,但是永恒上帝、渴望救赎等宗教内涵已经深入其创作骨髓,"宗教中某些永恒的东西,注定要比所有宗教思想作为其外壳而相继采用的特定的宗教符号存续得更长久。任何社会都会感到,它有必要按时定期地强化和确认集体情感和集体意识,只有这种情感和意识才能使社会获得其统一性和人个性"②。以菲利普·罗斯(Philip Roth)、托尼·莫里森(Toni Morrison)、安妮·普鲁(Annie Proulx)为代表的美国经典作家在他们的作品中开始进一步关注物质和精神之间的冲突、渴望寻觅灵魂与上帝、书写个人命运与社会政治历史的纠结。莫里森在她的近期作品《爱》(Love)和《家园》(Home)中直接点题:"爱"和"家"才是解决种族、性

---

① 弗洛伊德认为:宗教是虚妄的,是人类无法战胜外界自然力和内在意志的表现;人类对宗教的依赖恰如在儿童时期对父权的敬畏,将随着人类成长而减弱甚至消亡;在科学技术昌明、人类心智发达的现代社会宗教将失去其存在意义。

② [法]爱弥尔·涂尔干:《宗教生活的基本形式》,梁东、汲喆译,上海人民出版社 1999 年版,第 562 页。

别、文化冲突的途径，是人类改善自己的生存状态、实现本性回归的手段。这一表述更是契合了美国正统宗教信仰所提倡的价值观念，使人们在获得审美愉悦的同时进一步向主流文化靠拢。美国当代作家重拾浪漫主义传统、维护美国正统宗教道德和家庭观念、提倡个人和种族救赎的文学创作受到了大众文化和精英文化的双重认可。

罗宾逊通过《管家》《基列》《家园》《莱拉》四部小说作品对加尔文思想的探讨、对超验美学的阐释和对《圣经》修辞的运用，集中探讨了人与自然、罪与救赎、个人和家国命运等极具美国民族色彩的宗教文化主题。她以基督教新教传统的预表法等修辞形式、以超验主义的隐喻、象征的修辞手法呼应其小说创作主题，呼吁美国传统文化精神的回归。罗宾逊的作品不以情节取胜："对我而言，写作就是对直觉的探索"①，虽然评论家也指出，罗宾逊小说中并不缺乏惊险元素，"凶杀、宗教恐怖主义、叛教、通奸、弃婴和黑白通婚这些充满悬疑的当代小说情节以温和的形式得到了呈现"②。死亡、救赎、战争、激情和绝望通过叙述者敏锐的观察以温和、深情、平静而坚定的语言得以呈现，使得小说具备了故事和话语巧妙结合的力量。罗宾逊正是通过区分"认识"和"了解"人物，传达了自己的创作思想。她认为每个人的存在都是神秘而独特的，生活中的每个瞬间都有着情感上的重要意义；记忆又将各个瞬间串联并升华，正是这些记忆中的瞬间形成了我们对整个世界的认识。人的不完整性和永恒的完整性之间需要一种超越现实的精神关联，这种关联强调人的主体性和神的平等性，是一种具有现代精神的当代宗教精神。因此，艾米·亨格福德将罗宾逊的小说归于20

---

① Marilynne Robinson, *When I Was a Child I Read Books*, p. 6.

② J. A. Gray, "Christ and Casserole", *First Things: A Monthly Journal of Religion & Public Life*, (March 2005), pp. 39 – 40.

世纪 50 年代索尔·贝娄开创的哲思小说传统①,这种极富宗教和哲学思考的创作观使她小说中的人物形象以更饱满的姿态等待读者去探索。

其次,美国文学评论界在 20 世纪晚期开始了新人文主义转向。韦恩·布斯(Wayne Booth)、J. 希利斯·米勒(J. Hillis Miller)、亚当·Z. 纽顿(Adam Z. Newton)等批评家开始承认伦理批评的重要性,他们认为包括后殖民、新历史主义和女权批评等后学政治批评都必然来自于伦理道德判断,作家有义务澄清自己的道德立场②。乔纳森·卡勒(Jonathan Culler)在再版他的代表作《文学理论入门》(*Literary Theory*:*A Very Short Introduction*)时,特意加入了一个新的章节《伦理与审美》探讨文学批评与伦理道德的关系③。由此可见,道德、宗教信仰与文学表达之间的关系是密不可分的。信仰就是某种宗教文化下个人对终极真理的探索和由此产生的价值观和世界观。美国当前的非理性和信仰危机为宗教视角再次走向文学批评的中心提供了条件。丹尼斯·泰勒(Dannis Taylor)呼吁文学批评中宗教维度的回归。他认为我们这个时代迫切需要在文学作品中讨论精神层面的主题。我们生活在专家学者只讨论阶级、性别、文本性和历史背景的时代,然而,我们迫切需要了解的生命内涵却被解构、历史化和性别化,或被理解为隐蔽的权力关

---

① Amy Hungerford, *Postmodern Belief*: *American Literature and Religion Since 1960*. Princeton: Princeton University Press, 2010, p. 56.

② 参见 Wayne Booth, *The Company We Keep*: *An Ethics of Fiction*, Berkeley: California University Press, 1988.; J. Hillis Miller, *The Ethics of Reading*: *Kant*, *de Man*, *Eliot*, *Trollope*, *James*, *and Benjamin*, New York: Columbia University Press, 1987.; Adam Zachary Newton, *Narrative Ethics the Intersubjective Claim of Fiction*. New Haven: Harvard University Press, 1993。

③ 参见 Jonathan Culler, *Literary Theory*: *A Very Short Introduction* 2nd Edition. Oxford: Oxford University Press, 2011。

系。"我们的时代呼唤宗教研究视野，这不只是填补学术上的空白，更是缓解我们精神的饥渴"①。

宗教信仰体现了人类对终极目标的追求，同时也体现了文化性和多元性。重拾文学中的宗教因素也是对精神价值的本源性和人生指向性的探讨和追问。罗宾逊通过她的小说创作和大量的非虚构作品继承了美国文学中那些关于美国特性的幻想，她的作品为当前美国文化忽视或嘲笑过的信仰主题发声，因而激发了评论界的研究热情。罗宾逊对加尔文主义神学思想、超验主义美学内涵的现代阐释使读者和评论家重回美国宗教精神的源头，对当代文学和社会关切进行深入的精神反思和探讨。她小说中的宗教哲思主题、散文化的叙事风格和诗化的语言也令她的小说倍受评论家的赞誉。在美国评论家眼中，罗宾逊被描述为"一个天才、一个理想主义者、一个信奉个人主义精神的批评家和评论家"②。她激进、严厉、自信而又高尚。最重要的是，她逆势而动、坚守自我，是美国文学界罕见的公开宣扬捍卫正统新教信仰的作家。"你可以不赞同她的观点，但你必须尊重她的坚持"③。

了解罗宾逊的宗教信仰和她的艺术个性对于更全面认识美国当代文学的独特性、丰富性及创作空间的广阔性都有着重要的意义。理解了基督教的预表修辞，才能更深地体会到她的小说中时间与空间的轮回往复、梦境与现实的连转贯通；认识了《圣经》中的人物和寓言，才能明了"茹丝""基列"的宗教文化暗示和小说的主题

---

① Dannis Taylor, "The Need for a Religious Literary Criticism", *Religion and Arts*, 1：1（1997）：p. 102.

② M. K. Chakrabarti, "An American Prophet", *Boston Review*, Vol. 30, No. 5, 2005, p. 57.

③ Mark O'Connell, "The First Church of Marilynne Robinson", *The New Yorker*, https：//www.newyorker.com/books/page‐turner/the‐first‐church‐of‐marilynne‐robinson, 2013 年 5 月 30 日。

内涵;对平凡事物的隐喻和象征则模糊了世俗和神圣的疆界,引领读者获得神圣化的阅读感受。罗宾逊的作品正是通过书写日常生活中普通人的信仰历程,探讨了"平常生活的复活",触及了人性幽暗处的真实。同时,她又将个体的信仰生活置于美国新教的历史发展之中,探讨了国家追求民主自由、种族平等的重要意义。对罗宾逊而言,写作就是她信仰的实践方式;反过来讲,她又通过写作不断检视自己的信仰,写作与信仰二者形成了一种明显的"互释"关系。如同《基列》中埃姆斯所言:"宗教这个职业最大的好处就是,有助于你聚精会神。它赋予你一种最基本的感觉:什么是要求你必须做到的,什么可以忽略不计。"① 罗宾逊在谈到自己的文学创作时也说过:"全身心地投入写作是一种奇妙神圣的感觉。"② 她的小说既探讨了信仰者的精神世界,又刻画了信仰生活背景之下的人物和故事,这也许就是信仰和文学的相通之处。

另外,经典文学建构中"文学的外部环境"这一因素也在罗宾逊小说接受过程中发挥着调节作用。美国的三大全国性文学奖项——全美图书奖、普利策、国家书评人奖——代表了美国文学作品的最高艺术价值和作家的公众影响力,因而在文学经典建构上具有重要的参考价值。近年来顺应美国文化的新人文转向,美国的文学大奖越来越青睐体现文化思潮转向、推崇传统道德观的作品,众多美国作家都在为创作出代表时代风向和体现美利坚民族特性的作品而努力。美国主流社会也以演讲、访谈、授予各种荣誉等手段推出代表主流文化价值观的作家作品。罗宾逊的小说屡屡获奖、她本人也被授予各种荣誉,并多次出现在美国国家电视台的访谈、读书会等节目。2016 年,罗宾逊又因为成为时任美国总统奥巴马"作

---

① 玛丽莲·罗宾逊:《基列家书》,第 6 页。

② Marilynne Robinson, "Interview: Marilynne Robinson: The Art of Fiction", Interview by Sara Fay, p. 54.

家访谈"采访的第一位作家而被广泛关注报道。另外，任教"爱荷华作家工作坊"更使得罗宾逊能够将自己的文学创作理念和思想得以广泛传播。罗宾逊的学生、普利策奖得主保罗·哈丁在谈到罗宾逊时说："我们有幸跟随她学习写作。她是正直的价值观的典范；她教会我们敏锐细致地观察生活，对事物、景象进行肌理精准的描摹。"① 这些都进一步说明了政治化的社会激励机制促进了罗宾逊小说的经典化过程，体现了文学对建构民族文化身份和促进国家认同的重要作用。经过文学的书写，当下和此时的信仰观和价值观成为历史的一部分，平常生活被凝聚和书写成了永恒的历史景观。罗宾逊小说所体现的对美国文学传统和民族精神的艺术传承符合美国当前主流意识形态强化美利坚民族认同的潮流，把握了时代的脉搏，同时也满足了美国民众隐藏在无意识深处的求善欲望，而这种欲望又决定了社会价值观的构成和走向。

总之，罗宾逊虔诚的信仰影响着她文学创作的方方面面。"管家"这一隐喻体现了新教视野下艺术和社会秩序的关系；茹丝、杰克、格罗瑞、莱拉等"社会局外人"形象传达了她的宗教观与文学理念。罗宾逊作品中的叙事手段和修辞手法都服务于作家对宗教伦理道德问题的深刻思考，是作家呼吁信仰回归前提下对生死、家庭、性别、种族等问题做出的思辨和批评。正如作家本人所说："任何艺术形式都是人们经验的深化，作品本身也是对经验的探索——但也许更应该这样说：我在写作过程中找到或理解了我想表达的东西，而不是说写作只是我表达思想的一种方式。"② 罗宾逊笔

---

① Paul Harding, "Conversation: Pulitzer Prize Winner in Fiction, Paul Harding", Interview by Molly Finnegan. *PBS*, https://www.pbs.org/newshour/arts/conversation-pulitzer-prize-winner-in-fiction-paul-harding, 2015 年 2 月 13 日。

② Marilynne Robinson, "Marilynne Robinson: An Intensifier of Experience", 2006, p. 181.

下的人物平静地述说信仰带给生命的喜悦和磨砺，坚信家庭、宽恕、爱、死亡等人类普遍经验可以通过超验而感知。安静、谦卑地生活，在平凡世界中看到信仰的荣耀，并以虔诚的书写竭力持守荣耀的火焰正是罗宾逊小说的真谛。

参考文献

一 原始文献

小说:

玛丽莲·罗宾逊:《管家》,林泽良译,台北麦田出版社 2011 年版。

玛丽莲·罗宾逊:《基列家书》,李尧译,人民文学出版社 2007 年版。

玛丽莲·罗宾逊:《家园》,应雁译,人民文学出版社 2010 年版。

玛丽莲·罗宾逊:《管家》,张芸译,上海人民出版社 2017 年版。

Robinson, Marilynne, *Housekeeping*. New York: Farrar, Straus and Giroux, 1980.

Robinson, Marilynne, *Gilead*. New York: Farrar, Straus and Giroux, 2004.

Robinson, Marilynne, *Home*. New York: Farrar, Straus and Giroux, 2008.

Robinson, Marilynne, *Lila*. New York: Farrar, Straus and Giroux, 2014.

杂文集:

Robinson, Marilynne, *Mother Country: Britain, the Welfare State and Nuclear Pollution*, New York: Farrar, Strauss and Giroux, 1989.

Robinson, Marilynne, *The Death of Adam: Essays on Modern Thought*,

New York: Picador, 1998.

Robinson, Marilynne, *Absence of Mind: The Dispelling of Inwardness from the Modern Myth of the Self* (The Terry Lectures Series), Orwigsburg: Keystone Typesetting Inc., 2010.

Robinson, Marilynne, *When I Was a Child I Read Books*, New York: Farrar, Straus and Giroux, 2012.

Robinson, Marilynne, *The Giveness of Things*, New York: Farrar, Straus and Giroux, 2015.

二 外文参考文献

报刊文章:

Robinson, Marilynne, "Introduction: New England Decorum", *The Massachusetts Review*, Vol. 26, No. 2/3 (Summer-Autumn 1985).

Robinson, Marilynne, Forward, *The Awakening*, By Kate Chopin, New York: Bantam Books, 1989.

Robinson, Marilynne, "My Western Roots," *Old West New West: Centennial Essays*, ed. Barbara Howard Meldrum, Moscow: University of Idaho Press, 1993.

Robinson, Marilynne, "Surrendering Wilderness", *Wilson Quarterly*, Vol. 22, No. 4 (Autumn 1998).

Robinson, Marilynne, "Heresies and Real Presences", *Salmagundi*, Vol. 135/136 (Summer/Fall 2002).

Robinson, Marilynne, "Americans", *Theology Today*, Vol. 58. No. 1, 2001.

Robinson, Marilynne, Preface to *John Calvin: Steward of God's Covenant*, eds.. NewYork: Vintage Books, 2006.

Robinson, Marilynne, "Onward, Christian Liberals", *American Schol-*

ar, Vol. 75, No. 2, 2006.

Robinson, Marilynne, "That Highest Candle", *Poetry*, Vol. 190, No. 2, 2007.

Robinson, Marilynne, "Credo: Reverence, a Kind of Humility, Corrects Belief's Tendency To Warp or Harden?", *Harvard Divinity Bulletin*, Vol. 36, No. 2, 2008.

Robinson, Marilynne, "The Way We Work, the Way We Live", *Christian Century*, Vol. 115, No. 24, 2009.

Robinson, Marilynne, "Wondrous Love", *Christianity and Literature*, Vol. 59, No. 2, 2010.

Robinson, Marilynne, "Imagination & Community: What Holds Us Together", *Commonweal*, Vol. 139, No. 5, 2012.

访谈:

Robinson, Marilynne, "On Influence and Appropriation", Interview by Tace Hedrick, *The Iowa Review*, Vol. 22, No. 1 (Winter 1992).

Robinson, Marilynne, "An Interview by Marilynne Robinson", Interview by Thomas Schaub, *Contemporary Literature*, Vol. 35, 1994.

Robinson, Marilynne, "A World of Beautiful Souls: An Interview by Marilynne Robinson", Interview by Scott Hoezee, *Perspectives*, https://perspectivesjournal.org/posts/a – world – of – beautiful – souls – an – interview – with – marilynne – robinson/, 2015 年 5 月 16 日。

Robinson, Marilynne, "Interview: Marilynne Robinson", Interview by Missy Daniel, *Public Broadcasting Service*, https://www.npr.org/templates/story/story.php? storyId = 4561100, 2005 年 3 月 8 日。

Robinson, Marilynne, "Interview: Marilynne Robinson", Interview by Michael Silverblatt, *National Public Radio*: https://www.kcrw.

com/news – culture/shows/bookworm/marilynne – robinson – part – i,
2014 年 3 月 24 日。

Robinson, Marilynne, "Marilynne Robinson: An Intensifier of Experi-
ence", Interview by Sarah Anne Johnson, Sarah Anne Johnson ed. ,
The Very Telling: Conversations with American Writers, Lebanon,
N. H. : University Press of New England, 2006.

Robinson, Marilynne, "A Conversation with Marilynne Robinson", In-
terview by Sara Flynn, Thomas King and Adam O'Connor Rodriguez,
Willow Spring 58 (2006) .

Robinson, Marilynne, "Marilynne Robinson, At 'Home' in the Heart-
land", Interview by Lynn Neary, *National Public Radio*, http: //
www. npr. org/templates/story/story. php? storyId = 94799720, 2012
年 3 月 14 日。

Robinson, Marilynne, "Interview: Marilynne Robinson: The Art of
Fiction", Interview by Sara Fay, *The Paris Review* (Fall 2008) .

Robinson, Marilynne, "Marilynne Robinson's *Home* ", Interview by
Ramona Koval, *ABC RadioNational*, http: //www. abc. net. au/radi-
onational/programs/archived/bookshow/marilynne – robinsons – home/
3173416, 2010 年 10 月 31 日。

Robinson, Marilynne, "A life in Writing: Marilynne Robinson", In-
terview by Emma Brockes, *The Guardian*, https: //www. theguard-
ian. com/culture/2009/may/30/marilynne – robinson, 2009 年 5 月
30 日。

Robinson, Marilynne, "Marilynne Robinson: Extended Interview",
Interview by Bob Abernethy, *Public Broadcasting Service*, https: //
www. pbs. org/video/religion – ethics – newsweekly – marilynne – rob-
inson/, 2009 年 9 月 18 日。

Robinson, Marilynne, "Further Thoughts on a Prodigal Son Who Cannot Come Home, on Loneliness and Grace: An Interview by Marilynne Robinson", Interview by Rebecca M. Painter, *Christianity and Literature* 58. 3 (2009).

Robinson, Marilynne, "Marilynne Robinson: Fiction as Metaphor 'Extended'" Interview by Ben Fulton, *The Salt Lake Tribune*, http://www. sltrib. com/sltrib/entertainment/52702128 – 81/writers – think – robinson – fiction. html. csp, 2011 年 10 月 14 日。

Robinson, Marilynne, Barack Obama, "President Obama & Marilynne Robinson: A Conversation in Iowa", *The New York Review of Books*, http://www. nybooks. com/articles/2015/11/05/president – obama – marilynne – robinson – conversation/, 2016 年 11 月 5 日。

批评文献:

Acocella, Joan, "Lonesome Road: Marilynne Robinsons returns to *Gilead* in her new novel", https://www. newyorker. com/magazine/2014/10/06/lonesome – road, 2017 年 11 月 2 日。

Anderson, David E, "Marilynne Robinson: The Novelist as Theologian", *Public Broadcasting Service*, http://www. pbs. org/wnet/religionandethics/2009/09/18/september – 18 – 2009 – marilynne – robinson – the – novelist – as – theologian/4258/, 2010 年 9 月 18 日。

Anderson, Mary, P. , *The Abject in Twentieth Century Literature: Adaptations and Transformations Leading to the Mirroring Abject*, Ph. D. dissertation, Washington State University, 2006. Ann Harbor: UMI, 2006. 3248119.

Anglin, Howard, "Family Portrait", Review of *Home* by Marilynne Robinson, *The American Conservative* (3 Nov. 2008).

Appleyard, Bryan, "Marilynne Robinson: World's Best Writer of

Prose", *The Sunday Times*, https：//www. thetimes. co. uk/edition/ news/marilynne – robinson – worlds – best – writer – of – prose – j2pc3fwgrdn，2011 年 10 月 9 日。

Arendt, Hannah, *The Human Condition*, Chicago：University of Chica-go Press, 1958.

Arizti, Bárbara and Silvia Martínez-Falquina eds. , *On the Turn*：*The Ethics of Fiction in Contemporary Narrative in English*, New Castle：Cambridge Scholars Publishing, 2007.

Aristotle, *Nicomachean Ethics*, New York：Dover Publications, 1998.

Bhabha, Homi K. , *Nation and Narration*, London and New York：Routledge, 1990.

Bailey, LisaSiefker, "Fraught with Fire：Race and Theology in Mari-lynne Robinson's *Gilead* ", *Christianity and Literature*, Vol. 59, No. 2, 2010.

Bal, Mieke, *Death and Dissymmetry*：*The Politics of Coherence in the Book of Judges*, Chicago：University of Chicago Press, 1988.

Bell, Daniel, *The Cultural Contradictions of Capitalism*, New York：Basic Books, Inc. , 1978.

Bennett, William J. , *The Devaluing of America*, Colorado：Family Publishing, 1994.

Bercovitch, Sacvan, *The Rites of Assent*：*Transformation in the Symbolic Construction of America*, New York：Routledge, 1993.

Berger, Peter L. , *The Sacred Canopy*, New York：Anchor Books, 1990.

Bloom, Alan, *The Closing American Mind*, New York, Simon Schuster Trade, 1987.

Bloom, Harold, *The American Religion*：*The Emergence of the Post-*

Christian Nation, New York: Simon & Schusters, 1992.

Bloom, Harold, *The Western Canon: The Books and School of the Ages*, New York: Harcourt Brace & Company, 1994.

Bloom, Harold, *American Religious Poems: An Anthology*, New York: Library of America, 2006.

Bohannan, Heather, "Questioning Tradition: Spiritual Transformation Images in Women's Narratives and *Housekeeping*, by Marilynne Robinson", *Western Folklore*, Vol. 51, No. 1, 1992.

Booth, Wayne, *The Company We Keep: An Ethics of Fiction*, Berkeley: California University Press, 1988.

Bradbury, Malcolm, *The Modern American Novel: New Revised Edition*, London: Penguin Books, 1994.

Bradbury, Malcolm and Richard Ruland, *From Puritanism to Postmodernism: A History of American Literature*, London: Penguin Books, 1992.

Bronner, Leila Leah, *Stories of Biblical Mothers: Maternal Power in the Hebrew Bible*, Dallas: University Press of America, Inc., 2004.

Buell, Lawrence, *Ralph Waldo Emerson: A Collection of Critical Essays*, New Jersey: Prentice Hall, 1993.

Buell, Lawrence, *Emerson*, Cambridge: Harvard University Press, 2003.

Burke, William, "Border Crossings in Marilynne Robinson's *Housekeeping*", *Modern Fiction Studies*, Vol. 37, No. 4, 1991.

Thornton John F., and Susan B. Varenne eds,, *John Calvin: Steward of God's Covenant. Selected Writings*, New York: Vintage, 2006.

Campbell, Steele Peterson, *Light within light: The Possibilities of Grace in Marilynne Robinson's* Gilead *and* Home, M. A. Thesis, Auburn:

Alabama, 2010.

Caver, Christine, "Nothing Left To Lose: *Housekeeping's* Strange Freedoms", *American Literature*, Vol. 68, No. 1, 1996.

Chakrabarti, M. K., "An American Prophet", *Boston Review*, Vol. 30, No. 5, 2005.

Champagne, Rosaria, "Women's History and *Housekeeping*: Memory, Representation and Reinscription", *Women's Study*, Vol. 20, 1992.

Chandler, Marilyn R., *Dwelling in the Text: Houses in American Fiction*, Berkeley: University of California Press, 1991.

Chase, Richard, *The American Novel and Its Tradition*, Baltimore: The Johns Hopkins University Press, 1957.

Clebsch, William A., *American Religious Thought: A History*, Chicago: University of Chicago Press, 1973.

Cohen, Rachel, "Book Review: Church Fathers", *Book Forum* (Autumn 2008).

Conn, JoannWolski, *Women's Spirituality: Resources for Christian Development*, New York: Paulist Press, 1996.

Connell, Christine Maria, *Anxious Inheritance: Family, Legacy, and Intimacy in Modernist Fiction*, Ph. D. dissertation, UC Irvine, 2008. Ann Harbor: UMI, 2008. 3333269.

Copenhaver, Martin B., "Portrait of a Pastor: Book Review on *Gilead*", *Christian Century*, Vol. 122, No. 10, 2005.

Cordon, Milton M., *Assimilation in American Life*, New York: Oxford University Press, 1964.

Cousineau, Diane, *Letters and Labyrinths: Women Writing/Cultural Codes*, Newark: University of Delaware Press, 1997.

Culler, Jonathan, *Literary Theory: A Very Short Introduction*, 2nd Edition, Oxford: Oxford University Press, 2011.

Daly, Mary, *Beyond God the Father: Toward a Philosophy of Women's Liberation*, Boston: Beacon Press, 1974.

Daly, Mary, *The Church and the Second Sex*, New York: Beacon Press, 1986.

Davis, Todd F. and Kenneth Womack eds. , *Mapping the Ethical Turn: A Reader in Ethics*, Virginia: Virginia University Press, 2001.

Dillard, Daniel, "The American Transcendentalists: A Religious Historiography", *49th Parallel*. https: //fortyninthparalleljournal. files. wordpress. com/2014/07/2 – dillard – american – transcendentalists. pdf, 2014 年 10 月 2 日。

Dirda, Michael, "Review of *Absence of Mind* by Marilynne Robinson", *Washington Post*, http: //www. washingtonpost. com/wp – dyn/content/article/2010/05/26/AR2010052604894. html? noredirect = on, 2010 年 10 月 26 日。

Dobson, Joanne, *Dickinson and the Strategies of Reticence: the Woman Writer in Nineteenth-century America*, Bloomington: Indiana University Press, 1989.

Doctorow, E. L. , *City of God*, New York: Penguin Group, 2001.

Douglas, William, "Women in the Church: Historical Perspectives and Contemporary Dilemmas", *Pastoral Psychology*, Vol. 12, No. 5, 1961.

Edward, Jonathan, *Images or Shadows of Divine Things*. ed. Perry Miller, New Haven: Yale University Press, 1948.

Edward, Jonathan, "Personal Narrative. " *A Jonathan Edward Reader*, ed. John Edward Smith, New Haven: Yale Note Bene, 1995.

Edwards, Philip, *Pilgrimage and Literary Tradition*, New York: Cambridge University Press, 2005.

Emerson, Ralph Waldo, *Ralph Waldo Emerson: Selected Essays, Lectures and Poems*, ed. Robert D. Richardson, Jr., New York: Bentam, 1990.

Feeley, Gregory, "This Almost Chosen People: Marilynne Robinson's Novel of America's Protestant Soul", *The Weekly Standard*, https://www.weeklystandard.com/gregory – feeley/this – almost – chosen – people, 2015 年 1 月 31 日。

Foster, Stephen, *The Long Argument: English Puritanism and the Shaping of New England Culture*, Chapel Hill: North Carolina University Press, 1991.

Foster, Thomas, *Transformations of Domesticity in Modern Women's Writing: Homelessness at Home*, New York: Palgrave Macmillan, 2002.

Fowler, Julianne, *Family Narrative and Marilynne Robinson's Housekeeping: Reading and Writing Beyond Boundaries*, Ph. D. dissertation, University of Nebraska, 1995. Ann Harbor: UMI. 1995. 9536615.

Franklin, Ruth, "God is in the House", *New Republic*, Vol. 239, No. 6, 2008.

Frykholm, Amy, "The Preacher's Wife", *Christian Century*, December 10, 2014.

Frye, Northrop, *The Great Code: The Bible and Literature*, Toronto: Toronto University Press, 1982.

Galehouse, Margaret A., *Leaving Home: Uncontainable Women in Twentieth-Century Text*, Ph. D. dissertation, Temple University, 1997. Ann Arbor: UMI, 1997. 9737944.

Galehouse, Maggie, "Their Own Private Idaho: Transience in Marilynne Robinson's *Housekeeping*", Contemporary Literature XLI, 2000.

Gandolfo, Anita, *Faith and Fiction: Christian Literature in America Today*, Westport: Praeger Publishers, 2007.

Gardner, Thomas, "Enlarge Loneliness: Marilynne Robinson's *Housekeeping* as a Reading of Emily Dickinson", *A Door Ajar: Contemporary Writers and Emily Dickinson*, Oxford: Oxford University Press, 2006.

Gardner, Thomas, "Marilynne Robinson, Narrative Calvinist", *Christianity Today*, https://www. christianitytoday. com/ct/2010/february/29. 32. html, 2011 年 2 月 10 日。

George, Rosemary Marangoly, *The Politics of Home: Postcolonial Relocations and Twentieth-Century Fiction*, Cambridge: Cambridge University Press, 1996.

Geyn, Paula E. , "Burning Down the House? Domestic Space and Feminine Subjectivity in Marilynne Robinson's *Housekeeping*", *Contemporary Literature*, Vol. 34, No. 1, 1993.

Giles, Patrick, "A Devout and Different Novel Wins Widespread Acclaim", *National Catholic Reporter*, (15 April 2005) .

Gray, J. A. , "Christ and Casserole", *First Things: A Monthly Journal of Religion & Public Life*, (March 2005) .

Grenz, Stanley J. , Roger E. Olson, *20th Century Theology: God & the World in a Transitional Age*, Downers Grove: Inter Varsity Press, 1993.

Griffith, Jean Carol, *The Color of Democracy in Women's Regional Writing*, Tuscaloosa: University of Alabama Press, 2009.

Hall, David D. , *Lived Religion in America*: *Toward a History of Practice*, Princeton: Princeton UP, 1997.

Hammerman, Robin, *Womanhood in Anglophone Literary Culture*: *Nineteenth and Twentieth Century Perspectives*, Newcastle, UK: Cambridge Scholars, 2007.

Harding, Paul, "Conversation: Pulitzer Prize Winner in Fiction, Paul Harding", Interview by Molly Finnegan. *PBS*, https://www.pbs.org/newshour/arts/conversation – pulitzer – prize – winner – in – fiction – paul – harding, 2015 年 2 月 13 日。

Hartshorne, Sarah D. , "Lake Fingerbone and Walden Pond: A Commentary on Marilynne Robinson's *Housekeeping*", *Modern Language Studies*, Vol. 20, No. 3, 1990.

Hawthorne, Nathaniel, "The Custom House", Introductory to *The Scarlet Letter* (1850), New York: Airmont Publishing Co. Inc. , 1962.

Hedrick, Tace, "'The Perimeters of our Wandering are Nowhere': Breaching the Domestic in *Housekeeping*", *Critique*: *Studies in Contemporary Fiction*, Vol. 40, No. 2, 1999.

Hobbs, JuneHadden, "Burial, Baptism, and Baseball: Typology and Memorialization in Marilynne Robinson's *Gilead*", *Christianity and Literature*, Vol. 59, No. 2, 2010.

Holberg, Jennifer L. , "The Courage to See It: Toward an Understanding of Glory", *Christianity and Literature*, Vol. 59, No. 2, 2010.

Howard, Jane, "Mr. Bellow Considers His Planet", *Conversations with Saul Bellow*, eds. Gloria Cronin and Ben Siegel, Tupelo: University Press of Mississippi, 1995.

Hungerford, Amy, *Postmodern Belief*: *American Literature and Religion*

Since 1960, Princeton: Princeton University Press, 2010.

Hunter, EvelynScharf, *Embodying History: History, Memory, and Family Genealogies in Contemporary Southern Women's Writing*, Ph. D. dissertation, Tulane University, 2008. Ann Harbor: UMI, 2008. 3338118.

Huntington, Samuel P. , *The Clash of Civilizations and the Remaking of World Order*, New York: Simon & Schuste, 2011 (1996) .

Japinga, Lynn, *Feminism and Christianity: An Essential Guide*, Nashville: Abingdon Press, 1999.

Jauss, Hans, *Toward an Aesthetic of Reception*, Trans. by Tinothy Bahti, Twin Cities: University of Minnesota Press, 1982.

John, Allen, *Homelessness in American Literature: Romanticism, Realism, and Testimony*, New York: Routledge, 2004.

Kaivola, Karen, "The Pleasures and Perils of Merging: Female Subjectivity in Marilynne Robinson's *Housekeeping*", *Contemporary Literature*, Vol. 34, No. 4, 1993.

Kant, Immanuel, *Ethical Philosophy*, 2nd Ed, Trans: James W. Ellington, Indianapolis: Hackett Publishing Company, 1994.

Kennedy, Tanya Ann, "*Keeping up her Geography*": *Women's Writing and Geocultural Space in Twentieth-century U. S. Literature and Culture*, New York: Routledge, 2007.

Kilcup, Karen L. ed. , *Soft Canons: American Women Writers and Masculine Tradition*, Iowa City: Iowa University Press, 1999.

Kirkby, Joan, "Is There Life After Art? The Metaphysics of Marilynne Robinson's *Housekeeping* ", *Tulsa Studies in Women's Literature*, Vol. 5, No. 1, 1986.

Kirkby, Joan, "Remembrance of the Future: Derrida on Mourning",

Social Semiotics, Vol. 16, No. 3, 2006.

Klinkowitz, Jerome, "Fiction: The 1960s to the Present", *American Literary Scholarship*, 2010.

Kolisnyk, Mary Helen, *Dispossessions of Voice: The Work of Description in Literature and Film*, Ph. D. dissertation, New York University, 2007. Ann Harbor: UMI, 2007. 3286485.

Kolodny, Annette, *The Lay of the Land: Metaphor as Experience and History in American Life and Letters*, Chapel Hill: North Carolina University Press, 1975.

Kradin, Richard, "The Family Myth: Its Deconstruction and Replacement with a Balanced Humanized Narrative", *Journal of Analytical Psychology*, Vol. 54, 2009.

Kristeva, Julia, *Desire in Language: A Semiotic Approach to Literature and Art*, New York: Columbia University Press, 1980.

LaMascus, R. Scott, "Toward a Dialogue on Marilynne Robinson's *Gilead* and *Home*", *Christianity and Literature*, Vol. 59, No. 2, 2010.

Latz, Andrew Brower, "Creation in the Fiction of Marilynne Robinson", *Literature and Theology*, Vol. 25, No. 3, 2011.

Leah, Gordon, "'A Person Can Change': Grace, Forgiveness and Sonship in Marilynne Robinson's Novel *Gilead*", *EQ*, Vol. 80, No. 1, 2008.

Leise, Christopher, *A Covenant in Fiction: Legacies of Puritanism in the Post-War American Novel*, Ph. D. dissertation, The State University of New York at Buffalo, 2007. Ann Harbor: UMI, 2007. 3277776.

Leise, Christopher, "'That Little Incandescence': Reading the Fragmentary and John Calvin in Marilynne Robinson's *Gilead*", *Studies in the Novel*, Vol. 41, 2009.

Lewis, Richard Warrington Baldwin, *The American Adam*, Chicago: Chicago University Press, 1955.

McCulloch, Gillian, *Deconstruction of Dualism in Theology: with Special Reference to Ecofeminist Theology and New Age Spirituality*, London: Paternoster Press, 2002.

McCarthy, Comac, *The Border Trilogy: All the Pretty Horses, The Crossing, Cities of the Plain*, New York: Knopf, 1999.

Makofske, Mary, "Under the Lake", *Chattahoochee Review*, Vol. 32, No. 1, 2012.

Mallon, Anne-Marie, "Sojourning Women: Homelessness and Transcendence in *Housekeeping*", *Critique: Studies in Contemporary Fiction*, Vol. 30, No. 2, 1989.

Maszewska, Jadwiga, "Ecofeminist Themes in Marilynne Robinson's *Housekeeping*", *American Studies in Scandinavia*, Vol. 28, No. 1, 1996.

Mattessich, Stefan, "Drifting Decision and the Decision to Drift: The Question of Spirit in Marilynne Robinson's *Housekeeping*", *Differences*, Vol. 19, No. 3, 2008.

McDermott, Sinead, "Future-perfect: Gender, Nostalgia, and the Not yet Presented in Marilynne Robinson's *Housekeeping*", *Journal of Gender Studies*, Vol. 13, No. 3, 2004.

McGrath, Alister E. ed., *Christian Literature: An Anthology*. Malden, MA: Blackwell Publishers Ltd., 2001.

Meaney, Thomas, "In God's Creation: Book Review on *Gilead*", *Commentary*, Vol. 119, No. 6, 2005.

Mensch, Betty, "Jonathan Edwards, Gilead, and the Problem of

'Tradition'", *Journal of Law and Religion*, Vol. 21, No. 1, 2005/ 2006.

Melville, Herman, *Moby Dick*, New York: W. W. Norton & Company, 1999.

Messe, Elizabeth A. , *Crossing the Double Cross*: *The Practice of Feminist Criticism*, Chapel and London: North Carolina University Press, 1986.

Miller, J. Hillis, *The Ethics of Reading*: *Kant*, *de Man*, *Eliot*, *Trollope*, *James*, *and Benjamin*, New York: Columbia University Press, 1987.

Miller, Perry. ed. , *The Transcendentalists*: *An Anthology*, Cambridge, MA: Harvard University Press, 1978 [1950] .

Moltmann, Jürgen, *God in Creation*: *An Ecological Doctrine of Creation*, London: SCM Press, 1985.

Morgan, Edmund S. , *Visible Saints*: *the History of a Puritan Idea*, New York: New York University Press, 1963.

Morrison, Toni, "Home", *The House that Race Built*: *Black Americans*, *U. S. Terrain*, ed. Wahneema Lubiano, New York, Pantheon Books, 1997.

Morrison, Toni, *Love. A Novel*, Westminster: Alfred A. Knopf Inc, 2003.

Morrison, Toni, *Home*, New York: Vintage, 2013.

Newton, Adam Zachary, *Narrative Ethics*: *The Intersubjective Claim of Fiction*, New Haven: Harvard University Press, 1993.

Newman, Julie, "Solitary Sojourners in Nature: Revisionary Transcendentalism in Alison Lurie's *Love and Friendship* and Marilynne Robinson's *Housekeeping*", *The Insular Dream*: *Obsession and Resist-*

ance. ed. , Kristiann Versluys, Amsterdam: Vrijie University Press, 1995.

O'Connell, Mark, "Why I Love Marilynne Robinson", *The New Yorker*, https: //www. newyorker. com/online/blogs/books/2012/05/mari-lynne - robinson. html, 2012 年 5 月 30 日。

O'Connell, Mark, "The First Church of Marilynne Robinson", The New Yorker, https: //www. newyorker. com/books/page - turner/the - first - church - of - marilynne - robinson, 2013 年 5 月 30 日。

O'Donnel, Angela Alaimo. "This Blessed Place", *America*, April 27, 2015.

Olson, Roger, *The Story of Christian Theology*: *Twenty Centuries of Tradition and Reform*, Wheaton: IVP Academic, 1999.

Painter, Rebecca M. , "Loyalty Meets Prodigality: the Reality of Grace in Marilynne Robinson's Fiction", *Christianity and Literature*, Vol. 59, No. 2, 2010.

Painter, Rebecca M. , "Virtue in Marilynne Robinson's *Gilead*", *Virtues and Passions in Literature*: *Excellence*, *Courage*, *Engagements*, *Wisdom*, *Fulfillment*, ed. , Anna-Teresa Tymieniecka. Dordrecht: Springer, 2008.

Pearlman, Mickey ed. , *American Women Writing Fiction*: *Memory*, *Identity*, *Family*, *Space*, Lexington, Kentucky: The University Press of Kentucky, 1989.

Pease, Donald E. , "The Laicization of American Literary Studies", *Contemporary Literature*, Vol. 53, No. 1, 2012.

Petersen, Charles, "West Toward Home", *Bookforum* (Feb/Mar 2012).

Peterson, Nancy J. , *Against Amnesia*: *Contemporary Women Writers and the Crises of Historical Memory*, Philadelphia: University of Pennsylvania Press, 2001.

Petit, Susan, "Finding Flannery O'Connor's 'Good Man' in Marilynne Robinson's *Gilead* and *Home*", *Christianity and Literature*, Vol. 59, No. 2, 2010.

Petit, Susan, "Names in Marilynne Robinson's *Gilead* and *Home*", *NAMES*, Vol. 58, No. 3, 2010.

Phelan, James, *Living to Tell about It: A Rhetoric and Ethics of Character Narration*, Ithaca: Cornell University Press, 2004.

Podnieks, Elizabeth and Andrea O'Reilly, *Textual Mothers/Maternal Texts: Motherhood in Contemporary Women's Literatures*, Waterloo: Wilfred Laurier University Press, 2010.

Popoff, Gabrielle Elissa, *Childhood Memory, Narrative Genealogies, and Historical Revision in Elsa Morante's Works*, Ph. D. dissertation, Columbia University, 2008, Ann Harbor: UMI, 2008. 3333427.

Quinby, Lee ed. , *Genealogy and Literature*, Minneapolis: Minnesota University Press, 1995.

Rath, Casey, "No Sweet 'Home'", *Christianity Today*, https: // www. christianitytoday. com/news/2008/november/147 – 12. 0. html, 2010 年 9 月 1 日。

Ravits, Martha, "Extending the American Range: Marilynne Robinson's *Housekeeping*", *American Literature*, Vol. 61, No. 4, 1989.

Reynolds, Susan Salter, "New Transcendentalist", *The New Inquiry*, https: //thenewinquiry. com/new – transcendentalist/, 2013 年 5 月 12 日。

Rubenstein, Roberta, *Home Matters: Longing and Belonging, Nostalgia and Mourning in Women's Fiction*, New York: Palgrave, 2001.

Ruether, Rosemary Radford, *New Woman and New Earth: Sexist Ideologies and Human Liberation*, New York: Seabury Press, 1975.

Ruether, Rosemary Radford, *Mary, the Feminine Face of the Church*, Philadelphia: The Westminster Press, 1977.

Ryan, Maureen, "Marilynne Robinson's *Housekeeping*: The Subversive Narrative and the New American Eve", *South Atlantic Review*, Vol. 56, No. 1, 1991.

Salmagundi, Todd Shy, "Religion and Marilynne Robinson", *Saratoga Springs*, 155/156, 2007.

Sammeroff, Arnold J. and Barbara H. Fiese, *The Stories that Families Tell: Narrative Coherence, Narrative Interaction, and Relationship Beliefs*, New York: Wiley-Blackwell, 2001.

Pinsker, Sanford, "*The Da Vinci Code*, and *Gilead*", *Prairie Schooner*, Vol. 80, No. 3, 2006.

Scott, Bonnie Kime, *Gender in Modernism: New Geographies, Complex Intersections*, Urbana: University of Illinois Press, 2007.

Showalter, Elaine, *A Jury of Her Peers: American Women Writers from Anne Bradstreet to Annie Proulx*, New York: Vintage, 2010.

Siegel, Jason, *Dialectical Fictions: The Politics of Self-Conscious Form in the American Novel after* 1950, Ph. D. dissertation, University of Wisconsin-Madison, 2010. Ann Harbor: UMI, 2010. 3421942.

Singh, Sukhbir, *Ideology and the American Novel*, Delhi: B. R. Publishing Corporation, 2000.

Smith, John E. , Harry S. Stout, and Kenneth P. Minkema, *A Jonathan Edwards Reader*, New Haven: Yale Note Bene, 1995.

Smyth, Jacqui, "Sheltered Vagrancy in Marilynne Robinson's *Housekeeping*", *Studies in Contemporary Fiction*, Vol. 40, No. 3, 1999.

Sofer, Naomi Z. , *Making the "America of Art"*: *Cultural Nationalism and Nineteenth-century Women Writers*, Columbus: Ohio State University Press, 2005.

Spivak, Gayatri, *In Other Words*: *Essays in Political Poetry*, New York and London: Mathuen, 1987.

Stanton, Elizabeth Cady, *The Woman's Bible*: *A Classic Feminist Perspective*, New York: Dover Publications, 2003 [1895] .

Steinmetz, David C. , *Calvin in Context*, Oxford: Oxford University Press, 1995.

Stone, Elizabeth, *Black Sheep and Kissing Cousins*: *How Our Family Stories Shape Us*, New York: Times Books, 1988.

Straumann, Heinrich, *American literature in the Twentieth Century*, New York: Harper & Row Publishers, 1965.

Strong, Justina, *Landscape of Memory*: *The Cartography of Longing*, Ph. D. dissertation, The University of Alabama, 2009. Ann Arbor: UMI, 2009. 3369771.

Tanner, Laura E. , *Lost Bodies*: *Inhabiting the Borders of Life and Death*, Ithaca: Cornell University Press, 2006.

Tanner, Laura E. , "Looking Back from the Grave: Sensory Perception and the Anticipation of Absence in Marilynne Robinson's *Gilead*", *Contemporary Literature*, MEMO, No. 2, 2007.

Taylor, Dennis, "The Need for a Religious Literary Criticism", *Religion and Arts*, 1: 1 (1997) .

Taylor, Mark C. , *After God*, Chicago: Chicago University Press, 2007.

Thoreau, Henry David, *Walden*: *A Writer's Edition*, ed. Larzer Ziff, New York: Holt Rinehart, 1961.

Thoreau, Henry David, *The Journal of Henry D. Thoreau*, Vol 4, eds. B. Torrey and F. Allen, New York: Dover, 1962 [1906].

Thoreau, Henry David, *Walden*, Madison, WI: Cricket House, 2012 [1854].

Trible, Phyllis, *God and the Rhetoric of Sexuality*, Minneapolis: Fortress Press, 1978.

Trites, Roberta Seelinger, *Waking Sleeping Beauty: Feminist Voices in Children's Novels*, Iowa City: Iowa University Press, 1997.

Van Loon, Hendrik Willem, *The Story of Mankind*, Revised ed, New York: Liveright Publishing Corporation, 2000.

Wagers, Kelley, *Beginning Again Then: History, Progress, and American Modernism*, Ph. D. dissertation, the State University of New York at Buffalo, 2007, Ann Harbor: UMI, 2007. 3277728.

Walker, Nancy A., *The Disobedient Writer: Women and Narrative Tradition*, Austin: University of Texas Press, 1995.

Warren, Joyce W., *The (Other) American Traditions: Nineteenth-century Women Writers*, New Brunswick, N. J.: Rutgers University Press, 1993.

Weele, Michael Vander, "Marilynne Robinson's *Gilead* and the Difficult Gift of Human Exchange", *Christianity and Literature*, Vol. 59, No. 2, 2010.

Whichard, Nancy Wingardner, *Transgressing Boundaries of Home: Memory, Dislocation and Form in Contemporary Women's Narratives*, Ph. D. dissertation, University of Maryland, 2001. Ann Harbor: UMI, 2001. 3078340.

Wilson, Christine, "Delinquent Housekeeping: Transforming the Regulations of Keeping House", *Legacy*, Vol. 25, No. 2, 2008.

Wood, James, "'*Gilead*', Acts of Devotion", *The New York Times*, https：//www. nytimes. com/2004/11/28/books/review/28 COV-ERWOOD. html, 2010 年 11 月 28 日。

Wood, James, "The Homecoming：A Prodigal Son Returns in Mari-lynne Robinson's Third Novel", *The New Yorker*, https：//www. newyorker. com/magazine/2008/09/08/the – homecoming，2015 年 9 月 8 日。

Woolf, Virginia, *A Writer's Diary*, New York：Harcourt, 1954.

三　中文参考文献

著作:

［爱］阿利斯特·麦格拉斯：《加尔文传：现代西方文化的塑造者》，甘霖译，中国社会科学出版社 2009 年版。

［美］艾伦·布鲁姆：《巨人与侏儒》，张辉等译，华夏出版社 2003 年版。

［法］爱弥尔·涂尔干：《宗教生活的基本形式》，梁东、汲喆译，上海人民出版社 1999 年版。

［以］巴埃弗拉特：《圣经的叙事艺术》，李锋译，华东师范大学出版社 2011 年版。

［美］贝尔·胡克斯：《女权主义理论：从边缘到中心》，晓征、平林译，江苏人民出版社 2001 年版。

曹蕾：《自传忏悔：从奥古斯丁到卢梭》，中国社会科学出版社 2012 年版。

［加］查尔斯·泰勒：《世俗时代》，张容南等译，上海三联书店 2016 年版。

［美］大卫·雷·格里芬：《后现代宗教》，孙慕天译，中国城市出版社 2003 年版。

［美］丹·布朗：《达芬奇密码》，朱振武等译，人民文学出版社
　　2009 年版。

［美］丹尼尔·贝尔：《资本主义文化矛盾》，赵一凡等译，生活·
　　读书·新知三联书店 1989 年版。

［美］丹尼尔·蒙特：《美国总统的信仰——从华盛顿到小布什》，
　　朱玉华等译，江西人民出版社 2009 年版。

丁光训等编：《基督教大辞典》，上海辞书出版社 2010 年版。

董小川：《儒家文化与美国基督教新教文化》，商务印书馆 2002
　　年版。

［德］E. M. 温德尔：《女性主义神学景观》，刁承俊译，生活·读
　　书·新知三联书店 1995 年版。

范圣宇主编：《爱默生集》，广州花城出版社 2008 年版。

郭宏安、章国锋、王逢振：《二十世纪西方文论研究》，中国社会科
　　学院出版社 1997 年版。

［美］哈罗德·布鲁姆：《西方正典》，江宁康译，译林出版社 2005
　　年版。

洪增流：《美国文学中的上帝形象的演变》，中国社会科学出版社
　　2009 年版。

［美］吉欧·波尔泰编：《爱默生集——论文与讲演录》（上、下），
　　蒲隆等译，赵一凡校，生活·读书·新知三联书店 1993 年版。

江宁康：《美国当代文学与美利坚民族认同》，南京大学出版社 2008
　　年版。

江玉琴：《理论的想象：诺斯洛普·弗莱的文化批评》，中国社会科
　　学出版社 2009 年版。

荆亚平：《当代中国小说的信仰叙事》，学林出版社 2009 年版。

［瑞］卡尔·巴特：《教会教义学》（精选本），何亚将、朱雁冰译，
　　香港三联书店有限公司 1996 年版。

[加] 坎特韦尔·史密斯·威尔弗雷德:《宗教的意义与终结》，董江阳译，人民大学出版社 2005 年版。

[美] 理查德·W. 柯尼什:《简明教会历史》，杜华译，敦煌文艺出版社 2010 年版。

李维屏:《英美现代主义文学概观》，上海外语教育出版社 1998年版。

李征戎:《爱默生的超验主义艺术观》，《外国文学研究》2002 年第2 期。

[美] 理查德·W. 柯尼什:《简明教会历史》，杜华译，敦煌文艺出版社 2010 年版。

梁工:《基督教文学》，宗教文化出版社 2001 年版。

梁工:《圣经叙事艺术研究》，商务印书馆 2006 年版。

梁工:《圣经与中外文学名著》，宗教文化出版社 2009 年版。

雷雨田:《上帝与美国人》，上海人民出版社 1994 年版。

刘建军:《基督教文化与西方文学传统》，北京大学出版社 2005年版。

刘澎:《当代美国宗教》，社会科学文献出版社 2012 年版。

刘小枫:《基督教文化评论》，贵州人民出版社 1998 年版。

刘小枫:《沉重的肉身》，上海人民出版社 1999 年版。

刘意青:《〈圣经〉的文学阐释:理论与实践》，北京大学出版社 2004年版。

卢龙光主编:《基督教圣经与神学辞典》，宗教文化出版社 2007年版。

陆扬、潘朝伟:《〈圣经〉的文化解读》，复旦大学出版社 2008年版。

[美] 罗伯特·斯比勒:《美国文学的循环》，汤潮译，北京师范大学出版社 1993 年版。

［俄］梅列日科夫斯基：《宗教精神：路德与加尔文》，杨德友译，学林出版社 1998 年版。

［美］马克·吐温：《哈克贝利·费恩历险记》，成时译，人民文学出版社 1998 年版。

［英］弥尔顿：《失乐园》，朱维之译，天津人民出版社 1996 年版。

南宫梅芳：《圣经中的女性——〈创世纪〉的文本与潜文本》，社会科学文献出版社 2012 年版。

［加］诺斯洛普·弗莱：《伟大的代码——圣经与文学》，郝振益等译，北京大学出版社 1998 年版。

［加］诺斯洛普·弗莱：《神力的语言——"圣经与文学"研究续编》，吴持哲译，社会科学文献出版社 2004 年版。

齐宏伟：《心有灵犀：欧美文学与信仰传统》，北京大学出版社 2006 年版。

［美］乔纳森·爱德华兹：《宗教感情》，杨基译，生活·读书·新知三联书店 2013 年版。

［美］萨克万·伯克维奇：《惯于赞同：美国象征建构的转化》，钱满素等译编，上海译文出版社 2006 年版。

［美］塞缪尔·亨廷顿：《失衡的承诺》，周端译，东方出版社 2005 年版。

［美］塞缪尔·亨廷顿：《文明的冲突与世界秩序的重建》，周琪等译，新华出版社 2010 年版。

［美］史蒂夫·威尔肯斯、阿兰·帕杰特：《基督教与西方思想》（第二卷），刘平译，北京大学出版社 2005 年版。

［美］斯坦利·罗迈·霍珀：《信仰的危机》，瞿旭彤译，宗教文化出版社 2006 年版。

孙彩霞：《西方现代派文学与〈圣经〉》，中国社会科学出版社 2005 年版。

〔加〕谢大卫:《圣书的子民——基督教的特质和文本传统》,李毅译,人民大学出版社 2005 年版。

〔美〕托尼·朱特:《重估价值:反思被遗忘的 20 世纪》,林骥华译,商务印书馆(成都)2013 年版。

王艾明:《马丁·路德及新教伦理研究》,译林出版社 2010 年版。

王晓朝、杨熙南主编:《传统与后现代》,广西师大出版社 2006 年版。

〔美〕韦恩·布斯:《小说修辞学》,华明、胡晓苏、周宪译,北京大学出版社 1987 年版。

〔美〕韦恩·布斯:《修辞的复兴》,穆雷等译,译林出版社 2009 年版。

吴童:《美在女性视界——西方女性文学形象及作家作品研究》,巴蜀书社 2010 年版。

夏茵英:《基督教与西方文学》,中山大学出版社 2011 年版。

薛敬梅:《生态文学与文化》,云南大学出版社 2008 年版。

杨彩霞:《20 世纪美国文学与圣经传统》,中国人民大学出版社 2007 年版。

杨慧林、余达心编:《信仰的伦理》,宗教文化出版社 2003 年版。

于可:《当代基督新教》,东方出版社 1993 年版。

〔法〕约翰·加尔文:《基督教要义》,钱曜诚等译,生活·读书·新知三联书店 2010 年版。

左金梅、申富英等:《西方女性主义文学批评》,中国海洋大学出版社 2007 年版。

期刊文章:

陈影:《上帝的荣耀与爱:C. S. 路易斯的神学美学观》,《长江学术》2010 年第 2 期。

程锡麟、秦苏珏:《美国文学经典的修正与重读问题》,《当代外国文学》2008 年第 4 期。

杜凤兰：《美国文学中的思想史——清教思想》，《社会科学论坛》2007 年第 1 期（下）。

方平：《自叙体小说和"原罪"感》，《上海师范大学学报》1990 年第 3 期。

高岳：《历史学的另一个维度：美国浪漫主义史学观念和方法评析：以科学的历史学为参照》，《史学史研究》2009 年第 4 期。

郭琳：《"隐喻"概念与弗莱的文学批评》，《人文杂志》2011 年第 4 期。

贺璋：《20 世纪下半期美国女性主义神学研究初探》，《华南师范大学学报》（社会科学版）2005 年第 6 期。

胡碧媛：《家园模式的现代性救赎——评玛丽琳·罗宾逊小说〈家园〉》，《当代外国文学》2012 年第 3 期。

洪满意：《小说〈基列〉的主题探索》，《安徽文学》2007 年第 8 期。

季峥：《经典建构——以〈诺顿美国文学选集〉研究为例》，《外国语文》2013 年第 3 期。

江宁康：《论当代美国文学与文化研究之争》，《外国文学》2004 年第 9 期。

江宁康：《当代小说的叙事美学与经典建构论——C. 麦卡锡小说的审美特征及银幕再现》，《当代外国文学》2010 年第 2 期。

蒋彩云、蒋栋元：《菲勒斯中心语境下〈圣经〉中的女性形象解读》，《成都大学学报》（教育科学版）2007 年第 6 期。

李会军、王罡：《加尔文的新教伦理及其启蒙意义》，《西南交通大学学报》（社会科学版）2006 年第 7 期。

李树琴、田薇：《基督教女性主义神学研究述评》，《哲学动态》2004 年第 8 期。

梁工：《女性主义文论与圣经批评的互动关系》，《汉语言文学研究》2010 年第 3 期。

梁工：《试议弗莱原型批评的缺失之处》，《南开学报》（哲学社会科学版）2011 年第 1 期。

刘峰：《圣言、隐喻和意义的诠释》，《四川外语学院学报》2007 年第 3 期。

刘林海：《加尔文与塞维图斯案——兼论宗教改革时期的信仰自由与宽容》，《西南师范大学学报》（人文社会科学版）2005 年第 4 期。

刘晓晖：《爱默生在后现代语境中的现实意义——兼评劳伦斯·布尔的〈爱默生〉》，《北京交通大学学报》（社会科学版）2006 年第 5 卷第 2 期。

毛信德：《美国文学传统与后现代主义小说》，《浙江学刊》2008 年第 1 期。

彭牧：《从信仰到信：美国民俗学的民间宗教研究》，《民俗研究》2011 年第 1 期。

［美］萨克万·伯克维奇：《美国神话》，钱满素译，《外国文学评论》2002 年第 1 期。

尚劝余：《圣经象征学：神学家与文学家的共鸣——乔纳森·爱德华兹与圣经象征学》，《甘肃社会科学》2012 年第 5 期。

申丹：《话语、结构与性别政治：女性主义叙事学话语研究评介》，《国外文学》2004 年第 2 期。

孙雄：《生态神学——当代基督教对人与自然关系的新认识》，《现代哲学》2011 年第 3 期。

陶东风：《精英化——去精英化与文学经典建构机制的转换》，《文艺研究》2007 年第 12 期。

童庆炳：《文学经典建构诸因素及其关系》，《北京大学学报》（哲学社会科学版）2005 年第 5 期。

王晨：《论〈吉利德〉的解构主义》，《山东师范大学学报》（人文社会科学版）2009 年第 1 期。

王光林：《美国的梭罗研究》，《华东师范大学学报》（哲学社会科学版）2006 年第 11 期。

熊伟、侯铁军：《清教预表法与美国文学中的救赎主题——以〈白鲸〉、〈海上扁舟〉和〈老人与海〉为例》，《外国文学研究》2008 年第 3 期。

徐其森：《当代美国基督教的新发展及其影响》，《国际关系研究》2013 年第 4 期。

杨春：《汤亭亭拒绝美国评论家的"文化误读"》，《中华读书报》2005 年 7 月 20 日。

张践：《美国隐蔽的宗教极端主义和民族主义》，《中国民族报》2010 年 7 月 6 日。

张艳超：《西方女性主义神学研究概述》，《佛教观察》总第五期，复旦大学佛学研究中心，http：//blog. sina. com. cn/buddhaeye09，2011 年 9 月 5 日。

赵林：《罪恶与自由意志——奥古斯丁"原罪"理论辨析》，《世界哲学》2006 年第 3 期。

赵彦芳：《"以审美代宗教"与"以审美代伦理"》，《文学评论》2012 年第 5 期。

周冰：《杰克的成长转变——神话原型视角下的〈基列家书〉和〈家园〉》，《外语艺术教育研究》2013 年第 3 期。

周铭：《玛丽莲·罗宾逊——后现代社会的信仰守卫者》，金莉等《20 世纪美国女性小说研究》，北京大学出版社 2010 年版。

朱月明：《〈圣经〉修辞艺术鉴赏》，《外国文学》2010 年第 6 期。

学位论文：

艾洁:《哈罗德·布鲁姆文学批评理论研究》,山东大学博士学位论文,2011 年。

陈奔:《爱默生与美国个人主义》,厦门大学博士学位论文,2008 年。

陈许:《美国西部小说研究》,上海师范大学,博士学位论文,2004 年。

李安斌:《清教主义对 17—19 世纪美国文学的影响》,四川大学博士学位论文,2006 年。

李瑞虹:《萝斯玛丽·雷德福·鲁塞尔的生态女性主义神学思想研究》,中国社会科学院博士学位论文,2008 年。

庞希云:《"人心自悟"与"灵魂拯救"——十四到十九世纪中西古典小说中的文化心理因素探析》,上海师范大学博士学位论文,2006 年。

任云岚:《论〈管家〉中的不确定性》,河北师范大学硕士学位论文,2009 年。

王倩:《大卫·杰弗里的圣经文学思想研究》,山东大学博士学位论文,2010 年。

张媛:《从清教徒到扬基——新英格兰清教社会的世俗化过程》,南京师范大学博士学位论文,2007 年。

赵剑宏:《美国哀诉布道与美国身份建构解读》,内蒙古大学硕士学位论文,2008 年。

左少峰:《爱默生的神人一体自然观和美学观》,山东大学博士学位论文,2012 年。

后　记

　　初识玛丽莲·罗宾逊是在 2009 年耶鲁大学网络公开课（Yale University Open Class）"1945 年以来的美国小说"课堂上，那还是在网络公开课刚刚开始流行的时代。这门课程探索当代美国小说的形式和主题，关注小说形式的创新、小说涉及的历史内容、以及文学在美国社会生活中不断变化的地位。主讲教授 Amy Hungerford 开列的阅读清单中几乎包含了当代所有著名作家：理查·莱特（Richard Wright）、弗兰纳瑞·奥康纳（Flannery O'Connor）、弗拉基米尔·纳博科夫（Vladimir Nabokov）、杰克·凯鲁亚克（Jack Kerouac）、托马斯·品钦（Thomas Pynchon）、约翰·巴思（John Barth）、汤亭亭（Maxine Hong Kingston）、托妮·莫里森（Toni Morrison）、科马克·麦卡锡（Cormac McCarthy）、菲力浦·罗斯（Philip Roth）等。提到罗宾逊时，Hungerford 教授说这是一位"很特别"的作家。对于那时的我而言，"罗宾逊"还是一个陌生的名字。她的特别之处何在？当时只有三部小说作品的她为何能入选经典作家的行列？带着种种疑惑和渴求，我开始了罗宾逊研究工作。如今回首望去，已经是近 10 年的时间了。

　　在过去的几年里，罗宾逊和她的作品一直与我相伴。一方面，罗宾逊的小说立意深沉、行文优美，值得一读再读。另一方面，罗宾逊近年来仍然著述不断，创作思想和艺术风格仍然在不断发展变化。在我 2014 年完成了以罗宾逊小说《管家》《基列家书》《家园》为研究对象的博士论文之后，又接触到她 2012 年、2015 年分别出版的《幼时读书》《事物的被给予性》两本杂文集。2014 年罗宾逊又出版了"基列三部曲"的第三部:《莱拉》。同时，罗宾逊还积极投身公共事务，长期活跃在环保、文化、政治等社会生活各个层面。对于这样一个高产、多侧面的作家而言，简单的封闭性研究显然是不够的。

近些年来，我的学术研究主要集中在探讨美国当代小说与政治之间的关系，研究角度也从伦理研究、性别研究、宗教研究拓展到了国民认同研究，本书就是我对罗宾逊研究的阶段性总结。虽然我一直以严谨、求实、创新为自己的学术研究准则，并把这本书的写作当成自己学术知识积累和磨练的过程，本书论述距离完美还是有不小的差距，笔者将虚心接受读者的批评与指教。

书稿完成之际，又想起约翰·多恩的诗句:"没有人是一座孤岛。"一路走来，感谢各位师长、同事、亲朋的陪伴与鼓励。感谢我的博士导师金莉教授。她治学严谨、勤奋自律、精益求精、乐观豁达的学者风范是我一生为学、为师、为人的榜样。感谢金老师一直给予我的指导、信任和鼓励。感谢北京外国语大学的张中载教授、张剑教授、张在新教授、侯毅凌教授、Marcia Vales 教授。众位名师的课程拓宽了我的学术视野，也激发了我的治学热情。感谢马海良教授、陈世丹教授、陈永国教授、李晋教授提出的启发性修改意见。

感谢康奈尔大学英语系的 Shirley Samuels 教授分别于 2010 年和 2017 年两次接受我到康奈尔大学访问学习，感谢 Samuels 教授对我的悉心指导和热情帮助。感谢相逢相知在伊萨卡的各位老友新朋!

感谢我在外交学院的领导和同事们。感谢外交学院"北京市高水平人才交叉培养——双培计划"为本书出版提供的支持。

　　感谢中国社会科学出版社张林老师的精心编辑校对，感谢出版社相关老师们为本书出版做出的辛勤努力！

于　倩